여성과 고소설, 그리고 문학사

여성과 고소설, 그리고 문학사

박상란 저

한국학술정보(주)

머리말

1990년대 초반 저녁 무렵으로 기억한다. 대학원 수업을 마치고 지도교수님과 함께 충무로 역을 향해 걸어가던 중이었다. 무슨 이야기 끝에 '춘향이를 페미니스트로 보면 어떨까?' 하는 교수님의 말씀에 풋내기 고소설 연구자인 나는 강한 충격을 받았나 보다. '페미니즘' 혹은 '여성주의'라는 말조차 들어보지 못했던 때였다. 늘 그렇듯이 교수님께선 더 이상 다른 말씀이 없으셨다. 이후로도. 그 때 교수님은 내 연구 방향을 잡아 준다는 의도로 '화두'를 던지신 것일까? 아니면 무심히 말씀하신 것일까?

이렇게 시작된 여성주의 문학론과의 만남을 다행이라고 해야 할지, '고역'의 시작이라고 해야 할지는 두고 봐야겠지만 어쨌든 나는 이제껏 이 '동네'를 벗어나지 못하고 있다. 심각하게 각종 페미니즘 이론을 뒤적이며(그것도 가급적 원서로), 관련된 국내 논저에 촉각을 세우며 자칭 페미니스트로 행세했으니. 거기다 이를 문학 연구에 활용한답시고 또 얼마나 여러 장르를 들락거렸는가. 깊이 있는 연구 성과를 기하기에는 한계가 있을 수밖에. 여성주의 시각 하나만을 들고 너무 많은 분야에 관심을 둔 탓일 게다.

이 책은 그 중 고소설에 한정된 것이다. 여성주의식으로 말하면 '여성이미지 비평'이 되겠다. 특히, 여성영웅이 근대적 여성관의 반영이라기보다는 조선후기의 열악한 여성 현실이 낳은, 그리고 신작구소설의 숙녀 기생 역시 당시 미인담론이 빚어낸, 왜곡된 여성상이라는 점이 핵심 내용이다. 이어지는 논문은 우리 여성문학사의 실상을 점검하고 그 전망을 점쳐보기 위한 글이다. 마지막으로 '여성주의 문학론의 흐름'은 이상의 여성주의 문학연구를 가능하게 한 이론 내지 방법론에 대한 점검이다.

여성주의에 대한 논의는 1980년 후반에서 1990년대 중반에 이르기까지 무성하였고 지금은 그전만 못한 것이 사실이다. 하지만 여성주의 내지 여성주의 문학론은 한 때의 유행사조로 끝날 수 없다. 당시의 문제의식 대부분이 현재에도 유효하기 때문이다.

제대로 공부해 본적이 없다, 한 가지도 정확하게 마무리한 것이 없다고 늘 생각해 왔는데 허술한 글들을 묶으면서 이를 다시 한번 절감하게 된다. 부족한 면, 잘못 짚은 점 등이 많을 줄 안다. 더 나은 연구를 위한 과정으로 보아 널리 헤아려 주셨으면 한다.

2005년 10월
박상란

차례

머리말

I. 여성영웅소설 연구

II. 여성영웅의 일대기, 그 두 가지 양상

　-〈바리공주〉와 〈정수정전〉을 중심으로

III. 신작구소설에 나타난 여성상의 문제

Ⅰ. 여성영웅소설 연구

1. 서론

1.1 연구의 방향

고소설 중에는 남복을 입고 사회적 진출을 꾀하는, 여성영웅을 소재로 한 작품이 많다. 여성의 사회적 역할이 제한되었던 시대로 알려져 온 조선 중기 이후에 이러한 류의 소설이 산출되고 폭넓게 애독되었다는 사실은 연구자들의 관심을 끌기에 충분하다.

지금까지 여성영웅소설에 대한 대부분의 연구는 '자생' 내지 '영향' 등의 문제를 둘러싸고 인과론적 설명에 치중한 감이 있다. 즉, 문학 안팎에서 여성영웅소설의 출현동인을 추적, 추정해 보는 것이다. 대표적인 예를 들면, 성현경은 〈설인귀전(薛仁貴傳)〉의 영향과 여성독자의 흥미에 힘입어 여성영웅소설이 생겨나게 되었다는 지론을 편 바 있다.[1] 이에 반해 정명기는 그 출현 동인으로 〈온달(溫達)〉, 〈서동(薯童)〉, 〈부낭(夫娘)〉, 〈검녀(劍女)〉, 영웅소설 등 국내 서사문학과 〈태평광기(太平廣記)〉 소재의 설화 등 중국 서사문학의 영향을 들고 있다. 또한 그는 출현 당시 여성의 사회·가정적인 불만과 무능력한 남성의 실상, 몰락 계층의 꿈 등이 다각도로 작용해 여성영웅소설을 낳았다고 추정하였다.[2] 여세주는 이상

---

[1] 성현경, 「여걸소설과 「설인귀전」」, 『국어국문학』 62호, 국어국문학회, 1973.

[2] 정명기, 「여호걸계소설의 형성과정연구」, 연세대학교 석사논문, 1980.

의 논의들을 비판적인 안목으로 종합수용하면서, 특히 〈사명당과 세 여자〉, 〈이인며느리〉, 〈부낭〉 등 국내 설화와 〈목란사(木蘭辭)〉, 〈세씨(洗氏)〉, 〈설인귀전〉 시리즈 등 중국 서사문학의 영향을 여성영웅소설의 문학적 출현 동인으로 지적하였다.3) 각 논의의 차이와 한계에도 불구하고 이와 같은 연구는 여성영웅소설이라는 '초시대적인'4) 현상을 이해하는 데 적지 않은 도움을 주었고, 아울러 그 전개 양상과 소설사적 위치를 가늠하도록 해주었다. 하지만 그 출현 동인을 밝혀낸다고 해서 여성영웅소설의 전모가 드러나는 것은 아니다. 작품 자체에 대한 면밀한 분석이 행해진 이후에야 개별적인 추정 과정이 객관성을 얻게 되리라 본다.

이러한 점에서 여성영웅소설을 공통성을 띤 한 무리의 작품군으로 인정하고 본격적인 유형론 내지 작품론을 시도한 연구들은 높이 평가할 만하다. 그런데 대체로 작품의 전반적인 특질과 의미보다는 부분적인 요소들을 확대시켜 갈래를 나누어 온 것이 지금까지의 연구 경향이다. 특히, 여주인공의 언행, 직위 혹은 남주인공과의 관계 양상에만 중점을 두어 작품의 성격을 지나치게 축소시키거나 오독하지는 않았나 한다. 곧, 성현경은 '여걸의 양상'에 따라 여성이 대원수가 되어 남성을 부원수로 부리는 유형, 남녀가 대등한 위치에서 독립적으로 장수 노릇을 하는 유형, 여성이 남성 밑에서 부장 노릇을 하며 그를 보필하는 유형, 여성이 남성과 함께 출전하지 않고 배후에서 도술로써 남성을 도와주는 유형으로 나눈 바 있다.5) 여세주는 '여주인공의 가정 외적 참여활동'에 따

---

3) 여세주, 「여장군등장의 고소설 연구」, 영남대학교 석사논문, 1981.
4) 김열규, 『한국민속과 문학연구』, 일조각, 1971, 48면.

라 은폐된 간접참여형, 노출된 간접참여형, 은폐된 직접참여형, 노출된 직접참여형으로 분류하였다.6) 비슷한 방식으로 전용문은 '여주인공의 영웅적 활약상에서 나타나는 영웅화의 욕구'를 기준으로 삼아 음조(陰助) 영웅형, 일시남복 영웅형, 남장 영웅형, 남성지배 영웅형 등 네 유형으로 구분하였다.7) 이에 반해 민찬은 '남녀이합 방식', '여주인공의 남복개착의 동기'에 따라 여성주도에 의한 남녀결합 유형과 여성우위에 의한 남녀대립 유형으로 크게 이분하였다.8) 이상과 같은 유형 분류상의 난점과 한계를 극복하고 좀 더 시각을 확대시킨 연구로는 임병희의 시도를 들 수 있다.9) 그는 우선 여성영웅소설의 구조적 특징으로 '입신양명과 혼사장애의 결합'을 설정하고, 그에 따라 혼사장애가 중심이 된 〈백학선전(白鶴扇傳)〉 계열과 입신양명이 중심이 된 〈정수정전(鄭秀貞傳)〉 계열로 나누었다. 이러한 연구는 작품 자체의 구조적 특징에 천착한 감은 있지만, 구조상의 여러 모티프 중 한두 가지를 확대시켜 기준으로 삼은 결과 내용 중심의 분류가 되고 말았다. 특히, 그는 방각활자본의 출간 횟수를 알아보고, 그 중 인기를 끌었던 대표적인 작품을 중심으로 여성영웅소설의 구조적 특징을 규명해 본다는 전제 하에10), 널리 읽힌 〈이대봉전(李大鳳傳)〉을 분석해서 이와 같은

5) 성현경, 앞의 논문, 167면.
6) 여세주, 앞의 논문, 33면.
7) 전용문, 「여성영웅소설의 계통적 연구」, 충남대학교 박사논문, 1988.
8) 민찬, 「여성영웅소설의 출현과 후대적 변모」, 서울대학교 석사논문, 1986, 21면.
9) 임병희, 「여성영웅소설의 유형과 변모양상」, 고려대학교 석사논문, 1989.
10) 임병희, 앞의 논문, 11면.

구조적 특징을 추출해 내었다. 이러한 논의 방식은 그 구조적 특징을 밝히기보다는[11] 처음부터 여성영웅소설을 영웅소설과 여성소설의 각 특징을 구비한 것으로 설정함에 따라 이루어진 것이다. 따라서 그는 출판 현황이라는 문학 외적인 사정에 따라 선정된, 한 작품의 구조적 특징을 모든 작품에 적용시키는 방식을 취했기 때문에 유형 분류 방식에서 한계를 안고 있다.

이 글은 이상의 문제점들을 극복, 보완하면서 여성영웅소설의 갈래와 작품 내적인 특질을 살펴보려는 목적에서 시도되었다. 그에 따라 우선 구조상의 특징을 기준으로 여성영웅소설을 몇 개의 갈래로 나누어 보고자 한다. 여기서 말하는 구조는 '순차구조'[12]를 지칭한다. 원래 '순차'라는 말은 구조시학에서 다루는 시간의 개념을 형성하는 범주의 하나로서, 이야기를 구성하는 사건이 발생한 시간 순서[13]를 말한다. 이렇게 순차구조에 한정하는 것은 고소설 자체가 평면적인 시간상의 흐름에 따라 주인공의 일대기를 중심으로 서술되어 있음을 감안한 것이다. 요컨대 이 글에선 여주인공과 관련된 단락만을 눈여겨보는 것이 아니라, 여주인공의 일대기를 포함한 더 커다란 줄기를 염두에 두고 모든 요소들의 상관관계를 명시하고자 한다. 앞질러서 말하자면, 여성영웅소설의 경우 여성영웅의 등장과 활약뿐만 아니라 그의 일대기 전체의 꼴과 향방이 문제되어야 한다. 이러한 점은 '영웅의 일대기'[14]를 중심으로 한 영웅소설과 여성영웅

---

11) 임병희 앞의 논문, 108면.
12) 이상택, 『한국고전소설의 탐구』, 중앙출판, 1981, 29면 참조.
13) 한용환, 『소설의 이론』, 문학아카데미, 1990, 268면.
14) 조동일, 「영웅의 일생, 그 문학사적 전개」, 『동아문화』 10, 서울대학교 동아문화 연구소, 1971.

의 일대기를 중심으로 여성영웅소설이 다소간 다른 류의 소설군이 되게 한 주요한 특징으로 간주된다. 따라서 여성영웅의 일대기 구조가 완결된 형태로 나타나는가, 그렇지 않은가에 따라 유형을 나누어 보는 것이 이 글의 일차적인 과제이다.

그렇다면 구조적 특징에 따라 나누어진 각각의 작품군은 어떠한 의미를 내포하고 있는가 밝히는 것이 그 다음의 과제가 된다. 이 부분은 정밀한 작품 분석을 요하는 것으로, 각 작품군에서 대표작 하나씩을 보기로 들어 그 구조적 특징을 재검토하고, 의미를 따져보기로 한다. 여기서 말하는 의미는 '표면적 주제와 이면적 주제'[15]를 아우르는 것으로, 편의상 각 작품을 독특하게 만드는 이면적인 주제를 먼저 검출하고, 그것을 감싸 안고 구조를 완결 짓는 표면적인 주제를 서술하기로 한다.

이상의 논의 결과로 여성영웅소설의 면모가 어느 정도 드러나리라는 전제 하에 그 문학사적 의의를 가늠해보고자 한다. 여기에서 우선적으로 짚고 넘어가야 할 문제는 이러한 류의 소설군이 과연 고소설을 집약결산하는 위치를 점하며 작품적 가치와 소설사적인 면에서 다른 고소설 유형보다 뛰어난 특성을 갖고 있다고[16] 할 수 있는가 하는 점이다. 다시 말해서 여성영웅소설은 그 구조적 특성

---

15) 조동일, 『한국문학통사』 3, 지식산업사, 1989, 530면. 이렇게 소설의 주제를 양면적으로 탐색하는 방식은 특히 여성영웅소설이라는 초시대적인 문학 현상을 이해하는 데 유효한 접근법이 될 수 있지 않을까 한다. 즉, 여성영웅소설은 겉보기에 여성의 신분상승이라는 면에서 근대의식을 내보이는 것 같지만 그 역시 고소설로서의 제반 여건을 벗어나지 못하고 있다는 점을 아울러 살펴야 할 것이기 때문이다.
16) 전용문, 앞의 논문, 3-9면.

과 주제상의 일면에 내포된 근대 지향적 의식에 걸맞게 그 표현이
나 구성, 주제에 있어서 고소설 일반의 수준을 넘어서고 있는가의
여부를 검토해 보는 것이 이 글의 관심사다. 그 다음은 문학 외적인
문제로 특히 여성영웅소설이 산출된 당시의 시대상과 여성독자층을
염두에 두고 논의되어야 한다. 하지만 이 글에선 지금까지 대부분
의 연구자들처럼 근원적인 문학적 배경으로서의 시대상이나 여성독
자의 의식이 아니라, 그 결과로 나타난 문학작품이 그들에게 끼치
는 현실적·이데올로기적 영향을 문제 삼고자 한다. 이러한 점에서
"텍스트를 이데올로기의 단순한 「반영」으로 보지 않고, 텍스트가 이
데올로기 요소를 생산하고 재생산하며 이것들을 그 고유의 문화적
효과로 변용시킨다"[17]는 부멜라의 관점은 여성영웅소설을 해석, 평
가하는 데 있어서 유익한 틀이 될 수 있다. 즉, 복합적인 여러 요인
들에 의해 여성영웅소설이 산출되었다면, 이러한 소설군이 주변 상
황에 어떤 식으로든 영향을 끼쳤을 것이라는 추정은 구체적인 역사
적 현상의 양면을 동시에 포착하는 작업이 될 것이다. 결국 이러한
논의는 문학사회학의 영역에 속하겠지만, 그 범위를 좁혀 여성독자
와의 관련성을 위주로 다루려고 한다. 그에 따라 작품의 내적 의미
와 여성독자층의 의식을 연결시켜 검토함으로써 독자에 대한 영향
요소들을 검출하고, 이러한 것을 여성영웅소설의 문학사적 의의로
귀결시키고자 한다.

---

17) 린네 퍼스 · 김준오 역, 「성의 정치학」, 『현대시사상』 6호, 고려원,
    1991, 76면에서 재인용.

1.2 연구의 범위

우선 여성영웅소설에 대한 명칭이 분분한데, 크게는 '여성영웅'류
와 '여장군'류로 나뉜다. '여장군'은 '전쟁 여성'을 가리키는 말로 '여
성영웅'보다 '더 명확하고 구체적인 개념'18)이며, 이러한 점에서 '여
성소설'19)에 등장하는 적극적이고 주도적인 여성인물과 크게 차이
가 난다. 하지만 여장군이라는 용어는 그 용이성에도 불구하고 모
호성과 한계를 갖고 있다. 작품의 전체 구조 속에서 볼 때, 출정시
의 직위는 단순히 여주인공의 영웅성을 드러내고 과시하는 기능에
불과하기 때문이다. 게다가 "여장군이 작품의 주요 인물로 등장"20)
한다는 기준은 '주요 인물'을 어디까지 확장해야 하는가 하는 문제
점을 내포하고 있다. 정작 작품의 주인공은 아니지만 최종적인 문
제를 해결하는 여장군도 있고, 영웅적인 지모나 능력을 완비하고서
도 전쟁에 참여할 기회를 얻지 못하는 여주인공도 있기 때문이다.
요컨대 이와 같이 의식적으로 여장군이라는 말을 사용하는 것은 여
성영웅소설이 영웅소설의 하위개념에 종속될까 우려한 점에서 기인
했겠지만, 너무 지엽적인 부분에 초점을 맞추어 작품 전체의 구조
를 흐리게 하는 난점도 피할 수 없다. 따라서 여성영웅소설과 영웅
소설 간의 변별성은 용어의 다름보다는 구조상의 차이에 있다.

주지하다시피 영웅소설은 주인공이 영웅이고 '영웅의 일생'이란
전기적 서사유형에 부합21)되는 소설 유형이다. 여기에서 영웅이란

---

18) 여세주, 앞의 논문, 7면.
19) 전용문, 앞의 논문, 58면.
20) 여세주, 앞의 논문, 7면.

"뛰어난 능력을 가진 인물로서 집단의 삶을 위해서 위대한 일을 수행하고 그 때문에 집단의 존경을 받는"[22] 인물을 말한다. 그렇다면 여성영웅소설은 이와 같은 영웅소설의 주인공이 단지 여성으로 바뀐 형태에 불과한 것인가 따져볼 필요가 있다. 물론 조선 중기와 같은 가부장제 사회구조와 관련된 소설사에서, 여성이 영웅을 대체하게 되었다는 것은 획기적인 사고의 전환이라 할 수 있다. 단순한 성별의 바뀜도 가부장제 사회에선 복잡한 양상과 의미를 띠기 때문이다. 또한 위와 같은 영웅의 개념을 적용시킨다면 여성영웅은 여성소설에서 주도적이고 적극적으로 자아를 실현하는 여성인물과도 분명히 구별된다. 주도적인 여성인물의 활약과 시선의 폭이 개인과 가정에 한정되어 있다면, 여성영웅은 개인·가문을 넘어서서, 사회·국가에로 그 시각이 열려 있기 때문이다.

하지만 여성영웅소설은 여성영웅의 존재 자체보다는 그의 일대기 전체를 포용하는 개념이다.[23] 이러한 점에서 여성영웅소설은 구조상에서 영웅소설과 구별된다. 첫째, 영웅소설에선 남성영웅의 일대기 구조가 중심축으로 되어 있고 여성인물은 단지 그의 영웅성을 장식하기 위해 부차적으로 등장한다. 따라서 영웅소설에서의 혼사장애 주지도 이러한 범위 내에서만 의미를 갖게 된다. 이에 반해 여성영웅소설에선 여성영웅이 장식적이고 수동적인 기능을 벗어나 자신의 일대기를 주체적으로 이루어 나간다. 예를 들면,

---

21) 서대석, 『군담소설의 구조와 배경』, 이대출판부, 1985, 11면.
22) 서대석, 앞의 책, 12면.
23) 물론 민찬, 임병희, 전용문 등은 각각 앞의 논문에서 여주인공의 영웅적 일대기 구조에 주의한 감은 있지만, 대체로 영웅소설의 변모과정에서 여성영웅소설의 위치에 주목하고 있다는 한계가 있다.

여성영웅 한 사람의 언행과 의지 속에서 혼사장애 주지가 펼쳐진다. 둘째, 영웅소설이 남성영웅의 일대기로 되어 있는데 반해서 여성영웅소설은 남녀주인공의 영웅적 일대기가 병렬적으로 나타나거나 여성영웅의 일대기를 중심으로 한다.24) 여성영웅소설에 남녀 이합의 문제 내지 여성영웅의 삶의 양상이 신축성 있고 흥미롭게 전개되어 있는 것도 이러한 범위 내에서다. 즉, 여성영웅소설은 전래의 서사유형인 전(傳)의 일대기, 특히 영웅소설의 일대기 구조를 계승, 변이시켜 독특한 서사유형을 갖추고 있는 것이다.

요컨대 여성영웅소설응 여성영웅의 일대기를 중심으로 한 일군의 소설을 말한다. 개중에는 남성영웅의 일대기와 기능적으로 혼합되어 있거나, 많은 부분이 생략되어 있는 경우도 있으나 이러한 점은 유형 내의 변동 사항으로 갈래를 나누는 데 있어서 적절한 기준이 된다. 따라서 대상 작품을 선정하는 데 있어서 여성영웅의 일대기를 중심으로 한 작품을 우선으로 하고 남성영웅의 일대기와 혼합되어 있는 작품도 포함하였다. 또한 여성영웅이 이러한 일대기 구조에서 벗어나 삽화적으로 등장하는 작품과 가문소설 내에서 여성영웅의 삶의 행적이 두드러지게 표현된 작품도 여성영웅소설과의 근

---

24) 이와 관련해서, 여성영웅소설은 여주인공의 영웅적인 투쟁과 입공을 드러내기 위한 작품이 아니며 그 구조를 형성하는 두 축은 남녀주인공의 삶의 궤적이라고 간파한 민찬은 필자의 논의 전개에 많은 도움을 주었다.(민찬, 앞의 논문, 12면) 하지만 그는 남녀주인공의 '만남—헤어짐—다시 만남'이라는 남녀이합 모티프에만 주목했다는 점에서 필자와 의견을 달리 한다. 이 글에선 탄생에서 죽음에 이르기까지 영웅의 일생을 이루어나가는 남녀주인공 각각의 영웅적 일대기 및 그것들 간의 관계에 주의할 것이다.

접성을 염두에 두고 고찰하고자 한다.

이상의 논의에 따라 이 글에서 검토하고자 하는 작품은 다음과 같다.

〈금향정기(錦香亭記)〉, 〈백학선전〉, 〈이대봉전〉, 〈정수정전〉, 〈황운전(黃雲傳)〉25), 〈김태자전(金太子傳)〉, 〈화옥쌍기(花玉雙奇)〉, 〈장국진전(張國振傳)〉, 〈이봉빈전(李鳳彬傳)〉, 〈이학사전(李學士傳)〉, 〈음양옥지환(陰陽玉指環)〉, 〈사각전(謝 角傳)〉, 〈음양삼태성(陰陽三台星)〉, 〈신유복전(申遺腹傳)〉, 〈유문성전(柳文成傳)〉, 〈정비전(鄭妃傳)〉, 〈박씨전(朴氏傳)〉, 〈남강월전(南江月傳)〉, 〈김희경전(金喜慶傳)〉, 〈오선기봉(五仙奇逢)〉, 〈옥루몽(玉樓夢)〉, 〈하진양문록(河陳兩門錄)〉, 〈권익중전(權益重傳)〉, 〈양주봉전(楊朱鳳傳)〉, 〈현씨양웅쌍린기(玄氏兩雄雙麟記)〉26), 〈홍계월전(洪桂月傳)〉27) 〈계상국전(桂相國傳)〉, 〈석태룡전(石太龍傳)〉, 〈설소저전(薛小姐傳)〉, 〈운향전(雲香傳)〉, 〈옥수기(玉樹記)〉28), 〈방한림전(方翰林傳)〉29), 〈명주기봉(明珠奇逢)〉, 〈벽허담관제언록(碧虛談關帝言錄)〉30), 〈위봉월전〉31), 〈홍연전(洪延傳)〉, 〈최익성전(崔益星傳)〉32), 〈재생연전(再生緣傳)〉, 〈유씨삼대록(劉氏三代錄)〉, 〈화정선행록(和靜善行錄)〉

---

25) 이상 김동욱 편, 『영인 고소설판각본전집』, 한국학진흥원, 1982.
26) 이상, 김기동 편, 『활자본 고전소설전집』, 아세아문화사, 1978.
27) 정신문화연구원 소장본.
28) 이상 김기동편, 『필사본 고전소설전집』, 아세아문화사, 1983.
29) 박종수 편, 『필사본 고소설자료총서』, 보경문화사, 1991.
30) 이상 『문화재관리국장서각 귀중본총서』, 1977.
31) 사재동 소장본, 정신문화연구원 소재.
32) 이상 나손본 필사, 정신문화연구원 소재.

이상 40편의 작품을 연구 대상으로 선정한 것은 여성영웅소설에 대한 이 글의 개념에 부합하고 선행 논문에서 다룬 작품을 재고하는 의미도 지닌다.[33] 또한 이렇게 방대한 작품군을 제시한 까닭은 그간 여성영웅소설로서 다루어지지 않았던 새로운 작품들을 첨부하여 자료상의 한계를 극복하기 위해서다.[34]

2. 여성영웅소설의 갈래

여성영웅소설이라는 특수한 작품군을 다시 몇 개의 갈래로 나누는 까닭은 그 방대한 수량에 못지않게, 작품마다 특징을 달리하기 때문이다. 다시 말해서 여성영웅소설은 여성영웅과 그의 일대기를 수용하고 있다는 기본적인 특징을 염두에 둔다 해도 그 꼴과 의미에 있어 각기 상이한 양상을 띤다. 또한 이러한 분류작업은 결국 여성영웅소설의 출현과 전개 양상, 다른 소설 유형과의 관련성을

---

33) 종래에 여성영웅소설로 간주된 바 있는 〈한강한전〉은 한 가정의 부녀로 등장하는 여성 인물을 묘사하였으므로 여성영웅소설과 별다른 관련성이 없는 것으로 보인다. 〈금령전〉은 여성인물의 일대기를 중심으로 그 영웅적인 활약상이 나타나지만, 여주인공이 방울의 모습으로 일관한다는 점에서 여화위남 모티프 등 여성영웅소설의 주요한 특징을 벗어나는 독특한 작품이다.

34) 특히, 전용문은 앞의 논문(1면)에서 그 성격상 여성영웅소설의 수준에 이르고 있어 계속 탐색되어야 한다고 하면서도 표제가 남주인공의 이름과 제재로 된 작품들을 여성영웅소설의 범주에 포함시키지 않았다. 반면 민찬은 앞의 논문(8-9면)에서 조선후기의 장편소설에도 여주인공이 출정하여 영웅으로서의 삶을 이루어나가는 작품이 상당수 포함되어 있음을 시사하여 자료의 폭을 넓혔다는 점에서 고무적이라 할 수 있다.

추적하기 위한 선행 작업이기도 하다. 그런데 그 출현과 전개 양상에 대해선 외국문학의 영향을 강조하는가 혹은 영향 관계를 다소간 인정하면서도 자생적인 여건에 초점을 맞추는가에 따라 논의가 크게 갈라져 온 것이 사실이다. 대표적인 예를 들면 성현경은 〈설인귀전〉의 영향 요소가 가장 많은 〈황운전〉, 〈정수정전〉, 〈홍계월전〉 등 여성의 남성 지배가 노골적인 유형이 먼저 생겨났고, 두 번째로는 〈이대봉전〉, 세 번째로는 〈옥루몽〉, 마지막으로 〈박씨전〉, 〈장국진전〉 등 그 모방 요소가 줄어들어 이조(李朝)적으로 수용·변용된 작품들이 생겨났을 것이라고 추정한 바 있다.35) 이에 반해 정명기는 당시의 시대상과 작품 내적인 특성에 의거, 〈박씨전〉 류→〈백학선전〉 류→〈하진양문록〉 류→〈황운전〉 류→〈이대봉전〉 류→〈정수정전〉 류로 여성영웅소설이 전개되었을 것이라고 주장하였다.36) 이상 성현경을 제외한 대부분의 연구자들은 주제 의식의 경우 여성영웅소설의 유형별 전개에서 정도가 깊어져 좀더 적극적인 방향으로 상승·발전하였고37), 내적 조건이 형성되었을 때 수용된 문화는 발전적인 방향으로 나아간다는 전제 하에38), 〈박씨전〉을 여성영웅소설 최초의 작품으로 상정하고 있다. 하지만 이러한 문제에 대해서는 〈설인귀전〉을 비롯하여 문학 안팎에서 추정된 여성영웅소설의 출현 동인이 아직도 객관성을 획득하지 못한 상태이므로, 앞으로 더 신중한 검토가 행해져야 할 것으로 본다.

---

35) 성현경, 앞의 논문 참조.
36) 정명기, 앞의 논문, 5면.
37) 전용문, 앞의 논문, 86면.
38) 여세주, 앞의 논문, 120면.

이 글에서는 선정된 작품을 순차구조 중심으로 분석하고 그 결과로 나타나는 구조와 의미상의 차이에 따라 작품을 분류하기로 한다. 여기에서 사용하는 갈래 명칭은 그러한 공통적인 작품군을 지칭하기 위한 편의상의 명칭이며, 일대기 구조가 어떠한 양상을 띠는가, 특히 여성영웅의 일대기 구조가 완결되었는가의 여부를 중심으로 한 명칭이다. 덧붙여서 말하자면 개개 작품에 대한 분석 과정은 생략하고, 그 결과로 도출된 공통점을 갈래별로 밝혀서 다음 장의 개별 작품에 대한 논의에서 심화·확인하는 방식을 취하고자 한다.

여성영웅소설은 여성영웅의 일대기를 중심으로 한다는 기본 개념에 따라 다음과 같이 다섯 갈래로 나뉜다. 첫째, '삽화형'은 그 일대기가 대부분 생략된 채 여성영웅이 남성영웅의 일대기 구조 속에 삽화적으로 등장하는 유형을 말한다. 둘째, '남성중심형'은 여성영웅의 일대기가 분명한 틀을 갖고 나타나지만 아직은 남성영웅의 일대기가 갖고 있는 고정된 틀에 눌린 채로, 그것들이 상호 관련되면서 나란히 전개되는 유형을 말한다. 셋째, '여성중심형'은 남녀주인공 각각의 영웅적 일대기가 밀접한 관련 없이 나란히 전개되는데, 여주인공의 일대기가 구조 및 의미상에서 커다란 비중을 차지하는 유형을 말한다. 넷째, '여성단독형'은 남성영웅의 일대기가 퇴장하거나 아직 관련되어 있지 않아서[39] 여주인공의 영웅적 일대기만 나

---

39) 이렇게 말하는 까닭은 여성영웅소설의 전개 과정을 확언할 수 없는 상태이기 때문이다. 즉, 영웅소설의 후대적 변모 혹은 정명기의 논의와 같이(정명기, 앞의 논문) 자생적인 여건에서 여성영웅소설의 전개 양상을 추정한다면 남성영웅 및 남녀 주인공의 영웅적 일대기가 퇴장한 것으로 볼 수 있겠지만, 그렇지 않을 경우도 무시할 수 없는

타나는 유형을 말한다. 다섯째, 가문소설은 전대의 여러 소설 유형을 종합적으로 투영하고 있으며 가문 중심으로 사건이 펼쳐진다는 전제 하에, 이러한 소설 중 여성영웅의 삶의 궤적이 나타나는 작품을 '가문중심형'이라 한다. 이제 이상과 같이 구조 중심으로 분류한 갈래를 차례로 검토하면서 그 의미를 탐색해 보기로 한다.

2.1. 삽화형

먼저 별개의 이야기 구조 속에 여성영웅이 삽화적으로 등장하는 작품에는 〈금향정기〉, 〈권익중전〉, 〈신유복전〉, 〈사각전〉, 〈남강월전〉 등이 있다. 따라서 이러한 작품들에서 여성영웅의 일대기는 대체로 생략, 남성영웅의 일대기 구조에 함몰되어 있다.

이 중 〈신유복전〉과 〈사각전〉에선 여성영웅이 적군의 장군으로 잠시 출현했다가 죽임을 당하고 있다.[40] 유복과 사각의 영웅적 일대기, 그 중에서도 영웅적 투쟁이 가장 화려하게 펼쳐지는 장면에 적장 신분으로서 여성영웅이 등장한 것이다. 이러한 양상은 일대기를 갖추지 못한 여성영웅이라는 한계 내지 안타고니스트로서 소설 구조상에서 점하는 위치와 관련된 문제를 안고 있지만, 그들의 간단한 삶의 궤적과 출전 의지 및 그것에 대한 세계의 반응과 관련해

것이다.
40) 〈신유복전〉에선 가달의 장수 통골이 유복에게 죽임을 당하자, 그 아비의 원수를 갚고자 통각, 벽옥 남매가 출전한다. 〈사각전〉에선 호국 장수 마성대의 누이 월섬이 그 오라비의 원수를 갚고자 출전한다.

서 몇 가지 짚고 넘어가야 할 문제를 제시해 주고 있다.

월섬과 벽옥은 일정한 기간 동안에 수학 과정을 거쳐 무술과 도술을 겸비하고 있다는 공통점이 있다. 또한 사회·국가적인 차원에서가 아니라 아버지와 오라비라는 혈육의 차원에서 문제를 해결하기 위해 출전한다는 공유된 출전 의지를 갖고 등장한다. 그런데 거기에 대한 세계의 반응에 있어서 〈사각전〉의 월섬은 적군, 오랑캐라는 안타고니스트로서의 위치뿐만 아니라 여성이라는 신분 때문에 더 많은 냉소와 질욕을 받는다. 그러한 냉소적인 세계의 반응을 대변하는 것은 사각의 발언이다. 천자(天子)의 인검을 빌린 자로서, 천의(天意)를 대변하는 당시 영웅으로서 사각의 발언은 그야말로 규범적 사회의 이데올로기, 그 중에서도 특히 성이데올로기[41]를 재차 확인하는 역할을 한다. 즉, 월섬이 대적하자 사각은 "네 조고만 계집으로셔 감히 목숨을 앗기이지 안니ᄒ고 큰말을 ᄒ다"[42]라고 하면서, 특히 여성이라는 신분을 트집 잡는다. 또한 그는 월섬에 의해 위기에 처하자, "아녀ᄌ 칼 아래 혼이 되겟사오니 차라리 스사로 쥭으리라 ᄒ며"[43] 자결을 기도하기도 한다. 이러한 것은 "감히 일시 강포를 밋고 텬의를 거사려 만승디국을 침범ᄒ니 엇지 텬앙이 업스

---

41) 남성이나 여성에게 있어서 사회적으로 받아들일 만한 행위라고 간주되는 것을 결정하는 것으로서, 성차별 이데올로기, 문화적 성이데올로기, 혹은 남성지배 이데올로기라고도 한다.(K.K.Ruthven, *Feminist Literary Studies:an introduction*, Cambridgy Univ. Press, 1984, pp.31-32)

42) 〈사각전〉, 132면. 이후 이 글에서는 모든 작품의 인용문을 자료 자체를 존중한다는 의미에서 고어를 그대로 표기하며, 해독상의 편의를 위해 띄어쓰기만 필자의 임의대로 하였음을 밝혀 둔다.

43) 〈사각전〉, 132면.

리오"44)와 같이 천의를 빌미로 초반에 기를 죽이자는 것과는 상당히 다르다. 여하튼 이들 작품의 여성영웅은 적장의 신분으로 출전했기에 소설 구조상 죽을 수밖에 없는 비운을 맞이했지만, 아울러 여성영웅으로서의 비극적인 최후도 보여주는 실례가 된다. 이러한 양상은 당시 독자들에게 패악한 뜻을 품은 오랑캐, 그것도 여성 오랑캐의 침략은 천의를 거스른 것이기에 죽어 마땅하다는 식의 의식을 굳히게 해주지 않았을까 한다.

요컨대 이 두 작품은 유복과 사각의 영웅담과 결연담을 결구해 놓았는데 그 과정에서 가장 위급한 장면에 등장한 여적장은 오랑캐 및 여성의 신분으로 비극적인 최후를 맞이함으로써 유복과 사각의 영웅적 투쟁과 승리를 부각시키는 역할을 했다. 아울러 여성 오랑캐의 패배는 여성에 대한 멸시 의식45)과 천리(天理)의 승리라는 이데올로기적 명분 의식을 암암리에 퍼뜨리는 의미를 띠기도 한다.

다음으로 〈금향정기〉, 〈권익중전〉, 〈남강월전〉은 이와는 달리 적장으로서가 아니라 남주인공의 영웅적 삶을 뒷받침해주는 역할을 띠고 여성영웅이 등장한다. 즉, 영웅적 일대기라는 중심적인 구조 속에서 일대기를 갖추지 못하고, 따라서 주요 인물에서도 벗

---

44) 〈사각전〉, 123면.
45) 밀레트는 여성혐오의 문학에 대해 논한 바 있다. 즉, "여성혐오의 문학은 남성의 적의 표현의 중요한 수단이며 교훈적이며 희극적인 유형에 속하는 문학이 바로 그것이다. 부권제 하의 모든 예술 형태 중에서 이것은 가장 노골적인 선전성을 띠고 있다. 이러한 유형의 문학의 목적은 양성의 지위에 있어서의 성적 구분을 강화하기 위한 것이다."(케이트 밀레트·정의숙, 조정호 역, 『성의 정치학』, 현대사상사, 1976, 89면)

어나 있는 여성영웅이 일시 등장해서 남녀주인공의 삶을 완결시키고 있다.

〈금향정기〉는 종경기와 갈명하라는 남녀주인공의 파란 많은 결연 과정과 그 과정에서 노정되는 남주인공의 영웅담이 안록산의 난이라는 역사적 사건을 배경으로 해서 펼쳐져 있다. 여기에서 갈명하라는 여주인공은 규중약질로 시련을 받을 뿐 어떠한 적극적인 행위도 시도하지 못하고 있는데 반해서 제2부인인 뇌부인은 다른 양상을 띤다. 즉, 그는 "신장이 팔척이요, 어깨는 두자요, 손은 무릎을 지나고 얼굴은 지분으로 다스리지" 아니한 "치마 두른 장부요, 비녀 꽂은 군자"46)이다. 또한 그의 침소엔 "여자에게 당한 침선방적의 기물은 하나도 없고 벌인 바가 오직 궁시, 창검 뿐"47)이다. 그야말로 뇌부인은 지모와 검술을 갖춘 여성영웅인 것이다. 물론 작품의 전체 구조상에서 볼 때 이러한 뇌부인의 행적은 적은 비중을 차지한다. 이 작품은 처음부터 끝까지 종경기와 갈명하의 혼사장애와 그 극복 방안으로서 경기의 무용담이 중심적인 줄거리를 이루고 있기 때문이다. 그렇지만 작품의 후반에서 경기의 영웅적 활약이 나타날 무렵, 뇌부인은 잠깐 다시 등장해서 최종적인 문제를 해결하는 데 공헌한다. 즉, 경기의 출전에 즈음해서 뇌부인은 "첩의 부숙이 다 역적에게 죽었으니 불공대천지수라. 이때를 당하여 마땅히 한가지로 전장에 나가 안경서를 베어 나라를 평안케 하고 원수를 갚으리이다."48) 하는 출전 의사를 밝힌다. 이에 공식적인 인정을 받지 못한

---

46) 〈금향정기〉, 52면.
47) 〈금향정기〉, 52면.
48) 〈금향정기〉, 103면.

다는 한계가 있지만 그는 지모와 창법으로 싸움을 승리로 이끄는 데 결정적인 역할을 한다. 하지만 그는 부숙(父叔)의 원수를 갚고 남편의 영웅성을 부각시킨 이후에는 다시 제 2부인으로서 본래의 위치로 돌아오고, 남녀주인공의 혼인과정 속에 함몰되어 버린다.

〈권익중전〉은 전반부에선 권익중과 이춘화의 애정담이, 후반부에선 그 아들 선동의 결연 과정과 무용담으로 결구되어 있다.49) 이 양자의 비중을 보면 물론 전자가 전체 내용을 지배한다. 그런데 후반부의 이야기를 따로 떼어 보면 이 작품은 여성영웅소설의 패턴을 갖추고 있다. 어찌 보면 전반부는 후반부의 전생담 같다. 예컨대 익중과 춘화의 결합은 현세에서는 전혀 불가능하게 되어 하늘의 힘으로 그 아들만을 얻게 되는데, 아들 선동은 천상에서 5년 동안 모친에 의해 길러진다. 선동은 5년 뒤 지상에서 천자의 위기를 맞아 출전하는데, 도중에 모친의 지시를 받아 역시 천상 적강자인 세 여자와 결연을 맺는다. 이들은 선동이 가장 위급할 때 전복과 무기를 갖추고 출전, 난을 파하고 선동을 위기에서 구해주지만 선동을 제외하고는 아무도 그 행위를 알지 못한다. 따라서 이 작품은 후반부만 독립시켜 보면 선동의 영웅적 일대기를 보완하고 완결시키는 역할을 띠고 여성영웅이 일시 등장한다는 점에서 삽화 유형을 나타낸다.

〈남강월전〉은 황씨 부자의 영웅적 일대기 속에 남강월이라는 기녀 출신의 여성영웅이 등장한다. 남강월은 비록 검술에 뛰어난 '녀중호걸'50)로 "영웅이 째를 맛나지 못ᄒ야 츙분강기훈 회포"51)

---

49) 따라서 이 작품을 〈권선동전〉이라고도 한다.(김기동, 『한국고전
　　소설연구』, 교학연구사, 1983, 207면)
50) 〈남강월전〉, 363면.

를 지녔으며, 황원상의 소실 신분으로 국가 및 가정의 위기 국면
에 있어 중대한 공헌을 하지만 작품 전체에서는 중심적인 비중을
차지하지 못한다. 그는 일대기 구조를 갖추지 못한 채 사건의 위
기 부분에만 잠시 등장하고, 주인공의 소실이라는 위치에만 머물
러 있기 때문이다.

　마지막으로 〈박씨전〉은 위의 다섯 편과 다소 다른 양상을 띤다.
위의 작품들은 영웅의 일대기 구조 속에 여성영웅이 삽화적으로
등장한다는 점에서 공통점을 갖는다면, 〈박씨전〉은 이와는 달리
여성영웅의 일대기를 중심으로 하고 있다.[52] 물론 그의 출생 과정
과 혈통에 대한 단락은 생략되어 있지만, 부친 박처사의 기이한
행적[53]과 "액운이 다 진하얏스니 누츄한 허물을 버스라"[54]는 말
은 그 비범한 출생 과정과 혈통에 대해 일말의 암시를 해 준다.
그런데 문면에는 반복해서 '영웅의 풍채' 내지 '녀장군'[55]이라는
호칭이 나오고 박씨 부인 자신도 그에 합당한 국가적인 활약을 하
지만 그 활약상이 전형적인 여성영웅의 것과는 다르게 나타난다.

---

51) 〈남강월전〉, 353면.
52) 물론 시백의 일대기를 중심으로 작품이 전개되지만, 시백은 "만
　　고 영웅 지지오 일대호걸"이라는 처음의 예상을 벗어나서, 국가
　　의 위기 국면에 어떠한 역할도 하지 못하는 평범한 재상에 불과
　　하다.(〈박씨전〉, 397면)
53) "녯 로인이 드르시기를 수백년 전에 이 곳 잇는 사롬이 구목위소
　　하고 식목실하야 존호를 박처사라 일으로 사옵더니 간곳을 모르
　　노라 하고 말삼하는 것만 들엇삽고", "드르매 산지는 삼쳔삼백년
　　이라"(〈박씨전〉, 399면)
54) 〈박씨전〉, 414면.
55) 〈박씨전〉, 406면.

즉, 그는 다른 어떤 계기에 남복을 하고, 일정한 수학 과정과 직위 습득을 거쳐 전쟁에 참여하지 않고 선천적인 도술로써 국가의 난을 예견하고 아내의 위치에서 간접적으로[56] 전쟁을 치른다. 이러한 양상은 이 작품이 국내를 무대로 하였다는 특징과 거기에 따른 한계를 아울러 안고 있음에서 유래한다.[57] 이는 "녀재나 명견 만리하니 진실노 앗갑도다 만일 남재 되엿든들 보국튱신이 될 것을 녀자 됨이 한이로다"[58]에서처럼 조선 중기의 사회에선 전형적인 여장군의 출현이 불가능하기 때문이다. 따라서 박씨는 아무리 국가가 위기에 빠졌다 한들 남편인 시백을 통해 묘계를 적용하고, 시비 계화를 통해 적군을 상대할 수밖에 없게 된다. 하지만 이러한 간접 출전과 그것이 그것대로 국가적 차원으로 확산되지 못한 것은[59] 그가 국가상의 불행을 천의로 알고 "텬의를 좃차 거역지 못"[60]한 탓에 있다. 즉, 남한산성에서의 패함은 어쩔 수 없는 것이기 때문에 그는 단지 "규중녀재 격수단신으로 무슈한 호젹의 예긔를 쩍거 조션의 위엄을"[61] 빛내는 역할을 하게 된 것이다. 이러한 점은 작품 말미에 나오는, "박씨는 일개 녀자로 비단 재덕 샏

---

56) 시백, 혹은 계화를 통해.
57) 이러한 점과 관련해서 성현경은 앞의 논문(77면)에서, 이 작품을 "「설인귀전」이 이조적(李朝的)으로 수용된 결과"라 한 바 있다.
58) 〈박씨전〉, 411면.
59) 국운이 이미 기울자 그는 피화당을 거점으로 자신의 몸과 "일가 친척(戚)을 피화당으로 모화 잇게 함애 병란을 당하야 피란하는 부인들"(435면)을 적장 용골대로부터 지키고, 이미 남한산성에서 강화를 맺고 청국으로 볼모잡혀가던 왕비를 구출할 뿐이다.
60) 〈박씨전〉, 441면.
61) 〈박씨전〉, 444면.

아니라 신긔묘산"을 갖고 있었지만 "앗갑기는 녀자로 이런 재조 가짐은 희한한 일이오 이는 조선국운에 텬의가 여차하기로 특별이 드러나지 못하고 대강 젼셜노 인하여 긔록함이 되니 가히 한흡지 아니리오"[62]와 같은 작가의 말을 통해서도 알 수 있다.

이상 삽화형의 구조적 특징과 그 양상을 살펴보았다. 그 중 〈신 유복전〉과 〈사각전〉에선 적장 신분의 여성영웅이, 〈금향정기〉와 〈권익중전〉, 〈남강월전〉에선 부수적 인물로서 여성영웅이 별개의 이야기 구조 속에 삽화적으로 등장한다. 그 다음 〈박씨전〉은 여성 영웅의 일대기를 중심으로 했으나 그 영웅적 활약상이 구체적으로 드러나 있지 않다. 그런데 이러한 구조상의 한계와 차이에도 불구 하고 각 작품의 여성영웅은 가장 위급할 때 일시 출현해서 작품상 의 문제를 최종적으로 해결하여 사건을 완결시킨다.

2.2. 남성중심형

우선 순차구조상에서 볼 때, 남녀주인공 각각의 영웅적 일대기 가 상호 관련되면서 병렬적으로 구조화되어 있는 작품에는 〈이대 봉전〉, 〈최익성전〉, 〈김태자전〉, 〈화옥쌍기〉, 〈음양옥지환〉, 〈백 학선전〉, 〈운향전〉, 〈장국진전〉, 〈계상국전〉, 〈유문성전〉, 〈양주 봉전〉, 〈옥루몽〉, 〈오선기봉〉, 〈이봉빈전〉 등이 있다. 이제 이 14 작품을 대표할 수 있는 작품의 순차구조를 들어 구조적 특징을 살 펴보고, 부분적인 차이점에 대해선 각 작품과 비교, 검토해 보고

---

62) 〈박씨전〉, 445면.

자 한다. 먼저 대표적인 작품으로 〈장국진전〉의 순차구조를 살펴
보기로 한다.63)

    A : 남주인공의 고귀한 혈통
    A : 남주인공의 신비한 출생
    A : 남주인공의 비범한 성장 과정
    D : 국가의 위기 1
    A : 남주인공의 초기 시련
    A : 남주인공의 구출, 양육 및 수학
    B : 여주인공의 고귀한 혈통
    B : 여주인공의 신비한 출생
    B : 여주인공의 비범한 성장 과정
    B : 여주인공의 초기 시련
    B : 여주인공의 여화위남 및 수학
    C : 천정배필로서의 청혼 및 거절
    A : 남주인공의 응과 및 벼슬
    C : 사혼
    A : 남주인공의 사혼 2 및 선정(善政)
    D : 국가의 위기 2
    A : 남주인공의 출전 및 승리, 승진

---

63) 그 대표적인 작품으로는 〈이대봉전〉이 제일 적절한데 다음 장에
서 다룰 것이므로 중복을 피하고자 하는 것이다. 이후 순차구조
를 서술할 때 각 작품의 단락은 필자가 매긴 고유번호를 갖는다.
특히 남녀주인공 각각의 일대기 양상 및 상호 관련성을 밝히고자
하므로, 남녀주인공과 관련된 단락은 A, B(혹은 순서상으로는 B,
A), 둘 간의 관계 및 동행에 관한 단락은 C, 외부상황에 관련된
단락은 D 등이라고 한다. 따라서 본 작품에선 A가 남주인공인
장국진, B가 여주인공 이계향과 관련된 단락을 나타내게 된다.

A : 남주인공의 위기 1
B : 여주인공의 구출
D : 국가의 위기 3
A : 남주인공의 출전, 승리 및 승진
A : 남주인공의 위기 2
D : 국가의 위기 4
A : 남주인공의 출전 및 승리
D : 국가의 위기 5
A : 남주인공의 위기 3
B : 여주인공의 출전, 남주인공의 구출 및 승리
B : 여주인공의 승진
A : 남주인공의 승진 및 결연 3

　이상 〈장국진전〉의 순차 구조를 중심으로 하면서 다른 작품과 크게 차이 나는 부분을 단락에 따라 비교해 보기로 한다. 우선 전체적으로 볼 때, 이 작품의 'A-A-A-D-A-A-B-B-B~'꼴과 유사한 구조로 되어 있는 작품에는 〈오선기봉〉, 〈음양옥지환〉, 〈옥루몽〉, 〈백학선전〉, 〈화옥쌍기〉, 〈김태자전〉, 〈계상국전〉[64] 등이 있다. 즉, 이들 작품은 남주인공의 일대기가 진행되면서 여주인공의 일대기가 나타나는 구조로 되어 있다. 이와는 다르게 〈이대봉전〉, 〈운향전〉[65], 〈최익성전〉, 〈양주봉전〉, 〈이봉빈전〉[66], 〈유문성전〉 등은 남주인공 단락인 A로부터 시작해서 'A-A-B-B-B-C-D-A-B~'꼴의 구조로 되어 있다. 그 차이점을 좀 더 양극화시켜 보면 〈오선기

---

64) 이 작품의 처음을 'A-B-A~'로 나눌 때, 여기에서의 B는 여성 영웅 두태을의 단락이 아니므로 오히려 'A-A-A~'가 된다.
65) 이 작품의 처음 'A-B-A-A~' 구조에서 A는 여주인공 운향이다.
66) 이 작품의 처음 'A-B-A-B~' 구조에서 A는 여주인공 봉빈이다.

봉〉의 'A-A-A-A-A-B-A~'꼴과 〈이대봉전〉의 'A-A-B-B-C-D-A-B-A~' 꼴을 예로 들 수 있다. 대체로 출발점 A를 남주인공의 단락으로부터 시작한다는 공통점을 전제로 하더라도 후자의 경우가 남녀주인공 각각의 영웅적 일대기를 병렬적으로 전개하면서 그것들 간의 관계 양상에 초점을 맞추는 데 더 성공한 일례가 된다.

그러면 주요한 단락을 고찰해 보기로 한다. 먼저 그 순서67)와 정도에 있어 다소 차이가 있지만 남녀주인공은 대체로 대대 명문거족의 후예로 전·현직 고관의 만득자 내지 만득녀이며 천상 선관과 선녀의 적강자이다. 따라서 그들은 태어나는 데 있어서도 범인과는 달리 신비한 과정을 겪는다. 그 다음 초기 시련 및 가족과의 이산 동기는 남녀주인공이 각기 다른 양상을 띤다. 즉, 남주인공은 간신의 참소에 의한 부친의 정배 혹은 외적의 난으로 인해 가족과 이산되는데68) 궁극적으로는 이러한 분리로 인해 혼사장애를 겪는다. 여주인공은 정혼한 상태에서 위의 사실에 따른 정혼자와의 분리 이후

---

67) 남성중심형 소설에서 〈운향전〉과 〈이봉빈전〉을 제외하곤 처음 A는 남주인공의 혈통과 출생 단락이다.
68) 〈김태자전〉에서는 소선이 모친의 병을 고치기 위해 영순을 구하러 만리타국에 갔다가 귀환 도중 배다른 형 세징의 악행으로 장님이 되어 유리걸식한다. 〈유문성전〉에선 이미 약혼한 여주인공에 대한 황제의 늑혼과 관련된 간신의 참소에 의해 양가의 부친이 투옥된다. 〈음양옥지환〉에선 위의 두 가지 경우가 차례로 발생한다. 〈운향전〉에는 남주인공의 초기 시련이 없다. 〈계상국전〉, 〈옥루몽〉에서는 남주인공들이 응시차 상경함으로 인해 가족과 분리된다. 〈화옥쌍기〉에서는 남주인공이 천하주유차 스스로 집을 떠남으로 해서 노상에서 시련을 겪는다. 〈백학선전〉에서도 남주인공은 수학차 집을 떠남으로 해서 가족과 이산된다.

에 부모의 죽음, 늑혼에 의한 시련을 당한다.[69] 국가의 위기는 그 빈도와 성격, 정도에는 다소간 차이가 있으나 대체로 외적, 혹은 내적과 내통한 외적에 의한 것인데, 공식적으로는 남성영웅에 의해 평정되지만 가장 위급할 때에는 비공식으로 여성영웅이 일시 등장해서 남성영웅을 구출, 보필함으로써 해결된다.[70] 구출 및 양육, 수학 과정에 있어서는 남녀주인공이 각기 다른 양상을 띤다. 예컨대 남주인공은 대체로 천명(天命)을 받은 도사 및 불승에게 구출, 양육, 수학[71]하는데 여주인공에게 있어선 이러한 양상의 정도가 더

---

69) 〈최익성전〉에서 금선은 간신의 참소에 의한 부친의 정배, 그에 따른 모친의 죽음 및 늑혼에 의해 3중의 시련을 겪는다. 〈장국진전〉에서 계향은 간신의 참소에 따른 부친의 죽음과 그로 인한 모친의 죽음으로 시련을 겪는다. 〈음양옥지환〉에서 수영은 부친의 죽음에 따른 계모의 학대로 시련을 겪는다. 〈계상국전〉에서 두태을은 부친의 돌연한 죽음과 이후 모친의 병사에 의해 시련을 겪는다.

70) 〈이대봉전〉, 〈양주봉전〉에선 최초의 국가적 위기에 여주인공이 대원수로 출전, 평정하고 그 다음 가장 위급한 난에 남주인공이 비공식적으로 출전, 평정한다. 〈옥루몽〉에선 남주인공이 대원수로 출전하는 중에 여주인공이 적국의 원수로 출전했다가 가연을 맺은 바 있는 남주인공에게로 투항해 부원수로 싸운다. 〈계상국전〉, 〈유문성전〉에선 남녀주인공이 각기 대, 부원수로 동시에 출전한다. 〈최익성전〉에선 남녀주인공이 각기 부, 대원수로 동시에 출전한다. 〈김태자전〉, 〈이봉빈전〉에선 여주인공만이 공식적으로 출전한다. 〈음양옥지환〉에선 2차에 걸친 외적의 난에 남녀주인공이 각기 출전한다.

71) 〈이대봉전〉에서 대봉은 문무지예를 스스로 연마하고, 시련 중에는 서해 용왕에게 구원받고 불승에게 양육, 수학한다. 〈계상국전〉, 〈옥루몽〉, 〈백학선전〉에서 남주인공은 자득적으로 수학한다. 〈오선기봉〉에서 태을은 적장에 의해 양육된다. 〈김태자전〉,

심하다. 여주인공은 무예에 대한 자득적 연마 없이 규중약질로 지내다가 시련이 겹침에 따라 구출, 양육, 수학 과정에 있어 돌연한 변화를 경험하기 때문이다. 즉, 그는 평소에 여공(女功) 및 여자에게 허용된 몇 가지 학문만을 연마하다가 가족, 정혼자와 분리된 후 어쩔 수 없이 남복으로 바꿔 입고 출세에 뜻을 두기 때문에, 불가피하게 천상으로부터 도움을 받는다. 따라서 그의 수학 과정에는 선녀와 도사의 가르침이 일관하게 된다.[72] 또한 여주인공은 남복을 입고 의탁하기 때문에 의탁지에서 또 다른 여성 인물과 결연을 맺어야 하는 곤란을 겪는다. 물론 이렇게 권도로 맺은 여성들은 여주인공의 의사에 따라 남주인공의 후처가 되기 마련이다. 하지만 그 정도는 여성중심형이나 여성단독형보다는 약하다. 가연 단락 C에서 남녀주인공은 천상에서부터 이미 천정배필로 결정되어 있고 대개는 어릴 때 부친 간의 약속으로 정혼하게 되지만, 모든 시련 및 위기 국면이 해소되고 여주인공의 여화위남이 탄로된 후에야 가연을 완전히 성취한다.[73] 남녀주인공의 벼슬 및 입공 단락을 보면 남주인

〈유문성전〉에선 남주인공이 스스로 학문을 습득하고 고난 중에는 장차 장인될 사람에게 구원, 양육된다. 〈이봉빈전〉에는 남주인공의 의탁과 수학 과정이 없다.

72) 〈이봉빈전〉에서 봉빈은 한어사댁에 의탁, 자득적으로 수학한다. 〈양주봉전〉에서 장소저는 서장군에게 의탁, 수학한다. 〈계상국전〉, 〈오선기봉〉에선 여주인들이 자득적으로 수학한다.

73) 〈장국진전〉에선 여주인공이 장성해서 초기 시련을 겪던 중 몽중교시로써 배필이 알려지므로 시련 동기가 해결되고서야 가연이 이루어진다. 〈옥루몽〉에선 남녀주인공의 가연이 전생담에서 예시되지만, 현실적으로는 남녀주인공 특히, 강남홍의 적극적인 의지로 성사되고 대단원에서 완전히 성취된다. 〈운향전〉에선 여주인

공이 정식 절차 및 의지에 있어 단연 우세하고 여주인공은 대체로 규중에 있다가 돌연한 용력을 얻어 직접 입공하는 것이 상례이다.74) 이러한 점에서 남성중심형 소설은 남성 중심의 영웅적 일대기에 부합하는 반면 여주인공의 영웅성은 미약한 양상을 띤다. 또한 남주인공이 영웅의 속성에 맞게 입공출세에의 의지가 강한 반면에, 여주인공의 그것은 부모의 원수와 크게는 가연성취에 대한 의지의 결과임을 알 수 있다. 하지만 남주인공이 출세보다 애정 문제에 더 열중하거나 출세 과정을 거치지 않는 작품도 있다.75) 이와 관련해서 여주인공은 여화위남한 사실이 노출되는 것에 불만을 갖

공이 장성해서 초기 시련을 겪던 중 그 구원자의 아들과 결혼하므로 혼인 이후의 혼사장애를 겪는다. 〈오선기봉〉, 〈음양옥지환〉, 〈김태자전〉에선 남주인공이 초기 시련을 겪던 중 그 구출자의 딸과 약혼하게 된다. 〈계상국전〉은 남주인공이 천정배필인 다섯 부인을 취하는 과정으로 점철되어 있으므로 작품 전체가 혼사장애 주지로 되어 있다. 〈백학선전〉과 〈화옥쌍기〉에선 장성한 남녀주인공이 자매(自媒)로 가연을 맺고 모든 장애가 해소된 이후에 그것을 성취한다. 〈유문성전〉에선 남녀주인공이 장성한 후 부친 간의 약정으로 정혼한다.

74) 〈양주봉전〉, 〈이대봉전〉에서 여주인공은 응과 결과 장원급제해서 한림학사를 제수 받고 계속해서 승진, 대원수로 출전하는 반면, 남주인공은 벼슬 과정 없이 비공식으로, 이름 없는 장수로 출전한 후 직위를 받는다. 〈이봉빈전〉, 〈김태자전〉에서는 여주인공이 공식적인 벼슬 과정을 거친다. 〈유문성전〉의 배경은 창업난이므로, 남녀주인공 각각 벼슬 과정 없이 출전한다. 〈계상국전〉, 〈음양옥지환〉은 남녀주인공 모두 벼슬 과정을 거치고 출전 상의 직위를 얻는다. 〈최익성전〉에선 남녀주인공 모두 출전상의 직위를 얻는다.

75) 〈이봉빈전〉, 〈백학선전〉, 〈유문성전〉.

지 않는다. 따라서 남녀주인공 각각은 시련 및 분리의 동기가 해소되면 가연을 성취하고 가족과 국가의 평화를 맞는다.

이상의 순차 구조를 보면, 남녀주인공의 영웅적 일대기가 동일한 비중으로 나타나다가 정혼 단락을 계기로 연관되어서, 최후로 가연을 완성시키는 쪽으로 전개됨을 알 수 있다. 비록 남주인공의 일대기는 영웅의 일생이라는 공식적인 틀을 벗어나지 못했지만, C를 계기로 관련된 여주인공의 일대기와 얽힘으로 해서 영웅소설에서의 그것과는 상이한 의미를 나타내게 된다. 여주인공은 이러한 계기로, 혹은 그것과 관련된 초기 시련으로 해서 뜻하지 않은 삶의 궤적을 밟는다. 즉, 그의 남복 환착과 수학, 벼슬 및 출전은 오로지 C와 관련된 부모의 원수 및 정혼자의 삶, 가연을 위한 것이다. 요컨대 여주인공이 남복환착의 사실이 폭로되는 것에 불만을 갖지 않는다고 하는 점, 마지막 부분에서 그가 아내의 이름으로 혹은 비밀리에 자원출전해서 남주인공을 보필, 구원하고 그 공을 남주인공에게 돌리거나 원만히 가연을 성취한다고 하는 점으로 봐서, 이러한 유형의 소설은 가연의 성취[76]와 가문의 회복에 대해서 남녀주인공 모두가

---

76) 이러한 유형의 소설에 있어 남녀주인공이 궁극적으로 성취하고자 하는 가연은 인간의 본능적 욕구에 근거를 둔, 필연적인 애정과는 다른 성질의 것이다. 즉, 여기에서의 가연은 부모의 도덕적 권위와 관련되어 있는 것으로서 중매를 통해 양가 혼주에 의해 결정되고 육례라는 절차를 거쳐 이루어져야 하는 조선시대의 한 규범으로서의 결혼을 의미하는 것이다.(김일렬, 『조선조소설의 구조와 의미』, 형설출판사, 1984, 256-259면.) 예를 들어 〈김태자전〉에서 백운영이라는 여주인공이 배승상의 늑혼을 뿌리치면서 "녀주의 귀혼바는 졀힝이온딕 부친이 일즉 쇼녀와 김공주를 명ᄒᆞ야 셔로 글귀로써 화챵케 ᄒᆞ고 밍약을 임의 믹젓스니 이것은

적극적인 쟁취의식을 보여준다. 따라서 이러한 유형의 여성영웅소
설은 공식적인 남성영웅의 일대기를 중심으로 한 틀에서 상당히 벗
어나 여성영웅의 일대기를 관련시키고, 여성영웅의 심중과 의지에
많은 할애를 했음을 알 수 있다. 하지만 최초의 A를 대체로 남주인
공과 관련된 단락으로 설정하고 수학 및 출장입상 부분을 남주인공
위주로 한 것, 가연성취 이후에는 여성영웅의 활약상이 나타나지
않는 것, 게다가 일부다처주의 가정의식77) 및 거기에로의 여성영웅
의 함몰은 이러한 유형의 소설이 다분히 남성영웅의 일대기를 중심
으로 했음을 보여준다.

2.3. 여성중심형

먼저 남녀주인공 각각의 영웅적 일대기가 밀접한 관련 없이 전개
되면서 여주인공의 일대기가 커다란 비중을 차지하는 작품에는 〈정
수정전〉, 〈음양삼태성〉, 〈홍계월전〉, 〈김희경전〉, 〈황운전〉 등이
있다. 이 중 〈음양삼태성〉의 순차구조를 살피면서 다른 작품과 비
교하는 방식을 취하고자 한다.78)

텬지 신명의 강림흔 바ㅣ오 비복인친에 아는 바ㅣ라 엇지써 곤궁
흐다 흐야 버리고 빅반흐리잇가"(462면)라고 말하는 것은 이와
같은 양상을 띠는 것이다.
77) 일례로 〈장국진전〉을 보면, 남주인공은 여주인공 계향을 비롯해
유소저, 여적장이었던 일지홍을 모두 아내로 맞아들인다. 이러한
양상은 "국법에 제후왕은 슘부인을 두는터인즉"(〈김태자전〉, 566
면)에서처럼 특정 계층의 남성에게는 일부다처가 제도적으로 보
장되어 있었던 가부장제 전통 사회의 일면을 보여준다.(김용숙,
『한국 여속사』, 민음사, 1990, 88면 참조)

A : 남주인공들의 고귀한 혈통

A : 남주인공들의 신비한 출생

A : 남주인공들의 비범한 성장 과정

A : 남주인공들의 부모와의 이산

B : 여주인공들의 혈통

B : 여주인공들의 신비한 출생

B : 여주인공들의 비범한 성장 과정

B : 여주인공들의 여화위남과 부모와의 이산

C : 불완전한 만남과 동문수학

D : 국가의 위기

C : 육인(六人)의 출전과 대공, 봉작

B : 여주인공들의 불완전한 본적 노출

D : 본적에 대한 황제의 계교

B : 여주인공들의 본적 상소

C : 사혼 및 불완전한 결혼 생활

C : 부모와의 상봉 및 완전한 결혼 생활

B : 여주인공들의 군신지례 수행

C : 일가 화락, 자손 번창, 일시에 죽음

---

78) 〈정수정전〉은 다음 장에서 구체적으로 검토할 것이므로 중복
을 피하며, 특히 그 외의 작품은 〈정수정전〉과 유사한 구조를
취하므로 피하고자 한다. 이후 〈음양삼태성〉의 순차구조에선
처음 시작되는 단락 A는 남주인공인 채완, 채윤, 채경 형제, B
는 여주인공인 유자주, 유벽주, 유명주 자매, C는 둘 간의 관계
내지 동행, D는 외부적 상황에 대한 단락을 나타낸다.

이상 〈음양삼태성〉의 순차 구조를 중심으로 다른 작품과 비교해
서 여성중심형 소설의 전반적인 특징을 검토해 보자. 우선 전체적
으로 볼 때 이 작품도 남주인공들의 단락을 A로 하여 'A-A-
A-A-B-B-B-B-C~'꼴로 되어 있다.[79] 이러한 점은 이 작품이
아직도 남성중심형의 공식적인 틀에서 벗어나지 못한 감은 있으나
각 단락과 전체의 의미상에서 볼 때 여주인공들의 의지가 강력히
작용하고 있음을 보여준다. 우선 처음 A, B 단락인 남녀주인공들의
고귀한 혈통과 신비한 출생은 다른 유형과도 별반 다를 게 없이 유
형 내에서도 공통점을 이룬다.[80] 그 다음 이 작품의 남주인공들은
수학차 집을 떠남으로써 자발적으로 부모와 이산하게 된다. 따라서
그들은 초기 시련을 겪지 않는다.[81] 이러한 것은 남주인공들의 영
웅적 활약의 불가피함을 약화시키는 역할을 한다. 그런데 여주인공
들의 초기 시련의 양상 및 그에 따른 이산 과정은 복잡다단하다. 그
들은 "방년 칠팔셰에 시셔를 무불통지ᄒ니 문칙 쇄락흔 즁에 강긔
지심을 품어 원쥬에 드러가 활쏘기와 칼쓰기를 익히며 돌을 모와

---

79) 〈정수정전〉은 여주인공의 단락을 A로 해서 'A-A-B-C-D~'로,
   〈홍계월전〉도 여주인공에 대한 단락을 A로 해서 'A-A-A-A-
   A~'로 되어 있다.
80) 본 작품에선 여주인공들의 혈통 부분이 약화되어 있다. 이러한
   점은 그만큼 여주인공들의 기이한 행위와 영웅적 활약에 대한 기
   대감을 높여주며, 급상승적인 효과를 낳게 한다. 〈정수정전〉,
   〈홍계월전〉에선 남주인공의 신비한 출생 단락이 탈락되어 있다.
81) 〈정수정전〉에선 장연이 부친의 병사에 의해, 〈황운전〉에선 황운이
   간신에 의한 부친의 정배와 그에 따른 모친의 병사에 의해 초기
   시련을 겪는다. 〈홍계월전〉에서 보국은 어떠한 초기 시련과 이산
   과정도 겪지 않고, 〈김희경전〉은 응과차 이산하는 것 뿐이다.

진셰를 버리고 말달니기를 익히"[82])므로 부모의 근심과 위협을 자초, 부녀간의 불화와 가출을 초래하게 된다.[83]) 이러한 점은 "공명을 일워 호텬딕은을 갑고저"[84]) 한다는 그들의 공공연한 명분에도 불구하고 "셕일에 영웅호걸이 난시를 당호야"[85]), "즈고로 영웅호걸이 곤궁홈은"[86])에서와 같이 시초부터 영웅으로 자처함으로써 생기는 시련과 좌절이다. 따라서 그들은 정혼과 관련된 늑혼 혹은 가문의 위기로 인한 궁지를 맞아 일시적으로 남복을 입은 것이 아니라, 태어나면서부터 "남즈의 수업을"[87]) 이룰 동기와 의지를 품은 것이다.[88]) 그리고 이 작품의 특징은 남녀주인공들이 동일한 뜻을 품고 만나 동문수학한다는 점이다. 그런데 그들이 수학하는 과정에 있어 남녀 간에 별다른 우열 양상은 보이지 않는다.[89]) 물론 이 과정에서 여주인공들은 남복을 하고 있어, 남녀주인공들은 불완전하게 만난다. 그 다음 국가의 위기 단락은 정도와 빈도에 있어서 다소 간 차

---

82) 〈음양삼태성〉, 551면.
83) 〈정수정전〉, 〈김희경전〉, 〈황운전〉에선 여주인공이 간신의 참소로 인한 부친의 정배 및 그에 따른 부모의 병사, 〈홍계월전〉에선 계월이 반적의 난으로 해서 가족과 이산되는 시련을 겪는다.
84) 〈음양삼태성〉, 552면.
85) 〈음양삼태성〉, 555면.
86) 〈음양삼태성〉, 554면.
87) 〈음양삼태성〉, 556면.
88) 〈김희경전〉에서 설영은 규방약질로 있다가 초기 시련을 극복하면서 부친의 원수를 갚고, 군주에게 충성하리라 결심하면서 응과, 벼슬한 후 정혼자가 이미 다른 여성과 결혼한 후에야 평생 남자로 행세키로 작심한다.
89) 〈홍계월전〉에선 다른 동기로 남녀주인공이 동문수학하는데 남녀 간에 우열 양상이 보인다.

이는 있으나 다른 유형과 별반 다를 것이 없다. 특히 이 작품에선 국가의 위기 국면이 한 번만 나타나며, 그것도 조광윤의 창업난으로 별다른 어려움 없이 순조롭게 해결되기 때문에 남녀주인공의 출전과 대공 장면이 미약하다. 그리고 이러한 난은 개인 및 가문의 성쇠와는 무관하고 남녀주인공들의 출전상의 대공과 그에 따른 영화에 있어 요긴한 구실을 할 뿐이다. 따라서 주인공들의 출전 및 대공 장면도 이후의 영귀함과 비교해 볼 때 형식적인 통과의례에 불과하다. 이들에게 있어서는 가문이 당장 위기에 처해 있거나 누명을 쓰고 있지 않으므로 가문의 문호를 빛낼 일이 남을 뿐이다. 그리고 이 작품에는 남녀주인공들의 응과 및 벼슬 과정이 없지만 다른 작품에선 여성의 직위가 우위이거나 남녀가 독자적으로 동일한 직위는 얻는다. 이 작품에서 가장 흥미 있는 장면은 여주인공들의 본적 노출에 대한 것이다. 즉, 다른 작품에서와 같이 부마로 간택된다는 어쩔 수 없는 상황에서가 아니라[90), 남주인공들과 황제의 계교에 의해 마지못해 여주인공들이 본적을 상소한다. 따라서 여주인공들은 결혼 이후에도 "마지못ᄒᆞ야"[91) 하는, "한홉"[92)한 기색을 지속적으로 나타낸다. 또한 외부에서는 여주인공들의 영웅적 활약에 대해 "직죄 규방에 침몰홈"[93)을 안타까워하며 이들의 재주와 대공, 효성을 인정한다. "입궐ᄒᆞ야 군신이 반기"는 것을 위해 "삭망으로 조현ᄒᆞ라"[94)는 황명이 그 증거이다.

---

90) 〈홍계월전〉에선, 계월이 득병함으로써 어의에 의해 본적이 노출된다.
91) 〈음양삼태성〉, 579면.
92) 〈음양삼태성〉, 582면.
93) 〈음양삼태성〉, 578면.

이상 〈음양삼태성〉의 여주인공들은 시초부터 여호걸로 등장해서, 부모와의 불화[95]가 심각한 지경에까지 이르러 가출하는 시련을 겪는다. 하지만 그들이 최초에 품은 입신양명에의 뜻이 실현되는 과정은 순조롭게 진행된다. 그리고 여주인공들은 돌연한 계기에 처음의 뜻이 좌절되고 마지못해 사혼하게 되지만, 부모와 상봉한 이후에야 결혼생활을 순조롭게 한다. 이와는 달리 다른 작품 특히, 〈홍계월전〉, 〈정수정전〉에선 남녀주인공이 순조로운 정혼 이후에 각기 초기 시련을 극복하는 중에 이산되어 독자적으로 벼슬, 출전하는데 이 과정에서 여주인공의 뜻이 변한다. 요컨대 〈정수정전〉의 여주인공은 가문의 몰락 때문에 남복, 벼슬, 출전하지만 나중에는 평생 남자로 자처함으로써, 신분노출에 대해 더 강하게 반발한다. 이러한 양상은 그가 함께 거처하면서도 정혼자를 아는 체하지 않거나, 결혼 이후에도 직위를 빌미로 남편과 불화하는 것을 볼 때 알 수 있다. 즉, 〈음양삼태성〉에 있어서는 혼인 이전의 혼사장애 및 여성영웅의 의지와 활약이 문제시된다면, 〈음양삼태성〉에 있어선 혼인 이후의 혼사장애 및 여성영웅의 향방이 중요하다.

요컨대 여성중심형의 경우 남녀주인공 각각의 영웅적 일대기가 커다란 관련 없이 나란히 전개되다 결합되는데[96], 여주인공의 일대기가 빚는 의미가 커다란 비중을 차지한다.[97] 여기서 여주인공은

---

94) 〈음양삼태성〉, 588면.
95) 〈홍계월전〉에선 계월이 시초부터 여호걸로 성장하는 데 있어서 부모가 묵인하는 양상을 띤다.
96) 대체로 남녀주인공은 최초의 정혼 이후에 각기 다른 동기를 띠고 헤어졌다가 만나게 된다.
97) 가연의 성취보다는 개인과 가문을 위한 일대기.

시초부터 혹은 특정 기간 동안 여성이라는 신분에 반발하고 한탄한다. 따라서 그는 여화위남한 사실이 노출되는 것에 대해 심한 불만을 표한다. 또한 언행에 있어서나 직위에 있어서 여주인공의 우위성이 지속되는데, 신분이 노출되고 결혼한 이후에도 그러한 경향이 나타나는 작품이 있다. 여주인공에 있어서 초기 시련은 부친의 위기 내지 영웅적 의지에 따른 부친과의 불화 등 가족개인의 문제가 중심이 된다. 따라서 시련의 동기가 해소된다는 것은 가연의 성취보다는 충효에 대한 개인의 관념이 완성되는 것을 의미한다.

2.4. 여성 단독형

먼저 여주인공의 영웅적 일대기만 나타나 있는 작품에는 〈방한림전〉, 〈설소저전〉, 〈석태룡전〉, 〈이학사전〉, 〈정현무전〉 등이 있다. 이러한 유형을 대표할 수 있는 것으로 〈설소저전〉의 순차 구조를 들되 다른 작품과 비교하여 공통점을 추출하는 방식을 취하고자 한다.

A : 주인공의 고귀한 혈통
A : 주인공의 신비한 출생
A : 주인공의 초기 시련 1
A : 주인공의 비범한 성장 과정
A : 주인공의 수학 1
A : 주인공의 시련 2
A : 주인공의 남복 가출

A : 주인공의 의탁과 수학 2

A : 주인공의 응과와 벼슬

A : 주인공의 보복과 부녀 상봉

A : 주인공의 본적 상소

A : 주인공의 결연

A : 주인공의 죽음

이상에서 알 수 있는 바와 같이 이 작품은 'A-A-A-A~'꼴로 되어 있다.[98] 물론 이 작품을 제외한 여성단독형 소설에는 국가의 위기 단락인 D가 있는데, 그것은 주인공이 겪는 시련의 강약과 관련해서, 그의 영웅성을 강화시키는 역할을 한다. 고귀한 혈통과 신비한 탄생 단락은 다른 유형과 유사하지만 이 유형에서는 주인공의 성장 과정이 아주 독특하다. 즉, 그는 자신의 삶에 부합되는 자와의 일정한 정혼 과정을 겪지 않고, 시초부터 여호걸로 성장한다.[99] 본 작품에선 주인공이 시종 무예 연마를 하지 않으나 다른 여성 단독형 소설에서는 주인공들이 어려서부터 병정놀이를 한다. 이 때 부

---

98) 물론 〈방한림전〉에선 관주가 영소저와 결혼 생활을 함에 있어서, 영소저가 B의 역할도 하고 사건 전개에 있어서 많은 역할을 하나, 같은 여성이므로 의미가 상이하다. 〈정현무전〉에서도 현무가 태자와 결연을 맺으나, 그 인물 역할이 미미하고, 영웅성도 없다. 〈이학사전〉과 〈석태룡전〉에는 남매 영웅이 나오는데, 누이인 여성영웅의 활약과 일대기 중심으로 되어 있으므로 다른 유형에서의 B와 의미가 같지 않다.

99) 〈석태룡전〉에선 여주인공이 서모의 박대 및 부친의 정배라는 초기 시련을 극복하기 위한 방안으로 남복을 입고 가출해서 여호걸의 형상을 갖는다.

모가 긍정적인 반응을 보이는 것이 또한 공통점이다. 초기 시련 단락을 보면, 주인공은 간신에 의한 부친의 정배 및 늑혼으로 어릴 때 어려움을 당한다.100) 즉, 정혼자와 관련 없는 부친의 정배와 늑혼이다. 여기에서 늑혼은 정혼자와의 관계를 파기시키는 성격을 갖기보다 여자 홀로 있을 때 들이닥치는 겁탈의 양상을 띤다. 따라서 주인공이 남복을 입고 가출해 출장입상하는 목적은 이러한 목전의 위험을 면하고, 부친의 원수를 갚는 것 내지는 가문의 영화를 위한 것이다. 수학과 의탁 과정에 있어서 주인공은 대체로 자기 집 혹은 일정한 거처에 머물면서 스스로 수학하거나101), 도인에 해당하는 사람에게 의탁, 수학한다.102) 응과 및 벼슬 과정을 보면 주인공은 원래부터 갖고 있는 문장 지식으로 순조롭게 최고의 관직에 오른다.103) 이러한 유형의 소설에서 시련의 극복과 해소는 우선적으로 주인공이 부친의 원수를 갚고 부녀상봉104)을 이루는 것, 혹은 이미 시작된 영웅으로서 자신의 삶을 완성하는 것을 의미한다.105) 따라서 전자의 주인공에게 있어서는 신분 노출이 순조롭고 태자비나 왕비에 간택되어 결연을 맺는데, 이러한 것은 단지 부녀의 영귀함에

---

100) 〈방한림전〉, 〈이학사전〉에선 양친의 병사, 〈석태룡전〉에선 계모의 박대이다.
101) 〈방한림전〉, 〈이학사전〉.
102) 〈석태룡전〉.
103) 〈정현무전〉에서 현무는 일정한 벼슬 과정 없이, 직위도 없이 자원 출전한다. 〈석태룡전〉에서 여룡은 일정한 벼슬 과정 없이, 대원수로 자원 출전한다.
104) 〈이학사전〉과 〈방한림전〉은 이미 부모가 병사했기 때문에, 오로지 부모의 후사를 받들고 가문을 빛내기 위해 출장입상한다.
105) 〈이학사전〉, 〈방한림전〉.

장식적인 역할을 할 뿐으로 부친에 대한 효도를 완성하는 의미를 띤다. 하지만 후자에 있어 주인공은 신분 노출을 끝까지 고집하며, 그 과정에서 맺어지는 결연은 자신의 의지를 밀고 나가기 위한 방패, 혹은 마지못해 하는 것에 불과하다.

요컨대 여성단독형 소설은 영웅의 기상을 타고난 여성이 시초부터 혹은 시련을 극복하는 과정에서 남복으로 바꾸어 입고 영웅의 일생을 이루어나가는 양상을 보여준다. 이러한 유형이 남성 영웅소설과 다른 점은 초기 시련에 있어서 주인공이 신체적 조건 및 사회적인 성이데올로기 때문에 가일층 곤란을 겪고, 그 과정에서 동성 간에 기이한 결연과정을 겪는다는 것이다. 정리해 보면 여성단독형 소설은 여성영웅의 일대기만으로 구성되어 있다. 여성영웅은 가문의 문제를 해결하기 위해 고난을 극복하고 출장입상하는 기이한 행적을 갖는데, 그 과정에서 받아들이기 곤란한 동성 간의 결연을 맺는다. 이와 관련해서 이러한 유형에 있어서는 진정한 애정담이 결여되어 있고, 따라서 은폐된 신분에 대한 흥미도 감소되어 있다.

2.5. 가문중심형

고소설 중에는 특정한 남녀 주인공을 중심으로 했다기보다는 한 가문을 중심으로 여러 자녀의 결연담 및 무용담을 결구해 놓은 작품들이 있다. 하지만 그 중에서도 한두 명의 결연담 및 무용담이 주요한 플롯을 이루고 있는데, 그러한 부분만 눈여겨본다면 여성영웅소설의 구조적 특징을 갖추고 있는 작품들이 있다. 이러한 작품에는 〈명주기봉〉, 〈벽허담관제언록〉, 〈옥수기〉, 〈화정선행록〉, 〈유씨

삼대록〉, 〈재생연전〉, 〈하진양문록〉, 〈현씨양웅쌍린기〉 등이 있다. 이와 같은 작품들은 워낙 분량이 방대하기 때문에 그 중 〈하진양문록〉을 예로 들어 그 구조적 특징만을 간단히 언급하고자 한다.

이 작품은 하달지 가문의 가정사로 사건이 전개된다. 예컨대 후실 및 그 자식들과 전실 자식들 간의 불화가 진세백이라는 남주인공을 계기로 심화된다. 이에 여주인공 하옥주가 투신자살하는데 곧 천상의 도움으로 구출되어 도사에게 의탁, 수학하게 된다. 여기에서부터 남녀주인공을 중심으로 순차 단락을 간략히 서술하면 다음과 같다.

B : 여주인공 옥주의 의탁, 수학

A : 남주인공 세백의 의탁, 수학

A : 남주인공 세백의 응과 및 벼슬 과정

A : 남주인공의 보복

B : 여주인공의 응과 및 벼슬

C : 불완전한 만남

A : 남주인공의 부마 간택

D : 국가의 위기 1

C : 남녀주인공의 출전, 승진

D : 국가의 위기 2

B : 여주인공의 출전

A : 남주인공의 자원출전

B : 여주인공의 혼인 반승낙

C : 남녀주인공의 승리

C : 결연

이상의 순차 단락을 보면 〈하진양문록〉은 남성중심형에 속함을 알 수 있다. 그런데 이 작품은 가문소설 본래의 특징과 아울러 몇 가지 특이한 점을 갖고 있다. 즉, 남녀주인공 특히 여주인공의 초기 시련이 가정 내의 불화, 요컨대 계모의 박대 차원보다 훨씬 광범위하게 다수 대 다수의 싸움이요 가정 내에서의 패권 다툼으로 발생한다. 게다가 가족 구성원 내에서의 삼각관계가 결부되어 사건은 복잡다단한 양상을 띤다. 여기서 남녀주인공의 시련 극복과 출장입상 과정은 이러한 가정사를 해소하고, 최초의 약혼을 완성하는 의미를 띤다. 그런데 이러한 과정에서 가정 내의 적이 외부의 적인 간신으로 등장해서, 이미 출장입상한 남주인공을 조정의 차원에서 모해하는 것이 흥미롭다. 또한 남주인공이 황제의 늑혼을 피하려고 갖은 애를 쓰는 모습이나, 황제가 신분이 노출된 여주인공을 후비로 삼으려고 또 다른 삼각관계를 이루는 것이나 모두 이 작품만의 독특한 특징이 아닌가 한다. 게다가 여주인공은 처음과는 달리 변화를 겪고 나서는 남주인공에게 대단히 냉담하다. 이러한 것은 작품상으로는 납득이 가지 않는 돌연한 변화이다. 즉, 후반부에 와서 여주인공은 규범적인 언명만을 되풀이하며, 남녀 문제에 대해서도 비인간적인 면모를 보인다. 따라서 그는 부친의 병을 고치고 나자 선계로 사라지는데, 세백이 병들어 위급해지자 그 때서야 부부 관계를 맺는다. 또한 이 작품의 여주인공은 신분이 노출되고 세백과 결혼한 후에도 궁중 총령자인 여군으로서 공적인 직위를 보유한다는 점도 특이하다.

  이렇게 특정한 남녀주인공과 관련된 부분만을 본다면, 이 작품은 이제까지 살펴본 다른 유형과 유사한 점이 많음을 알 수 있다.

하지만 분량이나 구조상에서 볼 때, 곁갈래의 사건이 많아 방대하기 때문에 이러한 특징이 감추어져 있지 않았나 한다. 따라서 이러한 류의 소설군은 가문소설 본래의 구조 및 주제와 관련해서 검토할 필요가 있으며, 여성영웅소설과 다른 소설유형과의 관련성을 재고하는 데 있어서 중요한 단서가 된다.

3. 개별 작품의 구조적 특징

지금까지 분류해온 다섯 가지 유형 중에서 삽화형과 가문중심형은 여성영웅소설 본래의 특징을 갖추지 못하고, 단지 그 시원형 내지 파생형으로서의 의미만 갖는다고 할 수 있다. 따라서 여기에서는 남성중심형, 여성중심형, 여성단독형만을 여성영웅소설 본래의 범주에 포함시켜, 각 유형의 대표작을 예로 들어서, 구체적으로 그 구조적 특징과 의미를 살펴보고자 한다. 따라서 그 대표작인 〈이대봉전〉, 〈정수정전〉, 〈방한림전〉이 본 장의 주요한 항목이 될 것이다. 이들 작품은 각 유형의 구조적 특징을 가장 잘 반영하고 있는 것으로 필자가 선정한 것이다.

3.1. 〈이대봉전〉[106]

이 작품은 일찍이 "남녀주인공이 다 같이 국난을 타개하는 것으

---

106) 이 작품은 목판으로는 완판본, 활자본으로는 같은 해의 것으로 박문서관본·장동서관본이 있고, '봉황대'란 이름의 개편본이 있다. 여기에서는 목판본을 대상으로 하였다. (김기동, 앞의 책, 351면)

로 양란 이후의 시대정신을 반영하고 있다."107)라고 평가된 바 있
다. 물론 이러한 범위 내에서 여주인공의 영웅적 행적이 별도로
조명되기도 했지만 그것이 구조상의 특징과 관련되어 밝혀지진 않
았다.108) 따라서 이 글에서는 남녀주인공의 영웅적 일대기가 어떻
게 결구되어 있으며, 그 의미는 어떤 것인가를 파악하기 위해 우
선 순차 단락별로 나누어보고자 한다.

> A : 남주인공의 고귀한 혈통
> A : 남주인공의 신비한 출생
> B : 여주인공의 고귀한 혈통
> B : 여주인공의 신비한 출생
> C : 정혼
> D : 국가의 위기 1
> A : 남주인공의 초기 시련
> B : 여주인공의 초기 시련 1

---

107) 김기동, 앞의 책, 351면.
108) 서대석은 앞의 책에서 이 작품을 군담소설의 제 2기에 속하는
    것으로 '이대봉과 장애황의 일대기가 병존하는 작품'(36면)이라
    고 간파하면서도 이러한 구조적 특징을 다른 군담소설과 관련
    시켜 언급하진 않고 있다. 하지만 "어려서 부모들이 정한 혼약
    을 지키려고 생사를 돌보지 않고 권력에 저항하며 정해준 배필
    을 찾기 위해 온갖 힘을 기울이는 모습을 본다."는 점, "여성의
    활약이 두드러진 작품이 결연 과정이나 애정 문제를 비교적 높
    은 비중으로 다루고 있으며, 여성의 활약이 적은 작품에서는 남
    주인공의 영웅성 부각에 치중"(61면)한다고 하는 점은 '여성의
    활약'과 '애정 문제'에 대한 해석상의 차이에도 불구하고 필자가
    논의를 전개하는 데 많은 도움을 주었다.

A : 남주인공의 구출과 의탁

B : 여주인공의 초기 시련 2

B : 여주인공의 구출과 의탁

B : 여주인공의 수학

A : 남주인공의 수학

B : 여주인공의 결혼

B :여주인공의 응과 및 벼슬

D : 국가의 위기 3

A : 남주인공의 출전 및 승리

A : 남주인공의 부자상봉 및 용궁 내방

A : 남주인공의 승진

B : 여주인공의 승진

D : 남녀주인공에 대한 부마 간택

A : 여주인공의 신분 노출

C : 성례

A : 남주인공의 결혼 2

D : 국가의 위기 4

A, B : 남녀주인공의 출전 및 승리

C : 일가 화락 및 부귀공명

이상의 순차구조를 보면 먼저 이 작품은 남녀주인공의 일대기가 'A-A-B-B~'꼴로 병렬적으로 결구되어 있다. 이러한 점은 일반 영웅소설이나 여성단독형의 'A-A-A-A~'와는 상이한 구조적 특징으로, 영웅으로서 동일한 삶의 행적을 갖고 있는 남녀주인공이 문면상으로도 동일한 비중을 갖고 등장하고 있음을 보여준다. 하지만 이러한 병렬구조는 여성 중심형의 그것과는 전개 과정이나 전체적인 의미에서 궤를 달리한다. 이 작품의 병렬구조는 여주인공의 독자적인 행위와 의지보다는 남녀주인공 상호간의 관계 양상을 더 드러내고 있기 때문이다. 요컨대 여기에서 나타나는 순차 구조는 국가의 위기 단락인 D로부터, 혹은 D를 계기로 결연 단락인 C를 성취하려는 남녀주인공의 되풀이되는 시련과 극복 양상을 띤다. 즉, 최초의 C인 정혼 이후 양자는 분리된 채 별개의 행위를 하지만 이러한 행위의 동기 및 과정이 긴밀히 관련되어 있어, 두 번째의 완전한 결연 단락인 C 이후에는 독자적인 의미가 전혀 없고 사건의 대체적인 갈등이 해소되어 있다. 따라서 이 작품은 순차구조의 초두인 A를 남주인공의 고귀한 혈통 단락에 할애하고 있다는 점에서, 또한 뒤에서 살피겠지만 여성영웅이 완전한 결연 단락인 C 이후에는 독자적인 의지를 표명하지 않는다는 점에서, 그리고 작품 전체의 의미상에서 남성중심형의 구조적 특징을 갖는다고 할 수 있다.

이제 이러한 구조적 특징을 구체적으로 살피기 위해서 이 작품의 순차 단락을 세 부분으로 나누어서 살펴본다. 우선 남녀주인공의 혈통 및 출생 단락에서 정혼 단락까지를 보면, 남녀주인공은 영웅의 신분답게 고귀한 혈통을 갖고 신비한 출생을 한다. 이들은 그 용모와 자질에 있어서 천정배필의 운명을 타고나기도 했지만, 부친 간의 관계가 죽마고우이며, 동일한 날과 시간에 태어났고 동일한 몽사를 얻었다는 점에서 태어나자마자 정혼하게 된다. 이후 이들의 초기 시련 및 그 극복 과정은 정혼과 관련되어, 그것을 파기하려는 세력과의 대결이라는 점에서 정혼이 갖는 의미는 중요하다. 따라서 조선 시대에 있어 정혼 및 결혼에 내포된 의미를 살펴보는 것이 요긴하리라 본다.109) 이 작품에서도 알 수 있는 바와 같이, 정혼은 개인의 의지에 의한 것도 아니고 더욱이 태어나자마자 결정된 운명적인 것으로 애정과는 무관한 가문과의 약속이다.110) 따라서 이와 같은 약속을 파기한다는 것은 가문과 개인의 죄악이며, 파기된다는 것은 불행한 일이 아닐 수 없다. 특히, 여성에게 있어서 이미 정혼한 경우에는 죽어도 시집 사람이 되는 것이 하나의 철칙이었다. 작품으로 돌아가서, 정혼에 대한 현실적인 위험이 있기까지 애황은 규방약질로서 자신의 정해진 삶을 살아갈 준비를 하고 있었다.

그러면 이와 같은 그의 평범한 삶에 어떤 변화가 일어나는 지 살펴보기로 한다. 남녀 주인공의 초기 시련에서 완전한 결연 단락인 C까지는 사건의 절정, 위기 및 해결을 담고 있다. 여기에서 사건의 향방을 좌우하는 것은 외부적 상황 D로 인한 남녀주인공의 초기 시련과 극복 과정이라 할 수 있다. 하지만 간신의 참소에 의해 부자(父子)가 정배되는 등 남주인공이 겪는 일련의 시련 과정은 다른 영웅소설의 발단 양상과 별반 다를 것이 없다. 따라서 그로 인한 여주인공 애황의 중복되는 시련의 강도 및 그 대안이 더 중요한 의미를 띤다. 애황에게 있어서 첫 번째의 불행은 물론 정혼자 부자의 정배

---

109) 이 점과 관련해서 김용숙은 조선시대에 있어서 결혼의 의미를 "천정배필이라 하여 당사자 두 사람들의 결합이라기보다 가문 대 가문의 신의에 둔 것"이라고 규정한 바 있다.(김용숙, 앞의 책, 181면)

110) 이에 반해 〈숙영낭자전〉과 같이 애정 상대를 스스로 선택하고 그 애정관계를 수호하기 위해서 그것을 가로막는 어떤 인물이나 상황과도 서슴없이 투쟁을 감행하는, 남녀주인공의 애정성취 양상을 다룬 소설군도 있다.(김일렬, 앞의 책, 259면)

및 익사일 것이다. 당시 여성의 삶에서 가장 중요한 혼인이 불가능하게 되었기 때문이다. 그런데 그에 따른 부모의 병사는 이러한 불행감을 더 극대화시킨다. 요컨대 "애황이 남자가 되야든들 황천의 도라간 아비 원통한 분을 푸를 거슬 네 몸이 안여자라 늬의 가삼의 밋친 분한 어늬 쩍의 싯칠소냐"111) 하며 원통해 하다가 죽는 것은 여자는 일단 정혼하면 다른 집에 출가할 수 없고 평생 심규에서 늙을 수밖에 없다는 당시의 규범이 얼마나 철저한 지 그 일단을 암시해 준다. 물론 여기에서 '원통한 분'은 여아의 혼인불능 자체 즉, 여아의 불행한 삶보다는 외손봉사라도 기대해야 할 외동딸을 가진 부모로서, 자신들 및 조상에 대한 제사가 끊기는, 가문의 단절에 대한 분한이다. 하지만 이렇게 돌연히 병사하는 것은 그 상황의 심각성에도 불구하고 지나친 사건의 전환이 아닌가 한다. 이러한 점은 여주인공의 시련을 가중시키려는 작자의 의도라 해도 크게 틀리진 않을 것 같다.

요컨대 여주인공의 초기 시련 1은 대봉 부자의 시련과 맞물려 있고, 따라서 정혼자의 원수와 부모 및 자신의 원수는 동일 인물이 된다. 여기에다 바로 그 원수의 늑혼 및 겁탈 시도는 여주인공의 신변상의 위기까지 초래하였다. 즉, 앞의 시련이 운명, 삶 전반에 대한 불행을 유발시켰다면, 이와 같은 시련은 직접적이고 현실적인 위기의식을 낳은 것이다. 이러한 점은 그가 겁탈 시도를 당해 자결하고자 했던 것에서도 알 수 있다. 이제 애황의 심중에 지속적으로 맺혀 있는 원한의 층은 '부모의 병사←대봉 부자의 죽음(혼인 불능)←왕

---

111) 〈이대봉전〉, 383면.

희', '겁탈←늑혼←왕희'인 바, 궁극적으로는 혼인 불능 및 그에 따른 부모의 죽음과 더 나아가서 신변의 위험에 대한 것이다. 그리고 그 보복 대상은 아직은 개인과 가문 차원의 원흉이다. 그러면 이러한 이중삼중의 시련과 원한에 대한 애황의 반응은 어떠한가. 일차적으로 그는 "심야 삼경의 오기난 분명 혼사를 겁칙코자하미라 이리 급박ᄒ니 장차 엇지ᄒ리요 ᄒ며 수건으로 목을 믜여 직결코자"112) 한다. 물론 당시에 그가 할 수 있는 일은 이렇게 자결하는 것이 전부일 것이다. 조선시대 여성에게 있어서는 이러한 불의에 맞서 목숨을 스스로 끊는 것이 사회적으로도 공공연히 인정되는 최상의 대안일지도 모르겠기 때문이다. 따라서 이후 그의 적극적이고 기이한 삶의 행적은 전적으로 시비 난향의 "쇼졔 만일 계양ᄒ야 죽을진딕 부모와 낭군의 원수를 뉘라서 갑사오릿가"113) 하는 깨우침에서 비롯된 것이라 할 수 있다. 이러한 것은 규범에만 얽매여 있는 상층 사회의 규방 여성에 비해 하층 신분의 여성은 규범에 대해 다소 자유로워, 삶 자체를 좀 더 적극적으로 쟁취하는 때문이라고도 할 수 있을 것 같다. 여기에서부터 그는 남복 가출이라는 기묘한 삶의 여정을 시작한다.

여성이 남복을 하거나 남성이 여복을 하는 것은 조선 중기와 같이 엄격한 성이데올로기가 지배하는 사회에서, 이러한 규범을 일시 모면하기 위한 최선의 방책이 아닐까 한다.114) 즉, 남복 환착은 여

---

112) 〈이대봉전〉, 386면.
113) 〈이대봉전〉, 386면.
114) 하지만 남성의 경우는 이러한 규범의 수혜자에 불과하기 때문에, 단지 〈구운몽〉의 양소유처럼 혼사 이전에 배우자를 한번 봐 두는 데 소용되었다.

I. 여성영웅소설 연구 55

성으로서의 신체적 조건에 따른 화 내지, 그것으로 인한 사회적 장벽을 초극할 수 있는 원시적인 대안인 것이다. 하지만 아직까진 구체적으로 어떻게 원수를 갚아야 하는지에 대해 애황은 막연할 뿐이다: 그리고 그에게 있어선 남복가출도 출장입상의 방편보다는 늑혼, 겁탈이라는 목전의 신변적인 위험을 피하기 위한 것뿐이다. 이러한 사실은 애황이 노상에서 방황할 때 "졍체업시 가난 신세 쳥쳔으 외기럭기 짝을 차자 상강으로 힝흐는 듯 가련코 슬푸도다", "십이지장강 벽파상의 쌍거쌍니 빅구더른 쪽찻난 거동이라 슬푸다 이원셩은 니의 수심 주어니고"[115]와 같은 심정을 느끼는 것을 볼 때 알 수 있다. 즉, 당장에 그는 이렇게 정혼자와의 불가능한 만남만을 한스러워할 뿐이지 보복 혹은 그 대안에 대한 적극적인 모색은 생각지도 못하는 것이다. 따라서 이후 이러한 대안도 자득적인 것이 아니라 우연한 계기에 주어진다. 즉, '비몽사몽간의 일위 노인'[116]이 나타나는 것을 계기로, 그는 의탁할 곳과 선생을 만나게 된다. 그런데 이 노인은 대봉을 구출하고 양육하는 '빅운암 셰존'[117]이 현몽한 것이며, 그의 지시로 마구선녀가 애황을 보호하고 수학시킨다는 점에서, 천상의 질서에 의한 대봉과 애황의 이합 및 운명이 마련되었음을 알 수 있다. 이제 애황은 선녀로부터 '도학'과 '병법'을 배우고 "녜 비록 여자오나 용문에 올나 몸이 귀니 되야 딕장젼월를 쩌고 황금인수는 요하에 횡딕흐고 빅만군병를 거나러사 사히를 평졍흐고 일흠을 기린각의 올어 명젼쳔추흐라"[118]는 예언을 듣게 된다. 여기

---

115) 〈이대봉전〉, 387면.
116) 〈이대봉전〉, 387면.
117) 〈이대봉전〉, 387면.

서부터 애황은 희운이라 개명하고, 남성으로서의 변화된 삶을 살아
간다. 즉, 그는 또 다른 여성과 결혼도 하는 등, 남성으로서 살아갈
명분과 자격을 얻은 것이다. 아울러 그에게는 좌절보다도 출장입상
에 대한 의지가 본격적으로 드러난다. 물론 이러한 것은 "닉 본심를
직켜 심귀의 늘글진딕 뉘라셔 닉으 셜원ᄒ리요~천힝으로 용문에
오를진딕 평싱한을 풀거시니"119)에서처럼 단지 보복의 수단으로서
의 출장입상이다. 따라서 그가 공식적인 응과 과정을 거쳐 일품의
벼슬에 오르고, 이어 국가의 위기를 맞아 대원수로 자원 출전하는
전 과정은 이러한 보복을 위한 것이다. 여기에는 사회적 지위 및 활
동, 혹은 국가 차원의 위기에 대한 쟁취 의식보다는 개인과 가문의
원수를 갚고자 하는 사적인 동기만이 작용한다. 따라서 최초의 출
전 과정에서 원수에 대한 일차적인 보복이 이루어진 이후, 계속적
인 출전과 대공 과정에서 그는 돌연한 심중의 변화를 겪는다. 즉,
그는 "이졔 닉 딕공을 리우고 도라간들 무삼 질검이 잇스리오 부모
구몰하시고 쏘 시부와 낭군이 죽어쓰니 속졀업시 유졍한 셰월을 무
졍이 보닉리로다 닉 이졔 올나가 원수 왕희와 굴양관 진튁열을 죽
여 원수를 갚고 벼살을 갈고 심규의 드러 후싱의 부모와 낭군을 만
나 보리라"120) 하고 익사당한 줄로 알고 있는 시부와 낭군을 위해
수륙제를 거행하는 것이다. 요컨대 애황의 삶은 부모와 낭군 없이
는 무의미한 것으로, 그들의 원혼이라도 달래주고 원수를 갚은 이
후라면 출장입상 자체에 대한 명분도 사라지게 된다. 이러한 점은

---

118) 〈이대봉전〉, 388면.
119) 〈이대봉전〉, 389면.
120) 〈이대봉전〉, 407면.

비록 부마간택이라는 불가피한 상황에서 기인했겠지만, 그가 여화위남의 죄를 순조롭게 상소하는 장면에서도 나타난다. 즉, "신이 본 딕 원한이 집사와 여화위람하와"에서처럼 그는 원한을 풀기 위해 출장입상한 것이다. 이러한 점은 가문 차원뿐만 아니라 국가 차원의 존망을 염려하는 영웅으로서의 남중인공 대봉의 의식과도 구별된다. 따라서 '평싱한'인 가연을 성취하자 애황의 시련과 그 극복 대안으로서의 사회적·국가적 삶은 그 명분을 잃고 그녀는 대봉 즉, 남편의 삶 속으로 침몰된다. 모든 벼슬을 사관하고, 초왕인 대봉의 벼슬에 따라 초국 왕비로서 일가의 화합과 번창을 위주로 그녀의 삶은 한정되는 것이다.

이런 점에서 양자의 마지막 출전은 개인·가문 차원의 모든 위기와 갈등이 해소되고 나서의 행위라 다소 중대한 의미를 띤다. 애황에게 있어서도 본격적인 국가 차원의 충 의식이 발동하기 때문이다. 요컨대 마지막 출전은 여화위남의 신분에서 개인과 가문 차원의 원수를 갚기 위한 것이 아니라, 여성으로서 혹은 한 남자의 부인이란 처지에서 국가적 위기를 맞아 행해진 것이다. 남북적을 맞아 황제가 "견일은 장희운을 쳐거니와 이졔난 심규의 드러쓰니 한편은 딕봉을 보닉련이와 쏘 한편은 뉘로 하여금 막으리요"[121] 하며 전전긍긍하고 있는 것을 볼 때, 당시에는 심규에 든 여성의 출전 행위는 그 재능과 무관하게 불가능한 것으로 인정되었다는 것을 생각할 때, 이러한 점은 획기적인 것이다. 물론 여기에도 "초왕만 픽초하시면 그 초왕후난"[122]과 같은 부창부수의 관념이 드러

---

121) 〈이대봉전〉, 417면.
122) 〈이대봉전〉, 417면.

나지만, "본듸 충효지지라"[123] 하는 규정과 그 행위가 전쟁이라는 점에서, 일반적인 부창부수 양상과도 다르다. 또한 "직시 사자를 명하여 충열황후계 사연을 통고하니", "장후 사연을 보고 딕경하야 화복을 벗고 전일 입던 갑주를 갓초와"[124]에서처럼 대봉과 애황은 국가의 위기를 당해 성관념으로 인해 조금도 머뭇거리지 않는다. 즉, 대봉도 부인의 영웅적 재능을 인정하고, 애황은 이제 공적인 차원에서 자신의 재능을 발휘하는 것이다.

이제 이상과 같은 구조적 특징이 내포하고 있는 의미를 이면적 주제와 표면적 주제로 나누어 따져보기로 한다. 먼저 앞에서 말한, 방랑 중인 여주인공의 심중을 묘사한 부분과 후반부에서 그가 잉태한 채로 출전, 출산하는 장면은 여성의 감정과 현실을 외면하지 않으려는 의식의 일단을 보여준다. 물론 여주인공이 잉태한 몸으로 출전하는 장면엔 지나친 억지가 있다. 제 아무리 천하 여장이라 하더라도 회군 중에 낳을 아이를 밴 여자가 "빅금 투고의 흑운포를 입고 칠쳑참사검을 놉피 들고 쳘이준총을 비계 타고"[125] 전장에서 좌충우돌할 수는 없겠기 때문이다. 하지만 그런 대로 아무리 장군의 면모이지만 이미 결혼한 여성으로서 잉태, 출산하는 것은 여성의 현실이요 신체적 조건이기 때문에 지나친 과장을 벗어난 감은 있다. 또한 "복중의 기친 혀륙 보견키을 엇지 바릭리요 부듸 몸을 안보하야 무사이 도라와 상면하물 쳔만 바릭노라"[126]와 같은 대봉의 마지

---

123) 〈이대봉전〉, 417면.
124) 〈이대봉전〉, 417면.
125) 〈이대봉전〉, 417면.
126) 〈이대봉전〉, 417면.

막 인사말이나 애황이 회군 중에 출산하고서 "삼일 조리하고 말을 못타미 수릭를 타고 힝군"[127] 했다는 서술에서 후사(後嗣)보다는 아내의 몸 자체를 걱정하는 마음씨와 세세한 부분까지 여성의 현실에 주의를 할애한 작자 의식을 엿볼 수 있다. 특히, 조선시대에 있어서 혼인은 당사자보다도 가문의 대를 잇기 위한 것으로서 혈육에 우선한 데 반해, 이 작품은 그러한 규범보다도 당사자 간의 애정에 주의한 감이 있다. 또한 비록 대봉이 여러 처첩을 당연지사로 맞아들이는 과정에서 일부다처주의 의식을 볼 수 있지만 여기에서도 최초의 정혼자와 먼저 성례를 이루고 그 다음 공주들과 혼인했다는 점에서, 이 작품이 여성 감정을 소홀히 해서 여성 독자의 기대를 배반하지 않았음을 알 수 있다. 두 번째로 이 작품은 일시적으로나마 여성의 출장입상 의지와 그 가능성을 보여주었다. 즉, 열 관념을 성취하기 위해 목숨을 끊는 것이 아니라 여성도 남성과 마찬가지로 출장입상해서, 충효는 물론 열을 지킨다는 점을 볼 수 있다.

그런데 그러한 초시대적인 여성 의식을 담고 있는 이 작품이 겉으로 표방하는 주제를 보면 다른 고소설 일반과 마찬가지로 남녀주인공의 영웅적 일대기를 통해 충·효·열의 관념을 확인시키고 고취하는 것임을 알 수 있다. 특히, 이 작품이 최초의 C 단락인 정혼을 사수하려는 의식으로 일관되어 있음을 볼 때, 여기에서 정혼을 완성하려는 의지가 열 의식의 또 다른 표현임을 볼 때, 열관념이 주요한 주제임을 알 수 있다.

이제 이러한 전반적인 표면적 주제를 남주인공과 여주인공의 단

---

127) 〈이대봉전〉, 418면.

락으로 나누어 검토하기로 한다. 남주인공에게 있어서 일대기의 전체적인 의미는 충·효·열 관념의 완성이라 할 수 있다. 비록 그에게 있어서도 가문의 위기를 극복하기 위한 과정에서 충의 관념이 발동하지만, 그 가문의 원수가 동시에 조정의 간신이란 점에서 긴밀히 관련되어 있기 때문이다. 즉, "잇쎠를 당하와 펴하을 도와 사직을 안보하옵고 간신을 물이치고 소신 익비 모회하던 소인을 자바 평싱 원수을 갑고 조정을 발켸 사희를 평정코자"128) 출전한다고 하는 것이 바로 영웅의 삶이 갖는 의미인 것이다. 이러한 점에서 남주인공의 부모 상봉과 잇따르는 축첩 과정, 일가의 화락과 자손의 번창은 영웅의 고난과 활약에 주어지는 보상이라고도 할 수 있다. 또한 그가 두 공주와 성례하기 전에 국법에 어긋나게 최초의 정혼자와 가연을 맺은 것은 최소한의 열 의식의 완성이다.129) 요컨대 대봉의 일생은 "딕장부 셰상의 쳐흥올진딕 시셔 백가어와 육도삼약을 심쥬에 통달흥와 용문의 올나 요순갓탄 임군을 셥기다가 국운이 불힝흥와 난셰를 당할진딕 요하의 딕장졀월을 쓰고~전쟝의 나어가셔 반젹를 쇠멸흥고 사희를 평정흥야 공를 죽빅에 올여 기린각에 졔명흥고 나라에 충신이 되야 만죵녹를 누룰진딕 션군의 덕틱과 부모으 은덕을 아라 종신부귀"130)를 누리는 영웅의 일대기다. 이렇게 볼 때 남주인공의 영웅적 일대기가 드러내는 주제는 충·효·열의 관념을 완성하기 위한 고난과 그것에 대한 극복 의식이라 할 수 있다.

---

128) 〈이대봉전〉, 402면.
129) 이러한 점은 "녀즈가 남즈를 위흥야 슈졀흠은 잇거니와 남즈가 녀즈를 위흥야 종신 불츄흔다는 말은 듯지 못흥얏스오니"(〈김태자전〉, 515면)라는 말과 관련해서이다.
130) 〈이대봉전〉, 380면.

이에 비해 애황의 일대기는 부모와 정혼자의 원수를 갚고, 정혼을 완성하기 위해서 일시 남장을 하고, 출장입상하는 양상을 띤다. 물론 이러한 과정에서 그녀의 의식은 개인·가문 차원에서 사회·국가 차원으로 상승하지만, 그 동기와 주요한 단계는 효와 열 의식의 완성이다. 특히 이 작품에서 정혼 및 결연 단락은 애정 문제보다는 규범으로서 주어진 혼인 절차를 완성한다는 의미를 띤다. 즉, 남녀주인공은 태어나자마자 부친 간에 약정된 사회적·규범적 약속을 지키고자 죽음을 무릅쓰고 역정을 헤쳐 나가는 것이다. 따라서 결말 부분에서 여주인공은 모든 사회적 지위에서 물러나, 일가의 화락과 일부다처주의 가정 의식에 함몰되는 모습을 보여준다. 이상 남녀주인공의 상호병렬적인 영웅적 일대기를 통해 드러난 주제는 충·효·열 의식 및 일부다처주의 가정 의식을 확인하고 고취하는 것이다.

이상의 전반적인 주제를 통해서 본다면, 〈이대봉전〉은 개인·가문 및 국가의 위기에 대한 남녀주인공의 확고한 쟁취 의식을 보여 준다. 특히, 이 작품은 충·효·열이라는 조선시대의 지배적인 관념을 재확인하고 그것을 널리 고취시키는 한편으로, 그 과정에서 여성의 신체·사회적 장벽과 그것을 극복하는 양상을 띤다. 이러한 주제 의식은 이 작품이 조선 중기의 규범적인 이데올로기를 벗어나지 못했지만, 그 이면에 여성의 영웅적 삶의 가능성을 제시해 놓았다는 점에서 독특한 문학사적 의의를 갖게 한다. 즉, 이 작품은 당시 여성 독자층에게 규범적 이데올로기와 그 타당성을 재확인케 하며, 여성의 사회적 삶의 가능성에 대해 일말의 암시를 비쳐 주었을 것이다. 이러한 점에서, 이 작품은 사회적 규범에 안주한다는 안도감 및 그것을 지키는 수단으로서의 여성의 영웅적 삶을 통해 당시 여성 독자의 의식과 가장 가까운 거리에 있었다고 할 수 있다. 또한 이렇게 여성 독자의 의식과 가장 밀착되어 있다는 것은 작품과 독자 간의 관계에 있어서 가장 이상적인 상태로[131], 문학의 생산·재생산을 촉진시키는 역할을 했을 것이다. 이러한 점에서 이 작품의 문학적 의의 및 문학사적 의의는 인정되어야 한다.

3.2. 〈정수정전〉[132]

일찍이 이 작품은 〈홍계월전〉과 마찬가지로 여성을 주인공으로 하고 여성을 영웅화시킨 영웅소설로서 여성도 남성과 같이 무술을 배우면 국난을 타개할 수 있고 국사에도 참여할 수 있다는, 남성에 대한 여성들의 반발심을 표현[133]했다는 평을 받은 바 있다. 특히, 이러한 식의 견해는 재능이나 직위상에서의 여주인공의 우위성, 그로 인한 남주인공 지배와 그들 간의 갈등 양상에 초점을 둔 것이다. 그렇지만 이렇게 주제를 파악하는 것은 여주인공의 단락에만 주의를 했기 때문이다. 물론 여주인공의 출장입상 과정이 이 작품의 두

---

131) 이와 관련해서 작가와 독자 간의 관계에 대한 사르트르의 언급은 상기할 만하다. 즉, "같은 사건을 경험하고, 같은 문제로 대결하든가 또는 회피해온 같은 시대와 집단에 속하는 사람들은 입안에도 같은 맛을 느끼고 있다. 그다지 많은 것을 쓸 필요가 없다는 것은 그 때문이다.(장폴 사르트르·김붕구 역, 『문학이란 무엇인가』, 문예출판사, 1986, 85면)

132) 이 작품은 활자본으로는 1915년 세창서관 발행본이 있으며, '여장군전'이라는 표제의 이본도 있다.(김기동, 앞의 책, 415면 참조) 이 글에선 경판본 〈정수정전〉을 대상으로 하였다.

133) 김기동, 앞의 책, 430면.

드러진 내용이지만, 그 동기와 결과에 따라 출장입상은 다양한 의미를 갖는다. 또한 이 작품이 남성에 대한 반발심을 표현했다면, 그 갈등 상대인 남주인공의 행적이 무시되어선 안 된다. 즉, 이 작품의 중심인물은 수정이라는 여주인공뿐만 아니라 그의 천정배필이고 역시 영웅의 기상을 타고난 남주인공 장연이라는 점을 염두에 두고, 각각의 영웅적 일대기의 전개와 그것들 간의 관계 양상 모두를 아울러서 작품의 의미가 밝혀져야 한다. 따라서 이 글에서는 남녀주인공을 포함한 순차 단락을 중심으로 이 작품을 분석해 보고, 이들의 일대기와 그 얽힘이 갖는 의미를 밝혀보고자 한다.

A : 여주인공의 고귀한 혈통
A : 여주인공의 신비한 출생
B : 남주인공의 고귀한 혈통
B : 남주인공의 비범한 성장 과정
C : 정혼
D : 국가의 위기 1
A : 여주인공의 초기 시련
B : 남주인공의 초기 시련
A : 여주인공의 여화위남과 수학
B : 남주인공의 응과 및 벼슬 과정
A : 여주인공의 응과 및 벼슬 과정, 보복 1
C : 불완전한 만남과 정혼 파기
B : 남주인공의 승진
A : 여주인공의 승진

B : 남주인공의 결혼

D : 국가의 위기 2

A : 여주인공의 출전, 승리

B : 남주인공의 출전, 승리

B : 남주인공의 승진

A : 여주인공의 승진

D : 남녀주인공의 부마 간택

A : 여주인공의 본적 상소

C : 사혼

B : 남주인공의 성례

C : 가정 내에서의 불화

D : 국가의 위기 3

A : 여주인공의 출전, 승리

B : 남주인공의 군법 위반

C : 남녀주인공의 대결과 남주인공의 굴복

A : 여주인공의 보복 2

C : 일가 화락과 부귀영화, 승천

　이상의 순차적 구조를 보면 이 작품은 우선 남녀 주인공의 영웅적 일대기가 'A-A-B-B~' 꼴로 결구되어 있음을 알 수 있다. 이러한 점은 이 작품이 일반 영웅소설이나 여성단독형 여성영웅소설의 'A-A-A-A~'꼴과 같은 남성영웅이나 여성영웅의 독자적인 일대기 구조에서 벗어나 있음을 말해준다. 즉, 고귀한 혈통 및 신비한 출생 단락을 갖는 남녀주인공이 영웅적 삶을 거쳐 승천하기까지의 일대기가 나란히 전개되어 있다. 이러한 병렬구조는 단독형 구조보다

영웅적 삶이 표방하는 표면적인 주제를 강화시키고, 쌍방 간의 관계 양상에서 비롯되는 다양한 파생적인 의미로 인해 독자의 흥미를 유발시킬 수 있는 강점을 갖는다.

그런데 이 작품의 병렬구조는 남성중심형의 그것과도 구별된다. 즉, 남성중심형 소설의 병렬 구조가 결연 단락 C를 중심으로 남녀주인공의 긍정적인 관계 양상에 초점을 맞추었다면, 이 작품에는 결연 문제보다는 남녀주인공 특히, 여주인공의 개별적 일대기 및 의지가 강화되어 있다. 물론 이 작품에도 국가의 위기 및 주인공들의 초기 시련에 앞서 정혼 단락이 나오지만, 남녀주인공의 영웅적 일대기는 이러한 결연을 완성하기 위한 것보다는 그들 나름대로의 삶의 의미를 성취하는 것을 위주로 한다. 이러한 특징을 구체적으로 살펴보면 첫째, 이 작품에서는 정혼이 태어나자마자 결정되지 않고 여주인공이 십 세 되던 해[134]에 부친 간에 우연히 성립된다. 이러한 점은 동년·월·일생이라든지 동일한 몽사를 얻은 〈이대봉전〉보다 이 작품의 남녀 주인공에게 있어선 천정배필의 의미가 약화되어 있음을 암시해 준다.

둘째, 여주인공의 초기 시련에 있어서, 그 계기는 간신의 참소에 의한 부친의 정배 및 그에 따른 양친의 병사인데, 여기에는 양 가문을 대상으로 한 늑혼의 성격보다는 조정에서의 권력다툼만이 개재되어 있다. 즉, 수정의 아버지 정국공이 간신 진량의 '교만방즈'[135] 한 행위를 자주 상소함으로 해서 진량이 "이 일을 알고 뎡공을 희코즈"[136] 함에서 정배가 발생한 것이다. 이러한 점은 장차 여주인공

---

134) 남주인공의 나이는 알 수 없다.
135) 〈정수정전〉, 51면.

의 시련 극복 양상이 부친의 원수를 갚는다는 가문 차원에서, 그 원수가 조정의 간신이란 점에서 국가 차원으로 확대될 조짐을 보여준다. 즉, 남주인공과의 관계라는 개인적 문제를 의식할 수 없을 정도로 초기 시련이 심각하므로, 그는 여성으로서의 신분을 탈피해서 가문·국가 차원의 문제를 해결하기 위한 방향으로 삶의 여정을 시작한다. 게다가 남주인공의 부친이 병사하자, "우리 부친 싱시 언약을 굿게 ᄒ고 피ᄎ 신물를 바닷스니 나는 곳 그집ᄉ롭 닉 팔지 긔험ᄒ여 장상세 쏘흔 기셰ᄒ여 계시니 엇지 슬기를 도모ᄒ리요"[137]에서와 같이 그녀의 여성으로서 예비된 삶은 무효가 된다. 특히 이러한, 시아버지 될 사람이 여주인공 집안의 문제와 관계없이 돌연히 병사했다는 점은 이 작품이 양가의 결연을 둘러싼 혼사장애 주지에서 상당히 벗어나 있음을 말해 준다. 그리고 여기에는 정작 그 당사자인 아들 장연의 시련 양상이 나타나지 않는다는 점을 볼 때 이러한 죽음은 여주인공의 시련을 가중시키고, 근본적으로 새로운 삶을 시작하도록 만드는 역할을 한다.

셋째, 이러한 초기 시련에 대해 여주인공은 "문득 ᄒ 계교를 싱각ᄒ고 유모를 불너 의논흔 후 항상 남복을 기착ᄒ고 밤이면 병셔를 읽으며 낫이면 말달니기와 창쓰기를 익이미 용믹와 질약이 일셰에 무쌍이러라"[138]에서처럼 조금도 나약한 면모를 보이지 않고, 곧바로 대응책을 마련한다. 이러한 점은 〈이대봉전〉의 애황이 겁탈의 위험에 처해 자결을 기도한다거나 신변의 위험을 면하고자 무작정

---

136) 〈정수정전〉, 51면.
137) 〈정수정전〉, 52면.
138) 〈정수정전〉, 52면.

남복을 입고 가출하는 것과도 구별된다. 또한 그는 애황의 경우처럼 우연한 계기에 천상의 도움으로 수학하거나 출장입상에의 의지를 갖지 않고 자의식적으로 출장입세하기 위해 남복을 입고 독학한다. 이러한 반응 양상은 이후의 전개 과정 속에서 여주인공이 남주인공과의 관계를 의식하지 않고 독자적인 의지를 키우는 성격을 갖는다는 점에서 주목할 만하다.

네 번째는 남녀주인공이 각각 스스로 수학하고 1, 2차에 걸쳐 응과, 벼슬하는 부분이다. 이 과정에서 여주인공은 원수를 정배케 하는 데 성공해서 일차적으로 보복을 성취한다. 그리고 남녀주인공은 각각 최고의 직위상에서 관원으로서 교유를 하는데, 여주인공은 응과할 때부터의 의도를 고치지 않고 계속해서 자신이 수정의 오빠라고 사칭한다. 이러한 점은 특히, 장연이 누이에 대해 혼인할 의사를 표하자, "쇼졔가 운이 불힝ᄒ와 부뫼 장망ᄒ시미 쇼미 주야 호곡ᄒ다가 병이 이러 세상을 바리미"[139]에서처럼 그가 원래의 자신과 남주인공과의 관계를 무시하고자 하는 의도에서 비롯되었다고 할 수 있다. 여기에서 이러한 관계의 무효에 대해 쌍방 간의 태도가 덤덤하다는 점도 이 작품이 남녀주인공의 결연을 위주로 하지 않았다는 사실에 대한 방증이라 할 수 있다. 이제 장연은 "졔 임의 죽엇스면 가히 타쳐의 슉녀를 구ᄒ여 쥬궤를 뷔오지 말게 헐지어다."[140]라는 모친의 명에 따라 다른 여성과 결혼하게 된다. 이러한 점은 죽은 것으로 알려진 것이 여성이란 점에서 다르긴 하지만 〈이대봉전〉에서 애황이 죽은 정혼자를 그리워하며 연연해 하다가 수륙제까지 거행

---

139) 〈정수정전〉, 53면.
140) 〈정수정전〉, 53면.

하면서 죽어 다른 세상에서나 만나보고자 하여 독신을 고집하는 것과는 상당히 다른 양상을 띤다. 요컨대 수정이 "웬수 진량을 버혀 아비 원혼을 위로헐가"[141] 하여 정혼자 당사자에게도 본적을 감춘 것이나, 이러한 남주인공의 독자적인 결혼 행위는 그 인과론적 과정을 떠나 수정이 "이계로부터 공규로 늙기를"[142] 원하게 되는 결과를 낳았다. 물론 수정이 모든 원수를 갚은 이후에 연과 만났다면 본적도 숨길 필요가 없고, 이와 같은 결과도 생기지 않았을까? 하지만 부친의 원수를 갚고자 남자로 처신했다는 것도 수정이 여화위남의 죄를 상소하는 마당에서 취한 변명에 불과할 지도 모른다. 따라서 부마간택이라는 거역할 수 없는 황명만 아니라면, 수정은 계속해서 출장입상의 상태를 유지했을 것이라는 점은 의심할 여지가 없다. 인간의 행위는 특정한 동기에 의해 발생하지만, 그 전개 과정 속에서 최초의 동기가 사라지고 나서도 개인의 의지에 따라 계속될 수 있다는 점을 생각해 보면 말이다.

다섯 번째는 이들의 혼인이 사혼의 성격을 농후하게 띤다는 점이다. 즉, 수정이 여화위남의 죄를 상소한 것을 계기로 황제가 앞장서서 혼인을 성사시켰다는 것이다. 이러한 점은 남녀주인공이 혼인하고 나서도 계속적으로 갈등을 일으키는 사실과도 무관하지 않다. 또한 이와 같은 사실은 〈이대봉전〉에서 남녀주인공이 유사한 과정을 거쳐 사혼했음에도 불구하고 결혼 후에는 화락하는 양상과도 구별된다. 물론 그 불화의 계기가 장연의 총희인 영춘의 거만한 행위에 있다 해도, 융복까지 입고 사형에 처하는 데에는 가정 내의 문제

---

141) 〈정수정전〉, 55면.
142) 〈정수정전〉, 55면.

에 있어서까지 자신의 직위를 의식, 활용하는 여주인공의 지나친 직위 의식과 남편에 대한 도전 의식이 작용한 것임을 알 수 있다. 이에 앞서서도 수정은 국가의 위기를 맞아 대원수로 1차 출전하면서 당시 정혼자였던 장연을 중군으로 택출, 군법상의 위계질서에 따라 명령, 지배하는 위치에 선 바 있다. 이러한 남녀주인공의 직위 및 재능 상의 우열 관계는 마지막 출전에서까지 줄곧 지속된다. "뎡 슈졍이 안이면 되젹홀 지 업나이다"에서처럼, 결혼 이후에 국가가 위기에 처하자 조정 관리들은 "이믜 녀진 줄"143) 알면서도 수정을 대원수로 천거한다. 즉, 수정은 자타가 공인하는 장군으로서 제 1인 자의 자격을 인정받은 것이다. 이러한 점은 〈이대봉전〉에서 남녀주인공이 우열 관계없이 공적인 인정을 받거나, 혹은 남주인공이 어릴 때부터 뛰어난 영웅적 기상을 갖추었던 것과도 비교된다. 그런데 이러한 우열 양상이 가정 내의 불화를 겪고 나서의 마지막 출전에서는 첨예한 대결 양상으로 확산된다. "장휘 되로되즐왈 늬 비록 용녈호나 그딕의 가뷔라 쇼쇼 혐의로쎠 군법을 빙주호고 가부를 곤욕호니 엇지 녀주의 도리리오"와 같은 장연의 가부장 의식에 대해 "그딕 이믜 범법호엿스니 엇지 부부지의를 싱각호여 분법을 착난케 호리오"144)와 같이 수정이 직위 의식으로 맞서는 것이다. 물론 이와 같은 수정의 행위 이면에는 남편에 대해 정면 대결하겠다는 의도보다는 가정에서의 통분함을 풀어보고자 하는 일시적인 분풀이의 의미가 있다. 곧, 수정은 장연이 군법을 어기면서 출전하자 "심즁의 되희호나 짐짓 쇼기고져 호여 군량이 밋지 못호믈 칙"145)하는 것에

---

143) 〈정수정전〉, 57면.
144) 〈정수정전〉, 58면.

불과한 것을 장연이 가부장 의식을 내세우자 "더욱 황복밧고져"146)
하여 위와 같은 결과를 낳은 것이다. 또한 수정은 회군길에 원수 진
량에 대해 완전한 보복을 거행한 후 자신의 직무지인 청주로 떠난
다. 이러한 행위는 직무상의 중대함을 늘 염두에 두는 수정의 천직
의식을 암시하지만 아울러 남주인공과 별거하는 의미도 띤다. 결국
엔 수정이 시어머니의 뜻을 받들어 기주 본부로 돌아와서 일가의
화락을 누리지만, 부부 관계에 있어 껄끄러움은 남아 있는 것이다.

이상의 다섯 가지 주요한 특징을 보면, 이 작품은 남녀주인공의
영웅적 일대기를 나란히 전개시키되, 그들 간의 긍정적인 결연 과
정보다는 갈등 양상을 드러내는 데 치중하였다. 특히 남주인공과는
무관하게 여주인공의 영웅적 일대기는 나름대로 목적을 성취하는
것으로 완결되었음을 알 수 있다.

그런데 이 작품은 최초의 순차 단락 A를 여주인공의 고귀한 혈통
단락에 할애하고 있고, 그의 초기 시련 및 그 극복 양상이 커다란
비중을 차지하고 있음으로 해서 여성중심적인 병렬구조를 갖고 있
다고 할 수 있다. 이러한 점을 구체적으로 살펴보면, 첫째 남녀주인
공의 영웅적 면모의 차이를 들 수 있다. 예컨대 수정은 고귀한 혈통
을 갖고 신비한 탄생을 하는데 반해서, 장연에겐 신비한 탄생에 대
한 문면이 없다. 이러한 사실은 사소한 것 같지만 이후 전개되는 남
녀주인공의 우열 양상을 볼 때, 그 전조의 역할을 한다는 점에서 중
요하다. 또한 영웅의 조건은 국가의 위기를 맞아 출전, 입공하는 것
이 하나의 공식적인 절차인데, 장연은 응과해서 최고의 직위는 얻

---

145) 〈정수정전〉, 57면.
146) 〈정수정전〉, 58면.

지만 장군으로서의 자질은 없다시피 하다. 요컨대 그의 출전도 수
정의 계교에 의해 마지못해 이루어지게 된다. 즉, 그는 수정이 중군
으로 택출할 때마다 "마음의 가장 불호ㅎ나 임의 국가되ㅅ요 군즁
호령이라 쟝녕을 거역치 못ㅎ여"147) 혹은, "원슈에 젼령이 긔쥬의
이르니 쟝연이 남필의 통히ㅎ여"148)와 같이 사적인 감정에만 이끌
리어 마지못해 출전하는 모습을 보인다. 장연은 출전해서도 적장에
게 죽임을 당할 뻔 하는 위기에 처해서 수정의 구출을 받게 되는 등
장군으로서의 면모가 미약한 것이다. 이에 반해 수정은 '문무겸
비'149)한 장군으로서, '천하영웅'150)으로서 적군도 인정하는 용맹을
떨친다. 이와 같이 이 작품에선 남주인공의 영웅성이 약화되어 있
는데 반해 여주인공의 영웅성은 극대화되어 있음을 알 수 있다.

　두 번째는 이와 관련해서 남녀주인공 간에 직위상의 우열 관계가
나타난다는 점이다. 그들은 응과할 당시에는 동일한 지위에 있게
되지만, 출정 과정을 거치면서 이러한 현상이 생긴다. 구체적으로
살펴보면, 수정이 대원수로 출전, 그 전공으로 이부상서 겸 도총독
청주후가 되는데 반해 장연은 부원수로 출전, 전공으로 태학사 겸
부도독 기주후가 된다. 물론 수정은 본적 상소에 따라 청주후를 제
외한 모든 직위를 환수하게 되지만, 그러한 것은 당시 성이데올로
기에 의한 사회적 장벽에서 기인한 것이지 그 능력에 관련된 것은
아니다. 요컨대 마지막 출전에 따른 전공으로 수정이 좌각노 평북

147) 〈정수정전〉, 53면.
148) 〈정수정전〉, 57면.
149) 〈정수정전〉, 53면.
150) 〈정수정전〉, 57면.

후의 지위에 오르게 되는 것을 볼 때, 사회적 장벽을 넘어서까지 그가 공적인 지위를 획득하였음을 알 수 있다.

세 번째는 남녀주인공의 일대기 전체를 볼 때 여주인공의 일대기 양상만이 완결미를 갖고 있다. 즉, 영웅의 일대기는 견디기 어려운 초기 시련을 겪고, 그것을 극복하면서 출장입상, 가문국가의 위기를 해결한다고 할 때, 이러한 삶에 부합되는 것은 수정의 일대기이다. 수정은 가문 차원의 위기라는 초기 시련을 겪으면서 여성으로서 예비된 삶을 뿌리치고, 출장입상, 가문국가 차원의 여러 문제들을 해결한다. 이러한 점은 장연에게 있어서는 초기 시련의 의미가 전무하고, 따라서 그의 출장입상은 초기 시련의 극복 양상과는 무관하게 소극적으로 이루어진다는 것과 구별된다. 또한 장연의 존재가 국가상으로 요긴하지 않다는 점도 그의 출장입상 자체가 개인가문 차원에서만 의미를 갖는다는 것을 입증한다. 따라서 이 작품은 여주인공의 일대기를 중심으로 결구되었음을 알 수 있다.

네 번째는 그렇다면 장연의 영웅적 일대기의 의미는 무엇인가 하는 점이다. 여기에서 대결 및 갈등은 유사한 위치 및 능력에서 벌어질 때 그 의미가 분명해진다는 것을 염두에 둘 필요가 있다. 이 작품의 남녀주인공들은 비슷한 수준의 능력과 지위에 있으면서 여주인공이 모든 면에서 좀 더 우월하다. 그러기에 여주인공 개인의 의지와 행위가 가능하게 되고, 이러한 상태에서 그녀는 출세의지와 남편에 대한 반발심을 표하게 된다. 즉, 이 작품은 여주인공의 위치를 상승시킴으로 해서 여성의 개인적인 불만과 출세 의지를 분명하게 드러냈다는 점에서 여성중심형 구조로 이루어졌음을 알 수 있다.

이상의 모든 특징들로 보건대 〈정수정전〉은 우선 남녀주인공의 영웅적 일대기가 나란히 전개되어 있다는 전반적인 구조적 특징을 갖는다. 아울러 이 작품은 여주인공 개인의 초기 시련 및 그 극복 양상을 중심으로, 여성의 출세 의지와 남편에 대한 도전 의식을 표명하면서 여성영웅의 일대기를 완결시켰다는 점에서, 여성중심적인 구조적 특징을 갖는다고 할 수 있다.

그러면 이상과 같은 구조적 특징이 내포하는 의미는 무엇인가. 첫째로 이 작품은 여주인공 수정의 삶을 통해 여성의 출장입상 의지와 그 가능성을 명백히 드러냈다. 이러한 점은 여성도 공적인 지위를 획득해서, 가문국가 차원의 위기를 해소하고자 하는 독자적인 의지를 키울 수 있다는 것으로, 여성 의식의 상승적인 기대에 부합된다고 할 수 있다. 더욱이 이러한 의지가 완벽히 실현되었다고 하는 것은 여성의 사회적 진출 의지와 능력에 대한 긍정적인 평가로서, 여성의 신분 상승에의 욕구를 충족시킨 것으로 볼 수 있다. 두 번째로 이 작품은 남녀주인공의 능력 및 직위 상의 우열 관계를 통해 여성의 우월성을 강조함으로써, 사회적으로 인정받지 못했던 여성의 능력을 과시하는 의미를 나타낸다. 더욱이 이러한 우월성에 기초해서 여주인공이 남편을 지배하고 지속적으로 가부장 의식에 도전하는 것은 여성의 가정·사회적 불만 및 한을 표출하는 작용을 한다. 물론 작품의 말미에서 여주인공이 시어머니의 뜻에 따라 본부로 돌아가서 일가의 화락에 일조하고 가정에로 함몰된다는 한계도 있지만 이 정도의 능력과 강고한 성격을 소유한 여주인공의 행적을 돌이켜 볼 때, 이와 같은 의지 및 능력은 충분히 인정할 만하다.

하지만 이상의 독특한 흥미소에도 불구하고 이 작품이 표면적으로 드러내는 것은 영웅의 삶이 표방하는 유교적 실천 특히, 충·효 관념이다. 이러한 사실은 여주인공이 부친의 원수를 갚고자 하는 일념에서 출장입상, 외적으로 인한 국가의 위기를 해소한 점에서 분명히 나타난다. 또한 그 과정에서 부친의 원수이자 국가의 내적인 간신을 죽임으로써 가문과 국가 차원의 모든 문제를 해결한 점에서, 여주인공은 충·효 관념을 성취한다. 이러한 점은 남주인공에 있어서도 다르지 않다. 소극적이나마 그의 출장입상은 모친의 소망인 동시에, 가문의 영화를 위한 최선책이며, 아울러 국가의 존망을 염려하는 관원 의식에 따른 것이다. 따라서 이 작품은 남녀주인공의 영웅적 일대기를 통해, 충·효 관념을 재확인하고 널리 표방했다.

이상 이 작품은 남녀주인공의 영웅적 삶이라는 이중적인 일대기를 통해 고소설의 전형적인 주제인 충·효 관념을 드러냈다. 이에 반해 이 작품은 이면에 여주인공의 행적을 통해 여성의 출세 의지와 가정·사회에서의 불만을 표출하고 있음을 알 수 있다.

3.3. 〈방한림전〉[151]

〈방한림전〉은 그 동안 영웅소설이나 여성영웅소설로서 별다른 주목을 받지 못했던 것이 사실이다. 이러한 점은 일차적으로 이 작품이 구성과 표현에 있어 엉성하다[152]라는 작품 내적인 문제에서 비롯되었겠지만, 또 한편으론 연구 대상 작품을 선정하는 데 있어

---

151) 이 작품은 김동욱 소장의 필사 유일본으로 전한다.(김기동, 앞의 책, 407면)
152) 김기동, 앞의 책, 409면 참조.

"작품의 출판 현황을 참고하여 출판의 빈도수가 높은 것을 우선적으로 거론"153)하는 학계의 관습도 일조를 하지 않았나 한다. 그런데 출간 횟수가 많은 작품이 독자를 많이 확보했을 것이라는 점은 납득이 간다 하더라도 "독자가 많았다는 것은 흥미가 높았고 작품이 잘 되었다는 준거가 된다"154)고 하는 것은 억지가 아닌가 한다. 이러한 식의 가치 판단은 작품 자체에 대한 분석과 평가 이전에 확실하지도 않은 작품 외적인 상황에 근거해 미리 연구 대상을 한정하는 것이기 때문이다. 또한 독자의 인기도가 작품의 가치를 규정한다는 식의 논의는 작품 자체의 존재의의를 지나치게 수용 결과와 연결시킨 것으로 부분적인 평가 기준을 확대시킨 결과이다.

이 글은 문학 외적인 연구를 당분간 지양한다는 기본적인 논의 방식에 따라 이 작품의 내적 특징들을 탐색해 보고자 한다. 그러한 점과 관련하여 일찍이 이 작품은 여성을 주인공으로 한 영웅소설로서 여주인공이 중도에 여성으로 복귀하지 않고 죽을 때까지 남자로 행세하고 있음이 특이하다155)는 평을 받은 바 있다. 또한 작품 말미에서 보이는 작가의 말을 토대로 '여성의 소작'156) 가능성이 거론된 바 있다. 이러한 내용상의 특성과 작가의 문제만 보더라도 이 작품은 폭넓게 연구될 가치가 있다. 그런데도 대부분의 여성영웅소설 연구자들까지 이 작품을 논의 대상에서 제외시킨 것은 안타까운 일이 아닐 수 없다. 이러한 점에서 이 작품을 여성영웅소설의 두 번

---

153) 서대석, 앞의 책, 21면 참조.
154) 서대석, 앞의 책, 21면.
155) 김기동, 앞의 책, 408-409면.
156) 김기동, 앞의 책, 408-409면.

째 유형인 '입신양명이 중심이 된 유형'에 해당하는 작품으로 분류한 임병희의 시도는 주목할 만하다.157) 비록 그 분류 방식이 내용 중심으로 귀결되었다는 한계는 있지만 그의 시도는 이 분야 유형론의 시각을 넓혔다는 점에서 중대한 의미를 갖는다.

우선 작품 문면에 나타나는 순차 구조를 통해 이 작품의 구조적 특징과 의미를 살펴보고자 한다.

A : 여주인공의 고귀한 혈통

A : 여주인공의 신비한 출생

A : 여주인공의 여화위남 및 비범한 성장 과정과 수학 1

A : 여주인공의 초기 시련

A : 여주인공의 수학 2

A : 여주인공의 응과 및 벼슬

A : 여주인공의 결혼

A : 여주인공의 불완전한 본적 노출

A : 여주인공의 승진

B : 남주인공의 신비한 탄생

A : 여주인공의 승진

B : 남주인공의 비범한 성장 과정

D : 국가의 위기

A : 여주인공의 출전, 대승

A : 여주인공의 승진

B : 남주인공의 결혼

---

157) 임병희, 앞의 논문 참조.

B : 남주인공의 응과 및 벼슬

B : 남주인공의 생자(生子) 및 승진

A : 여주인공의 득병 및 본적 상소

A : 여주인공의 죽음

B : 남주인공의 승진

B : 일가 화락 및 부귀영화

B : 남주인공의 승천

이상의 순차적 구조를 보면, 우선 이 작품은 여주인공의 영웅적 일대기만을 결구해 놓았다. 따라서 그 구조는 여주인공의 단락을 A로 해서 'A-A-A-A~'꼴로 나타난다. 물론 작품의 후반부와 작자의 후기를 볼 때, 이 작품의 중심적인 내용은 "위국공의 복녹과 방승상의 긔지ᄉ와 영부인의 협의긔"158)이지만, 위국공 낙성의 일대기는 완결되어 있지 않고 서두에 불과하다. 따라서 낙성의 존재는 여성 간의 결혼이라는 기이한 현상을 합리화하는 데 필요한 구실이라 할 수 있다. 혹은 낙성은 여화위남이라는 천지간의 죄로 해서 40세를 넘기지 못하고 승천해야 하는 여주인공을 대신해서 그의 영웅적 삶을 가문국가 차원에서 완결 짓는 역할을 한다. 더욱이 이 작품에서 낙성의 존재는 후반부에서 등장하며 문면상으로도 적은 비중을 차지한다. 따라서 여기에선 이런 전반적인 사정을 염두에 두고 여주인공의 일대기를 중심으로 해서 그 구조적 특징을 살펴보고자 한다.

우선 이 작품의 'A-A-A-A~' 구조는 영웅소설의 그것과 구별된

---

158) 〈방한림전〉, 74면.

다. 첫 번째는 물론 단락 A의 주인공이 여성이라는 점이다. 그렇다면 영웅을 여성이 대신한다는 것은 어떠한 의미를 띠는가. 이러한 점은 영웅소설 후기(後期)에서 나타나는 영웅의 나약화 및 퇴장과 관련이 있다기보다,[159] 여성영웅소설 내에서 여성영웅성의 강화 및 극대화에서 기인했을 듯하다. 왜냐하면 이 작품은 영웅소설이 갖고 있는 허구성보다 더 심한 허구성을 갖고 있기 때문이다. 혹은 이러한 것은 여성영웅만을 주인공으로 해서 이야기를 꾸며보자는 실험적 의도에서 유래하지 않았나 한다. 따라서 이러한 성별간의 차이보다는 거기에서 비롯되는 구조적 차이를 검토하는 것이 더 유익할 듯 하다.

두 번째의 차이점은 작품의 서두 부분에서 나타난다. 이 작품은 "디명 북경 유흥촌의 일위 셔싱이 잇스니 승명은 방관쥬요 ᄌ난 문빅인니~그 부친은 션초의~"[160]에서와 같이 여주인공의 신변부터 기술되어 있다. 이러한 점은 대부분의 영웅소설과 여성영웅소설이 몇 대에 걸친 혈통을 소개하고, 부친의 신변부터 서술하는 것과 구별된다. 이와 같은 사실은 이 작품이 여주인공 방관주의 삶에 초점을 맞추고, 곁갈래의 단락들도 여주인공의 일대기에 포함되는 정도로만 고려했다는 것을 암시한다. 혹은 일반 영웅소설이 가문과 혈통을 중시하는 조선시대의 유교 의식에 밀착되어 있다면, 이 작품은 현실적인 한 개인의 삶에 초점을 맞춘 감이 있다.

세 번째는 물론 영웅소설에선 이성애적 결연이 이상적인 영웅의 삶을 충족시키는 주요한 모티프이지만, 이 작품에선 동성간의 결혼

159) 조동일, 앞의 책, 340면 참조.
160) 〈방한림전〉, 3면.

이라는 기이한 현상이 나타난다는 점이다. 영웅의 삶에 있어 결연 및 가정의 화락은 출장입상만큼 중요한 것으로 그의 삶을 완성시키는 필수적인 것이다. 그런데 자타가 동성으로 알고 있는 불완전한 결혼은 어떤 의미를 내포하고 있는가. 여기에서 관주의 남복 결혼은 "쳐즈을 두지 아니면 방인이 의혹ᄒ리니 차라리 아름다온 슉여을 으더 평싱 지긔 잇스미 맛당"[161]하다는 결심에서, 즉 자신의 출세의지를 밀고 나가기 위한 권도에 불과하다. 그런데 이에 못지않게 그의 부인 영혜빙도 동성간의 결혼을 긍정적으로 받아들인다. 그는 "셰상 부부의 영욕을 쵸월갓치 빗쳑"하는 독신주의자로 관주와 결혼하게 되자, "이런 영웅의 여즈을 만나 일싱 지긔 되여 부부의 의와 형계의 졍을 미즈 일싱을 맛츠미 닉의 원라"[162]고 할 정도로 관주와의 결혼을 환호한다. 이러한 점은 여성영웅의 삶에 있어서는 애정 문제보다도 출세 문제가 중요시된다는 사실을 암시해 준다.

네 번째의 차이점은 여성영웅소설의 전형적인 모티프인 본적 노출 단락에서 나타난다. 이 작품에서는 여성 영웅이 비록 죽을 때까지 남자로 처신하긴 했지만 죽기 전에라도 자신의 본적을 상소해야만 한다는 한계가 있다는 점이다.

그러면 이제 이 작품과 다른 유형의 여성영웅소설과의 구조적 차이점을 살펴보기로 한다. 첫째, 위에서도 언급했지만, 이 작품에는 정혼 및 정상적인 결연 단락이 없다. 이러한 점은 처음부터 여주인공의 일대기가 나타나고, 그의 독신 의지가 분명하다는 점과도 무

---

161) 〈방한림전〉, 14면.
162) 〈방한림전〉, 19면.

관하지 않다. 즉, 그는 이성간의 결연 문제보다는 출세 의지를 중요시하는 독특한 성격의 여성 인물이다. 이러한 것과 관련해서 "천궁의서 호식ᄒ기를 방ᄌ이 ᄒ니 ᄎ싱의 금실지낙을 궂쳐슨니 스스로 죄을 아난다"[163]라는 도사의 전생담에서처럼 관주는 천상의 뜻에 의해 태어나자마자 남성의 면모를 지니고, 이성간의 애정을 누릴 수 없는 운명적인 성격의 소유자이다. 이러한 특징은 이 작품이 특히 결연 문제를 중심으로 한 남성중심형 여성영웅소설과 구조적으로 크게 다른 것임을 말해 준다.

둘째, 여주인공의 성장 과정에 있어서 이 작품은 다른 유형의 여성여웅소설과 구별된다. 즉, 관주는 어떤 계기에 의해 여성으로서의 신분을 감추는 것이 아니라, 어릴 때부터 남복을 입고 남자가 할 만한 일을 하면서 성장한다. 그 과정에서 부모가 그러한 행위를 반대하기보다는 앞장서서 도와준다는 것이 〈이학사전〉과 다르다.

세 번째는 여중인공의 초기 시련이 미약하다는 점이다. 즉, 이 작품의 여주인공은 〈정수전전〉이나 〈이대봉전〉에서처럼 여주인공이 간신의 참소를 계기로 부모가 죽어서 그 원수를 갚기 위해 출장입상하는 것이 아니라 어릴 때 부모가 돌연히 병사했기 때문에 시련을 겪는다. 다시 말해서 비록 그가 "입신양명ᄒ야 부모의 후ᄉ을 빗닉틴니"[164]와 같은 명분으로 남자로 처신한다 하더라도 그 동기는 부모의 죽음이라는 현실적인 위기의식에서 기인하진 않았다. 오히려 그는 "닉 비록 녀ᄌ나 그 쳐신을 남ᄌ로 ᄒ여슨니 시쇽 여ᄌ의 가부 셤기난 도를 뉘 ᄒ리요"[165]와 같은, 태어나면서부터의 '집

---

163) 〈방한림전〉, 62면.
164) 〈방한림전〉, 6면.

심'166)으로 남자 행세를 한다. 이러한 점은 두 번째의 특징과 아울러 이 작품이 애초부터 영웅인 여주인공의 일대기를 통해 공식적인 영웅의 삶을 표현했음을 암시해 준다.

넷째, 이 작품의 여주인공은 다른 유형의 여성영웅소설에서처럼 일시적으로 남복하고 공적인 직위를 누리지 않고 시종일관 남자로 처신한다. 여기에는 부마간택이라는 불가피한 상황도 발생하지 않는다는 점, 부인이 이러한 여성영웅과의 결혼을 긍정적으로 받아들인다는 점, 낙성이라는 양자가 우연히 주어진다는 점 등이 작용해서, 위와 같은 상황을 구조적으로 세밀히 뒷받침해 준다. 따라서 관주는 자신의 최초의 집심을 고치지 않고서도 출장입상해서 가문의 영화를 빛내고, 죽은 부모에게도 벼슬이 추증되게 하고, 한편으로 출전입공해서 국가의 위기도 해소하는 등 영웅적 삶을 완벽히 실현한다. 물론 그는 도중에 부인에게 본적이 노출당하지만 이러한 것은 둘만의 문제로 불완전한 노출이 된다. 즉, 그는 차생에서 자신이 이루고자 했던 모든 사업을 완성하고 죽음에 임해서, 본적을 상소하는 것이다.

이상의 모든 구조적 특징을 정리해 보면, 이 작품은 'A-A-A-A~'꼴의 여주인공의 영웅적 일대기만으로 되어 있다. 그는 애초부터 영웅의 기상을 갖고 남복을 입고 성장했으며, 부모가 죽자 가문의 후사를 잇고, 영화를 빛낸다는 명분으로 출장입상한다. 이러한 과정에서 그는 기이한 결혼생활을 성공적으로 이끌고, 모든 목적을 성취한 다음에야 죽을 때 본적을 상소한다.

---

165) 〈방한림전〉, 8면.
166) 〈방한림전〉, 6면.

이와 같은 구조적 특징을 갖고 있는 이 작품은 여주인공의 영웅적 삶을 통해 충·효 관념이라는 조선시대의 보편적인 이데올로기를 표방하고 있다. 즉, 여주인공 관주는 오로지 가문의 후사를 잇고 영화를 빛낸다는 명분으로 남복을 하고 출장입상하는 것이다. 그 과정에서 그는 국가의 위기까지 해소하는 등 영웅적인 활약을 통해, 일국의 충신으로서도 국가 사업에 일익을 담당하게 된다.

더 중요한 것은 이러한 표면적인 주제 이면에 있는 여성영웅의 삶이 갖는 의미이다. 즉, 이 작품에선 〈정수정전〉에서처럼 여성의 우위성이라든지 남편에 대한 도전을 통한 여성의 불만 표출이 나타나지 않는다. 오히려 한 여성이 초기 시련 없이도 애초부터 영웅적 기상을 갖고 출장입상에의 의지를 키운다는 점이 독특하다. 또한 그러한 의지가 성별 관념으로 인해 좌절되지 않고 완벽히 실현된다는 점이 중요하다. 따라서 이 작품은 여성의 출세 의지와 방식, 그 과정에서 노정되는 현실적인 문제와 갈등을 제시해 준다. 끝으로 과거시험장에 대한 묘사[167] 및 여주인공의 심중을 묘사한 부분에서도 알 수 있듯이, 이 작품은 구체적이고 섬세한 표현방식을 통해 여주인공의 심적 상태를 추적하려고 많은 주의를 기울였다. 하지만 이 작품엔 영웅소설 일반과 여성영웅소설의 중심적인 흥미소인 애정담이 결여되어 있어 독자 특히, 여성 독자의 관심과 흥미를 충족시키지 못했을 것으로 추측된다.

---

167) 〈방한림전〉, 9면 참조.

4. 여성영웅소설의 문학사적 의의

이상의 구조적 특징과 의미를 갖고 있는 여성영웅소설은 문학 안팎으로 많은 문제점을 안고 있다. 이 글에서는 그러한 점을 긍정적인 문제와 부정적인 문제로 나누어 여성영웅소설의 문학사적 의의로 삼고자 한다.

우선 여성영웅소설은 여성영웅의 출현과 그 삶을 표현했다는 획기적인 내용상의 특징에도 불구하고 표현이나 구성에 있어서 전대의 고소설 일반의 수준을 넘어서지 못했다. 즉, 이러한 류의 소설군은 고소설 일반에서 나타나는 상투적이고 과장된 표현방식이라든지, 구성에 있어서의 공식적인 틀, 전기적인 사건 전개 등을 탈피하지 못했다. 예를 들면 "츄월이 폐월ᄒᆞ고 도화 무광ᄒᆞᆫ지라 그러나 호치단슌과 월틱화용이 사롬을 놀닉ᄂᆞᆫ지라 아릿ᄯᅡ온 ᄌᆞ태와 윤틱ᄒᆞᆫ 거동은 진실노 만고 절쇡이요 진짓 요죠슉녀라"[168], "좌슈의 구십근 장창과 우슈의 팔십근 딕검을 들고 딕완마를 일빅오십보 밧긔 셰우고 두 번의 쮜여 올나 창검을 둘너 춤츄어 동의 가 번듯 셔의 가 잇고 남의 가 번듯 북의 가 잇셔 ᄉᆞ람의 눈을 현황케 ᄒᆞᆫ는지라"[169]와 같은 표현이 여주인공의 면모나 출전 행위를 묘사할 때 대체로 사용되었다. 구성에 있어서는 남녀주인공의 영웅적 일대기를 병존시킨 까닭에 그 갈등 양상이 분명하게 드러난다는 장점도 있지만, 남녀주인공의 혈통탄생 단락에서 시작, 일가 화락·죽음으로 끝난다는 전(傳)의 일대기 양식에서 크게 벗어나지 못하고 있다. 그 다음 사

---

168) 〈김희경전〉, 188면.
169) 〈황운전〉, 1024면.

건 전개에 있어서도 이러한 류의 소설군은 "방성통곡ᄒ니 령혼인들 감동치 아니ᄒ리오 쳥으ᄒ 곡셩이 공즁에 ᄂ며 분묘가 버러지더니 곶갓튼 낭즈 묘즁에셔 ᄂ오ᄂ디 신식이 의연흔지라"[170), "홀련 몸이 곤하야 잠간 조우니 비몽사몽간에 엇던 선관이 나려와서 이르되 선동이 경성에 올나가 낭목의 난을 당하야 대원수로 접전하다가 호장 굴돌의 운진에 싸히여 거의 죽게 되얏스니 낭자 등은 급히 전복을 입고 자용금과 비용장과 풍운선으로 굴돌의 운진을 파하라 하고 간 대 업거늘 쌔다르니 남가일몽이라"[171)와 같이 우연적이고 전기적인 성격을 띤다. 따라서 이러한 류의 소설군은 내용에 걸맞는 표현과 구성방식을 창출하지 못해, 작품 전체의 의미를 전달하는 데 있어서 독창성을 획득하지 못했다.

또한 주제면에 있어서도 여성영웅소설은 남녀주인공의 영웅적 삶을 통해 충·효·열 관념이라는 고소설 일반의 주제[172)로 일관하고 있어, 형식상의 한계와 아울러 소설사의 정체성을 유발시켰다.[173) 특히 여성영웅이 공적이 지위에서 활약하다가도 종국에는 대부분 가정 내로 함몰되면서 일가의 화락만을 추구하는 모습을 보이는 것은 이러한 류의 소설군이 고소설 일반의 주제를 탈피하지 못했다는 증

170) 〈유문성전〉, 318면.
171) 〈권익중전〉, 229면.
172) 정주동, 『고대소설론』, 형설출판사, 1966, 75-80면 참조.
173) 이러한 점에서 여성영웅소설의 소설사적 위치를 "그 후대적 위상과 근대적 성격으로 하여 선행 고대소설을 종합·집대성"하여 "개화개소설에 그 영향을 끼치는 과도기적 역할"(전용문, 앞의 논문, 87면)을 했을 것이라는 추정은 여성영웅소설의 일면만을 확대 해석한 것으로 간주된다.

거라 할 수 있다.

두 번째 문제는 여성영웅소설 이면에 깔려 있는 여성의 사회적 진출 및 남녀평등사상에 관련되어 있다. 우선 여성영웅이 그 능력과 기상을 완비하고서도 남복을 입어야만 공적인 문에 들어설 수 있다는 것은 여성의 신분으로선 사회적 진출이 전혀 불가능하다는 조선 중기의 확고한 성이데올로기를 재확인케 해준다.[174] 더욱이 이러한 점은 여성의 사회적 진출 의지 및 그 실현은 허구상으로만 가능한, 일시적 꿈이라는 좌절감을 심어주기에 충분하다.[175] "여성이 남복으로 개착하여 여화위남함으로써 영웅적 활약을 벌이는 것은 상상력의 소산이며 허구의 세계에서나 가능한 관념적인 것이기 때문이다."[176] 아울러 여성중심형 소설에 보이는 남편에 대한 도전도 일시적인 것이라는 점, 따라서 여주인공이 결국은 가정에로 복귀해서 가문의 안락을 추구한다는 점은 여성의 불만을 일시적으로, 허구상에서만 표출할 수 있다는 관념을 드러내었다.

더 나아가서 여성의 신분으로서 사회적 진출이 가능했다 해도 문제는 크게 달라지지 않는다. 왜냐하면 이러한 것은 자신을 배제시켜 온 동일한 제도에 여성이 포함되는 것에 불과하기 때문이다.[177]

---

174) 민찬은 앞의 논문(96면)에서 여성영웅소설에 있어서 여화위남의 사회적 의미를 "유폐된 생활을 강요당하던 조선 사회 여성의 삶의 방식과 그것을 거부하는 조선 사회 여성의 욕구"라고 하였다.

175) 전용문은 여성영웅소설이 당시 작자 및 독자들에게 불가능한 일을 여성주인공으로 하여금 백일몽적인 세계로 처리하고 있다는 점에서 여성상승적 백일몽의 성격을 갖는다고 하였다.(전용문, 앞의 논문, 42-43면)

176) 민찬, 앞의 논문, 95면.

177) Mary Eagleton ed., 앞의 책, 54면 참조.

즉, 여성영웅이 그러한 제도 자체를 문제 삼지 않고, 오히려 거기에 소속되고자 하는 것은 봉건 질서 자체 및 그것이 표방하는 관념들을 재확인하고 유지·강화시키는 역할을 할 뿐이다.

이와 관련하여 획기적이고 긍정적인 모습으로 그려져 있고, 적극적인 여성상이라는 평가를 받고 있는 여주인공의 면모[178]도 문제된다. 즉, 여성의 자아실현 방식과 영웅적인 자질이 남성과 동일한 수준에서, 혹은 남성적인 기준에서 비교되거나 남성보다 우월하다는 식의 사고[179]는 진정한 여성성의 계발을 저해한다.

남녀 간의 동등과 차이에 대한 문제가 1970년대 이래 페미니즘 이론의 역사적 전개 과정에서 핵심적인 논쟁거리가 되어온 것이 사실이다. 즉, 1970년대의 페미니즘은 프로이트류의 심리학에 기반을 둔 '생물학적·심리학적 차이에서 비롯된 남녀간의 사회·정치·경제적 불평등 관계'를 폭로하고 시정하는 데 초점을 맞추었다. 하지만 이러한 시각은 "남성과 동일하다는 관점 아래 동등하지 않은 측면을 보는 것이기에 목표는 또 하나의 가부장제 수립이다."[180] 이에

---

178) 전용문은 앞의 논문(42면)에서 여성영웅소설의 주인공들의 경우 적극적이고 능동적인 행위로 충성과 효행, 그리고 열행을 수행하고 있는 그 이면에 권력에 대한 의지, 혈연에 대한 의식, 그리고 애정의 갈등을 강렬하게 심화시키고 있어 전통적인 여성의 위치와 한계를 탈피하고 있다고 하였다.

179) 이와 관련하여 전용문은 앞의 논문(42면)에서 여성을 남성과 동등하게 대우하여 그 능력을 유감없이 과시하고 있어 남녀평등사상이 엿보이며, 남성에게만 허락된 병서나 무예를 여주인공이 수학함으로써 여성교육의 발전된 면모를 보여주고 있다고 하였다.

180) 권택영, 「여성비평의 어제와 오늘」, 『현대시사상』 6호, 고려원, 1991, 132면.

1980년대에 들어서선 '여성, 혹은 여성저자의 생리적·심리적 그리고 역사적 차이점'[181]들을 밝히고 규정하려는 일련의 연구가 시행되었다. 동등에서 차이로 그 초점이 바뀌고 있음을 볼 수 있다. 1980년대 중반에서 새로이 주목되는 프랑스 페미니즘 역시 차이에 입각한 여성성의 본질을 추구하는 양상을 띤다.[182] 물론 현재에 있어서도 이러한 동등이냐 차이냐 하는 점은 논쟁 중에 있지만, 여성영웅소설에 나타나는 여성상은 여성의 경험적 현실 및 감정, 성적인 욕구[183] 등을 전혀 고려하지 않은 남성중심적인 사고의 소산이다. 따라서 여성독자를 대상으로 한, 여성의 심증을 대변하는 참다운 여성문학의 선구자로 지금까지 공공연히 평가 받아온 여성영웅소설은 그 이면에 많은 문제점도 내포하고 있는 것으로 지적된다.

그럼에도 불구하고 여성영웅소설의 의의를 추출하면, 첫째 작품 생산의 차원에서 이러한 류의 소설군은 고소설의 대표적인 독자인 여성 독자의 기대 및 관심에 가장 밀착되었을 것으로 추정된다. 즉, 문학의 생산 및 재생산 자체가 독자의 존재로 인해 가능하다는 점을 감안하면, 여성영웅소설은 그 특이한 내용과 흥미로 해서 여성 독자의 관심을 충족시켰다는 긍정적인 평가가 가능하다. 요컨대 이러한 류의 소설군이 여성영웅의 활약과 남편에 대한 도전 의식, 남

---

181) 수스 폴·김경수 역, 「여성비평」, 『현대시상상』 6호, 고려원, 1991, 79-80면.
182) Chris weedon, *Feminist Practice & Poststructuralist Theory*, Oxford Basil Blackwell, 1987, pp.64-69 참조.
183) 대부분의 여성영웅소설이 그렇지만 특히, 〈하진양문록〉에서 보이는 남성에 대한 여주인공의 태도는 규범에 얽매여, 부부 관계에 있어서도 비인간적인 면모를 보인다.

녀 주인공의 결연담을 통해 조선 중기 여성독자의 기대와 흥미에 부합함으로 해서 소설사의 맥락을 잇고, 계속적인 작품 생산에 기여한 점은 문학사적으로 중요한 공헌이다.

두 번째는 여성의 사회적 진출과 남편에 대한 도전의식을 표방함으로써, 여성독자에게 신분 상승에의 의지를 심어주었을 것으로 추단된다. 이러한 평가는 사회, 경제적 분위기와 다른 장르에서의 성과 등으로부터 영향을 받아 여성들의 적극적인 활약에 관심을 기울이게 되면서 여성영웅소설이 탄생184)하게 되었다는 현실의 반영으로서의 문학사적 의의185)에 초점을 맞춘 것이 아니다. 오히려 이러한 류의 소설이 거꾸로 현실적으로 불가능한 여성의 사회적 진출 의지를 잠재적으로 유발시켰을 것이라는 점에 착안한 것이다. 또한 이러한 점은 연구자들 대부분의 지론인 여성영웅소설이 출현할 당시엔 근대적 여성관에 의해 여성의 현실이 전대에 비해 나아졌다는, 따라서 근대적인 여성 의식이 반영되어 있다는 생각을 재고하는 의

---

184) 임병희, 앞의 논문, 111면.
185) 더욱이 손연자는 "조선조 초기에는 적어도 남녀가 대등할 수가 있었다는 확신"에 따라 "조선조 초기의 사회사적인 면에서의 남녀대등의 의식이 서로 맥을 같이 하여 이러한 여성주도의 소설을 배태"(손연자, 「조선조 여장군형 소설연구」, 이화여대 석사논문, 1981, 99면)하게 되었을 것이라는 논리상의 비약을 초래하였다. 즉, 그는 조선 중기의 상황에선 여성영웅소설의 출현이 불가능하다는 견지에서 그 탈출구를 조선 초기의 여건에서 찾은 것인데, 이러한 점은 문학과 사회와의 관계를 일면적으로만 파악한 감이 있다. 차라리 "소설은 사회의 모습을 있는 그대로 반영하기도 하지만, 정확히 그 반대의 사정도 그릴 수 있는 것이다."(여세주, 앞의 논문, 114면에서 재인용)라는 토도로프의 견해를 생각한다면, 조선 중기와 여성영웅소설의 관계에 대한 시야의 폭은 확장되지 않을까 한다.

미가 있다. 17세기 이후에 들어 다른 분야와는 정반대로 여성의 가정·사회적 억압은 절정에 달했다고 하기 때문이다. 따라서 여성영웅소설은 여성에게 있어선 최고의 억압 시대에, 외국문학의 영향에 힘입어 소설사를 잇는 역할을 띠고 등장해서, 여성독자에게 신분 상승에의 의지를 심어주고, 이후 근대 여성관 및 여성 운동에 일익을 담당하였다.

이상을 요약하면 여성영웅소설은 표현, 구성, 주제상의 한계에도 불구하고 문학의 한 조건인 독자층의 의식에 가장 밀착되어 있고, 여주인공의 사회적 진출 및 활약을 통해 근대적인 여성관을 확립하는 데 촉진제 역할을 했을 것이다.

5. 결론

이 글은 여성영웅소설의 갈래와 구조적 특징을 탐색하는 데 주력하였다. 그에 따라 먼저 그 개념을 여성영웅의 일대기를 중심으로 한 일군의 소설이라 규정하고, 남성영웅의 일대기와 기능적으로 혼합되어 있거나 여성영웅이 별개의 이야기 구조 속에 삽화적으로 등장하는 작품들도 아울러 연구 대상으로 삼았다.

그런데 이러한 범주에 속하는 작품은 40편으로서 수량상 방대하기 때문에 여기서는 순차 구조를 중심으로 분석, 그 결과로 나타나는 구조와 의미상의 차이를 기준으로 다음과 같이 다섯 갈래로 나누었다. 즉, 별개의 이야기 구조 속에 여성영웅이 삽화적으로 등장하는 삽화형, 남녀주인공의 영웅적 일대기가 결연 단락을 중심으로 병렬적으로 전개되지만 그 비중과 의미상에서 볼 때 남주인공을 중심으로 한 남성중심형, 남녀주인공의 영웅적 일대기가 나란히 전개되지만 그 구조와 의미상 여성영웅을 중심으로 한 여성중심형, 여성영웅의 일대기만을 나타낸 여성단독형, 가문소설 내에서 여성영웅의 일대기가 나타나는 가문중심형으로 분류하였다.

이상 다섯 갈래 중 삽화형과 가문중심형을 제외한 세 개만이 여성영웅소설 본래의 범주에 속한다는 전제 하에 그 대표적인 작품들을 분석하였다. 우선 〈이대봉전〉은 남녀주인공의 영웅적 일대기가 결연 단락을 중심으로 해서 병렬적으로 전개되는 남성중심형 소설로, 개인·가문 및 국가의 위기에 대한 남녀주인공의 확고한 쟁취 의식을 보여준다. 이러한 구조적 특징을 통해 이 작품은 충·효·열이라는 조선시대의 보편적인 관념을 확안·고취시키는 한편으로, 여성의 신체·사회적 장벽과 그것을 극복하는 양상을 띤다. 〈정수정전〉은 남녀주인공의 영웅적 일대기가 나란히 전개되지만 구조와 의미상에서 볼 때 여주인공의 의지 및 행위가 강조되어 있고, 남녀주인공 간의 갈등이 지속적으로 나타나는 여성중심적인 구조적 특징을 지녔다. 이러한 구조적 특징을 지닌 이 작품은 충·효 관념을 표방하는 한편, 여성의 출장입상과 우월성, 남편에 대한 도전 의식을 통해 여성의 가정·사회적인 욕구, 불만 및 한을 표출했다. 〈방한림전〉은 여성영웅의 일대기만 나타나는 여성 단독형 소설로, 주인공의 영웅적 삶을 통해 충·효 관념을 내세우는 한편, 여성의 출세의지와 그 과정에서 노정되는 현실적인 문제와 갈등을 드러냈다.

이상의 구조적 특징과 의미를 갖고 있는 여성영웅소설은 문학사적으로 많은 문제점들을 지닌다. 즉, 획기적이고 흥미로운 내용상의 특징에 걸맞는 형식을 창출하지 못해 표현·구성·주제 상에서 전대

고소설의 수준을 넘어서지 못한 까닭에, 소설사의 발전이란 면에서 정체성을 초래하였다. 또한 이러한 류의 소설군이 그 이면에 제시한 여성의 사회적 진출 의지 및 가능성은 남복진출 및 일시적 진출임을 감안하면, 여성의 특수성을 고려하지 않은 남성중심의 소산이라는 점이 재고되어야 함을 지적하였다. 더 나아가서 여성주의 시각에서 볼 때 여성영웅의 획기적인 사회적 진출은 여성을 배제시켜 온 조선시대의 제도 자체를 문제시하지 않고, 동일한 질서에 포함되는 것으로 나타냈다는 점도 그 한계라 하겠다.

그럼에도 불구하고 여성영웅소설이 그 특이한 내용과 흥미로 해서 현실적으로 구속적인 삶을 살아가고 있는 여성독자의 욕구 혹은 기대와 관심에 가장 밀착되어 있어, 문학의 생산 및 재생산과 관련하여 소설사를 이어간 공적은 인정된다. 또한 이러한 류의 소설군은 불완전하고 일시적으로나마 여성영웅의 삶을 통해 여성의 능력과 재능을 인정하고 사회적 진출 가능성을 임시해 준다는 점에서, 여성독자에게 신분상승에의 의지를 심어주고 더 나아가서 근대적인 여성관 및 여성운동 형성에 크게 기여하였다.

결국 조선조의 여성영웅소설은 문학 안팎으로 많은 한계 및 문제점들을 안고 있지만 새로운 작품 유형의 형성 및 여성운동의 차원에서 문학사적으로 중요한 위치를 차지한다.

참고문헌

1. 자료

김기동 편, 『활자본고전소설전집』, 전12권, 아세아문화사, 1978
_____, 『필사본고전소설전집』, 전30권, 아세아문화사, 1983
_____, 『고소설판각본전집』, 전5권, 한국학진흥원, 1982
박종수 편, 『필사본 고소설자료 총서』, 보경문화사, 1991
〈명주기봉〉, 문화재관리국장서각 귀중본총서, 1977
〈벽허담관제언록〉, 문화재관리국장서각 귀중본총서, 1980
〈위봉월전〉, 사재동 소장본, 정신문화연구원 소재
〈최익성전〉, 나손 소장본, 정신문화연구원 소재
〈홍연전〉, 나손 소장본, 정신문화연구원 소재
〈홍계월전〉, 정신문화연구원 소장본

2. 논저

김기동, 『한국고전소설 연구』, 교학연구사, 1983
김승찬 외, 『국문학신강』, 국문학신강 편찬위원회, 새문사, 1985
김열규, 『한국민속과 문학 연구』, 일조각, 1971
김용숙, 『한국여속사』, 민음사, 1990
김일렬, 『조선조소설의 구조와 의미』, 형설출판사, 1984
____, 『고전소설신론』, 새문사, 1991
김태준, 『비교문학 산고』, 민족문화문고 간행회, 1985

권택영 외, 『현대시사상』 6호, 고려원, 1991

민 찬, 「여성영웅소설의 출현과 후대적 변모」, 서울대학교 석사논
    문, 1986

박정우, 「여성중심고소설 연구」, 영남대학교 석사논문, 1985

서대석, 『군담소설의 구조와 배경』, 이대출판부, 1985

성현경, 「여걸소설과 「설인귀전」」, 『국어국문학』 62호, 국어국문학
    회, 1973

손연자, 「조선조 여장군형 소설 연구」, 이화여대 석사논문, 1981

여세주, 「여장군등장의 고소설 연구」, 영남대 석사논문, 1981

이미자, 「여성영웅소설의 연구」, 숙명여대 석사논문, 1988

이상택, 『한국고전소설의 탐구』, 중앙출판, 1981

임병희, 「여성영웅소설의 유형과 변모양상」, 고려대 석사논문,
    1989

장덕순 외, 『한국고전소설 작품론』, 완암 김진세선생 회갑기념논
    문집 간행위원회, 집문당, 1990

장폴 사르트르·김붕구 역, 『문학이란 무엇인가』, 문예출판사, 1986

전용문, 「여성영웅소설의 계통적 연구」, 충남대 박사논문, 1988

정명기, 「여호걸계소설의 형성과정 연구」, 연세대 석사논문, 1980

정주동, 『고대소설론』, 형설출판사, 1966

조동일, 「영웅의 일생, 그 문학사적 전개」, 『동아문화』 10, 서울대
    동아문화연구소, 1971, 『한국문학통사』 3, 지식산업사,
    1989

최래옥 외, 『한국고소설론』, 한국고소설연구회, 아세아문화사, 1991

최재석, 『한국가족제도사 연구』, 일지사, 1983

케이트 밀레트·정의숙,조정호 역, 『성의 정치학』, 현대사상사, 1976

한용환, 『소설의 이론』, 문학아카데미, 1990

Chris weedon, *Feminist Practice & Poststructuralist Theory*,
    Oxford Basil Blackwell, 1987

Mary Eagleton ed., *Feminist Literary Criticism*, New York
    Longman Inc., 1991

Rene Wellek·Austin Warren, *Theory of Literature*, United
    Publishing & Promotion Co., Ltd, 1966

K.K.Ruthven, *Feminist Literary Studies: an introduction*,
    Cambridgy Univ. Press, 1984

Ⅱ. 여성영웅의 일대기, 그 두 가지 양상
-〈바리공주〉와 〈정수정전〉을 중심으로

1. 서론

여성영웅의 일대기란 남성의 외양을 갖추고 사회·국가적 차원의 과업을 수행하는, 여성영웅의 일생이 순차적으로 서술된 것을 말한다. 이러한 여성영웅의 일대기를 중심 구조로 삼은 여성영웅소설이 한국 여성사의 암흑기라고 하는 조선 후기에 대량 산출되었다는 것은 놀랄 만한 일이다. 이에 그 형성의 동인을 규명하려는 작업이 만만치 않게 전개되어 왔다. 그 중 문학 내적인 측면에선 〈온달〉, 〈서동〉, 영웅소설 등에 나타나는 '여성우위의 현상'186)과 〈사명당과 세 여자〉, 〈부낭〉, 〈설인귀전〉 등에 묘사된 전쟁 여성의 군담187)이 여성영웅소설을 형성시켰다고 하는 설명이 설득력을 얻고 있다. 요컨대 여성영웅소설은 이러한 문학적 배경 특히, 전대 서사문학의 전통을 이어받아 조선 중기 이후에 강화된 여성 억압의 현실에 역설적으로 대응한 작품군이라 할 수 있다. 하지만 여성영웅소설의 형성 동인을 '여성우위의 현상'이나 '전쟁 여성'이라는 모티프 내지 소재적 차원에서 찾는 것은 한계가 있다.188) 여성영웅소설은 어디까

---

186) 정명기, 「여호결계소설의 형성과정연구」, 연세대 석사논문, 1980, 35면.
187) 여세주, 「여장군 등장의 고소설 연구」, 영남대 석사논문, 1981, 19면.
188) 임병희, 「여성영웅소설의 유형과 변모양상」, 고려대 석사논문, 1989, 3면 참조.

지나 여성영웅의 존재 자체보다는 그의 일대기 전체를 포용하는 개념이기 때문이다. 그렇다면 "뛰어난 능력을 가진 인물로서 집단의 삶을 위해서 위대한 일을 수행하고 그 때문에 집단의 존경을 받는"[189], 여성영웅의 일대기를 다룬 서사문학의 전통으로 시야를 확대할 필요가 있다. 이 글은 여성영웅소설의 형성 동인으로 거의 다루어지지 않은 〈바리공주〉를 대상으로 이러한 작업을 시도해 보고자 한다.[190]

지금까지 〈바리공주〉는 주로 '효'를 중심으로 한 주제적 측면과 '영웅의 일대기'를 중심으로 하는 구조적 측면에서 다른 문학 장르들과의 상관관계를 수립하는 방향으로 연구되어 왔다. 그 중 후자는 한국 서사문학을 관통하는, '영웅의 일대기'의 측면에서 〈바리공주〉의 문학사적 위상을 점검해 보려는 것이다. 이러한 견지에서 〈바리공주〉를 신화 및 영웅소설과 비교 연구하여 그것이 "신화와 소설의 중간적 위치"[191]를 점하고 있다고 한 견해는 주목할 만하다. 하지만 여기에서 상정된 영웅이 남성이라는 점에서 아쉬운 감이 있다. 이 글은 기본적으로는 위의 접근 방식에 근접해 있지만 특별히, 그 비교의 대상을 여성영웅소설에 한정하고자 한다. 그 까닭은 주인공의 영웅적 일대기를 실제로 성립시키는 것은 여성의 체험이라

189) 서대석, 『군담소설의 구조와 배경』, 이대출판부, 1985, 11면.
190) 물론 영웅소설 일반과 관련하여 〈바리공주〉의 문학사적 위치를 논한 경우는 있다.(조동일, 『한국소설의 이론』, 지식산업사, 1977, 249면; 서대석, 『한국무가의 연구, 문학사상사, 1980, 241면) 그리고 여성영웅소설의 개념과는 무관하지만 '여성주인공의 영웅소설'을 따로 설정하여 그 전통을 〈바리공주〉에서 찾은 논의가 있어 주목된다.(조동일, 『한국문학통사』3(3판), 지식산업사, 1994, 527면)
191) 서대석, 위의 책(1980), 247면.

는 점에서 〈바리공주〉는 여성영웅의 일대기를 중심적 구조로 갖고 있는 여성영웅소설과 상통하기 때문이다. 아울러 〈바리공주〉에 나타나는 '여화위남' 내지 '본적노출' 모티프 등도 여성영웅소설의 주요한 특징 중의 하나이다.

따라서 이 글은 여성영웅의 일대기 구조란 측면에서 〈바리공주〉와 여성영웅소설을 비교해 보되, 특히 후자에 관한 한 〈정수정전〉을 예로 들기로 한다.192) 물론 〈정수정전〉193)은 남녀주인공의 영웅적 일대기가 나란히 전개된다는 구조적 특징을 갖고 있지만 여기에서는 다음과 같은 이유에서 여주인공의 일대기만을 고찰하기로 한다. 즉, 이 작품은 여주인공의 시련 및 그에 대한 극복 양상을 중심으로, 여성의 출세 의지와 탁월한 능력, 남편에 대한 도전 의식을 표명하면서 여성영웅의 일대기를 완결시켰다는 점에서 여성 중심적

---

192) 여성영웅소설은 여성영웅의 일대기가 완결되었는가 하는 점을 기준으로 삽화형, 남성중심형, 여성중심형, 여성단독형, 가문중심형 등으로 나눌 수 있다. 이 중 여성 중심형은 여주인공의 일대기가 구조 및 의미상에서 커다란 비중을 차지한다는 점에서 여성영웅소설의 제반 특성을 담보해 내는 유형이라 할 수 있다. 여기에 속하는 작품은 〈정수정전〉을 비롯해 〈홍계월전〉, 〈황운전〉 등이 있는데, 이들은 세부적인 차이를 제외하면 공통적인 구조적 특징을 갖고 있다.(졸고, 「여성영웅소설 연구」 참조)

193) 〈정수정전〉은 서지와 해제의 측면에서 간결하게 논의된 것을 제외하면 개별 작품론으로는 본격적으로 연구된 적이 없다.(장덕순, 「정수정전과 정수경전-이조소설편」, 『한국고전문학의 이해』, 일지사, 1973;여세주, 「정수정전의 구조」, 『국어국문학회』, 영남대 국문과, 1979) 그보다는 〈백학선전〉, 〈홍계월전〉 등과 함께 여성영웅소설의 주요 작품으로 자주 거론되어 왔다.(정명기, 앞의 논문;여세주, 앞의 논문; 민 찬, 「여성영웅소설의 출현과 후대적 변모」, 서울대 석사논문, 1986)

인 구조적 특징을 갖추었기 때문이다.

다음은 그러한 구조의 의미를 특히, 두 작품이 속해 있는 장르에 입각해서 밝혀보고자 한다. 여기에서는 그 둘이 유사한 구조적 특징을 갖고 있음에도 불구하고 얼마나 상이한 문학적 의미를 내포하고 있는가 하는 점이 밝혀질 것이다. 앞질러서 말하자면 여성영웅소설은 여성영웅의 일대기라는 구조적 특징을 다른 무엇보다도 전대의 서사문학 특히 〈바리공주〉로부터 이어 받아 조선 후기에 강화된 여성 억압의 현실에 대응한 문학 현상이다. 하지만 그 대응 방식에 있어 〈바리공주〉가 근원적이고 존재론적이라면 여성영웅소설은 일시적이고 현실적이라는 점에서 상이한 양상을 띤다. 이로부터 한국 여성문학에 있어 가부장제 하 여성 억압의 현실에 대응하는 두 가지 방식을 확인할 수 있을 것이다.

〈바리공주〉는 서울, 경기, 함남, 전남, 경북 등 전국적인 범위의 지역별 이본이 존재하며 1980년 현재 9편이 채록된 것으로 알려져 있다.194) 이 중 "고정체계면이 강화된 본이며 특히 영웅적 행위의 숭고미"195)를 나타내 준다고 하는 서울지역본196)을 분석하고자 한다. 한편 〈정수정전〉은 목판본 16장본197)을 텍스트로 하였다.

---

194) 서대석, 앞의 책(1980), 200면 참조. 서대석은 이 글에서 지역별 이본의 특징을 비교하고 분석하여 각 이본의 서사문학사적 의의를 논하였다.
195) 같은 책, 241면.
196) 그 중에서도 특히, 김태곤 채록본 〈말미〉를 텍스트로 하였음.
197) 김동욱 편, 『영인 고소설판각본전집』 3, 한국학진흥원, 1982. 물론 〈정수정전〉은 이외에도 세창서관판(1915), 〈여장군전〉 등의 활자본 (김기동, 『한국고전소설연구』, 교학사, 1983, 415면)과 8종의 이본이 더 있어(신동흔, 〈정수경전〉, 『한국고전소설작품론』, 완암김진세 선

2. 여성영웅의 일대기

2.1 출생

　바리공주는 조선국의 공주로, 수정은 명망이 드높은 재상가의 딸로 태어났다는 점에서 둘 다 고귀한 혈통의 자손이다. 그런데 태어나는 과정에 있어서 둘은 상이한 면모를 드러낸다. 우선 바리공주의 출생과 관련되는, "대명전 대들뽀에 청용 황용 엉커러져 뵈고 오른 손에 보라매 받고 외인 손에 백마 바다 보고 외인 무릎에난 흑거북 앉어 뵈고 양어깨에난 일월이 도다 뵈던이다"라고 하는 태몽을 살펴보자. 여기에 등장하는 사물은 청·황룡, 보라매, 백마, 흑거북, 일월 등인데 청룡과 황룡의 형상은 임신에 대한 단서로 친다면[198], 나머지는 자손의 형상을 암시하는 것이라 할 수 있다. 그런데 이 중 백마나 보라매가 남성[199]을, 거북과 일월이 장수와 빛의 근원[200]

　　생회갑기념논문집, 집문당, 1990, 859-860면) 각 판본의 맥락에 대한 검토가 선행되어야 할 것이다. 하지만 "대체로 판각본 작품들이 거의 활판본으로 다시 간행"되었다는 점, "출현 동인이나 문학사적 맥락을 논의하기 위해서는 비교적 초기의 작품을 연구대상으로 해야 한다"는 점 등에서 여기에서는 우선 해당 작품에 관한 한 현재 최고본(最古本)으로 알려져 있는 목판본을 고찰의 대상으로 삼고자 한다. (서대석, 앞의 책(1985), 21-23면)
198) 이러한 것은 〈제석본풀이〉(양평본)에서 당금아기가 꾼, "청룡 황룡이 여의주를 다토아 가며 등창으로 등천하는 꿈"(서대석, 앞의 책(1980), 359면)이 나중에 아들 3형제를 낳을 태몽이었다는 점에서도 알 수 있다.
199) 특히, "말은 강건하고 씩씩한 성질의 동물이기 때문에 남성적이라" 할 수 있는데 특히, 백마는 "신성·서길·위대·특이한 관념"을 나타낸

을 상징한다는 점은 주목할 만하다. 특히, 보라매나 백마의 형상은 "이번 몽사는 연약한 몸이 부지하기 어려울까 하나이다"라고 하는 중전의 말이나, 딸을 낳을 것이란 점복의 결과도 무시한 채 "이번 몽사는 세자대군 얻을 몽사로다"라고 하는 국왕의 말에서 알 수 있 듯이 남성 자손을 암시한다. 또한 이러한 점은 바리공주의 언니들 에 대한 태몽에서는 달, 청도화, 칠성별, 홍도화 등이 등장하는 것 과도 구별된다. 즉, 태몽과 관련해서 바리공주는 남성적이며 신성 한 활동을 할 것으로 기대되는 것이다.

이와는 달리 수정에 대한 태몽에선 두 선녀가 '벽녁화' 한 가지를 내 주는데 선녀 및 꽃가지는 고소설의 여주인공에 대한 태몽 및 그 해산 장면에 빈번히 등장하는 것으로 여성을 상징한다.[201] 이러한 점을 〈바리공주〉와 비교해 보면 애초에 수정은 여성적인 삶을 살도 록 내정되어 있음을 알 수 있다.

태몽은 그렇다 하더라도 어쨌든 둘 다 여자 아이로 태어난다. 그 런데 이에 대한 부모의 반응에 있어서 둘은 차이가 난다. 우선 〈바 리공주〉에선 딸을 낳았다 하여 출산 직후에 중전이 우는가 하면, "중전도 담대도 하다 어찌 무삼 면목을 들고 다시 나를 상면하리요" 라고 하며 국왕 역시 눈물을 흘리며 탄식한다. 이는 바리공주가 일 곱 번째 딸이라는 점, 그의 언니들이 태어날 때에는 딸을 낳을 것이

다.(안병태, 「백마·계고」, 『한국민속학』, 한국민속학회, 1970, 48-50면)

200) 서대석, 앞의 책(1980), 226-227면.

201) 예를 들어 〈황운전〉에서 여주인공 월중단에 대한 태몽에는 '계화 일지'가, 〈김희경전〉의 여주인공 설빙에 대한 태몽에는 '도화 일지' 가 등장한다.

라는 점복을 두고 "문복이 용타한들 제 어찌 알소냐"라고 말할 정도로만 무시했다면 일곱 번째는 태몽과도 관련하여 세자대군의 출생에 대해 확신을 가졌다는 점에서 예상되는 반응이다. 특히, "종묘사직은 누구에게 전하며 조정 백관은 뉘게 의지하며 시녀 상궁은 뉘게 의탁하리요"라고 하는 탄식을 보면, 아들을 낳는 것은 '조선 향화'를 넘어서서 왕통의 유지 즉, 국가적 차원에서 요구됨을 알 수 있다. 그리고 여기에서 왕위 계승이 남성 쪽으로만 가능하다는 사회상 및 의식 상태를 엿볼 수 있다. 따라서 바리공주는 왕실의 자손으로서는 전혀 쓸모없는 존재가 되어 버림을 받을 수밖에 없다. 이러한 상황에서 "대왕마마는 모짐도 모지시다 혈육을 버리려 하옵시니"와 같은 혈육 운운은 인정될 여지가 없는 것이다.

이에 반해 수정이 태어날 때엔 "아희를 보니 진짓 월궁쇼이라 상셰 즉시 싱월일시를 긔록하고 일홈을 슈정이라 하"고, "샹셔부뷔 장즁보옥갓치 이지즁지"한다는 점에서 부모가 딸이 태어난 것에 대해 조금이라도 섭섭해 하거나 거부 반응을 나타내지 않는다. 물론 수정을 갖기까지의 과정에서 그의 부모는 "조젼 향화"를 위한 "일졈 혈육이 업셔" "싱즈"(生子)를 위해 기자 정성을 드리기에 이른다. 따라서 위와 같은 긍정적인 반응은 〈바리공주〉에서처럼 왕위계승 문제와 무관하다는 점, 공들여 얻은 첫 자손이라는 점, 여기에서의 '싱즈'는 '아들 낳기' 뿐만 아니라 '자식 낳기'까지를 의미한다는 점 등에서 이해할 수 있다. 또한 딸에 대한 이러한 관념은 1700년대 이전의, "자녀가 돌아가며 봉사(奉祀)하는 윤회가 있고 장자가 전담하는 장자봉사의 경우"[202]가 존재했던 시대상을 반영한다.

이상 〈바리공주〉와 〈정수정전〉은 기이한 태몽 장면과 함께 여성영웅이 태어나는 과정에 있어 신비한 양상을 띤다는 점에서 일치하지만, 그 구체적인 태몽의 내용과 딸이 태어난 것에 대한 반응 양상은 상이함을 알 수 있다.

2.2 시련

바리공주는 전혀 바라지 않던 일곱 번째 딸이라는 이유로 부모로부터 이름도 얻지 못한 채 태어나자마자 버림을 받는다. 따라서 그는 여성으로서, 공주로서의 삶을 일체 살아보지 못한 채 버림을 받음으로써 예정된 인간적 삶의 공간으로부터 추방을 당한 꼴이 되었다. 여기에서 그가 버림을 당한 곳과 양육을 받는 곳은 중요한 의미를 띤다. 바리공주를 옥함에 넣어 "앞으로는 황천강이요 뒤흐로는 유사강이요 에옥 여울 피바다"에 던져버리는 것은 "서해 용왕에 진상"을 보내기 위함이라 하나 실은 죽음의 공간으로 내몰자는 것이다. 물론 바리공주는 여기로부터 구조를 받게 되지만 결국 그가 성장하는 공간 역시 인간 세상과는 분리된 별천지다. 그를 다시 찾아오라는 분부를 받고 한 신하가 당도한 곳이야말로 "날새 길짐승도 못 들어오는" "천궁"이기 때문이다. 물론 속세와 인연이 먼, 유적한 공간을 두고 그렇게 말하는 것이리라. 하지만 그가 강물에서 구조를 받을 때 "입에는 왕거미 가득하고 귀에는 불개아미 가득하고 허리에는 구렁 배암이 감겨 있"는 지경이었다는 점에서 볼 때 여성으로서 혹은 공주로서 바리공주의 예정된 삶은 죽음의 강물 속에 매

---

202) 최재석, 『한국가족제도사연구』, 일지사, 1988, 535면.

장되었음을 알 수 있다.[203]

수정은 장연이라는 사람과 정혼도 하는 등 열 살까지는 한 여성으로서 평범한 삶을 살다가 조정 간신배의 참언에 의해 부모가 죽음으로써 극심한 시련을 겪게 된다. 게다가 시아버지 될 사람마저 돌연히 병사함으로써 집안 간에 약속된 혼인이 불확실해지자 그의 예정된 삶은 돌이킬 수 없는 지경에 이른다. 이후에 벌어질 그의 활약과 관련해서 이러한 시련의 원인 및 양상은 중요한 의미를 띤다. 즉, 그의 시련 극복이 뜻하는 바는 부모의 원수를 갚는 것이라는 점, 그러기 위해서는 국가 내에서 권력을 획득해야 한다는 점 등에서 그의 여화위남 내지 과거 응시, 출전 과정 등이 이해되어야 한다는 것이다. 따라서 바리공주와 비교해 볼 때 수정은 현실적인 목적을 위해 스스로 여성으로서의 삶을 사장시켰음을 알 수 있다. 이러한 점은 수정이 과거에 응시할 때부터의 의도를 고치지 않고 계속해서 자신이 수정의 오빠라고 둘러댄다는 점, 그러다가 장연이 그 '누이'에 대해 혼인할 의사를 나타내자 "쇼졔가 운이 불힝ᄒ와 부뫼 장망ᄒ시미 쇼미 주야 호곡ᄒ다가 병이 이러 세상을 바리미"라고 말함으로써 본래의 자신을 죽은 것으로 꾸며댄다는 점에서도 확인

---

203) 현용준은 해양사국(海洋死國) 즉, "바다 건너 아득히 먼 곳에 있는 상상의 나라요", "사자를 띄워 보내는 나라인 동시에", "죽지 않고 사는 나라요", "선경(仙境)과도 통하는 곳"에 대해 말한 바 있다. 이와 관련해서 그는 '황천강…'을 '주검을 던져 보내는 바다'로, '왕거미…' 한 형상을 '시체의 모습'으로, 결국 바리공주가 일차적으로 표착한 곳을 죽음의 세계로, 그 다음 도달한 곳을 저승과 흡사한 신국(神國)으로 이해하였다.(현용준, 『무속신화와 문헌신화』, 집문당, 1992, 463-464면)

된다.

이상 〈바리공주〉와 〈정수정전〉의 주인공들은 어릴 때에 가족과 분리되고, 예정된 삶의 공간으로부터 추방되는 시련을 겪는다는 점에서 일치하지만 그 시련의 원인 및 성격, 시련자의 자세, 시련 극복의 의미 등에서 차이를 나타낸다.

2.3 수학

바리공주는 죽음의 바다에서 먼저 "하날아는 자손이라" 금거북에게 일시적으로 구조되었다가 석가세존의 손을 거쳐 비리공덕 할아비와 할미에게 양육된다. 그 과정에서 그는 "배우지 아니한 학업이 능통하여 상통천문 하달질이 뉵도삼악을 능통"하는 선천적 재능을 드러낸다. 이러한 재능의 성격은 그의 성장 과정이 여성적인 것과 무관하다는 점을 암시한다.

수정은 현실적으로 위급한 지경에 처해지거나 양육을 받아야 할 만큼 어리지 않기 때문에 별도의 구조자나 양육자를 필요로 하지 않는다. 오히려 수정에겐 부모의 죽음에 대한 원통함을 극복하고, 원수를 갚기 위해 예정된 삶의 영역을 벗어나는 방향 전환이 시급할 뿐이다. 따라서 그는 시아버지 될 사람이 죽자 곧바로 "남복을 기착ᄒᆞ고 밤이면 병셔를 읽으며 낫이면 말달니기와 창쓰기"를 익히기에 이른다. 즉, 수정은 시련의 과정이 돌발적이었던 것처럼, 예기치 못했던 남성적인 수학의 필요성에 의해 독학을 해야만 했던 것이다.

이상 바리공주와 수정은 구조자 및 양육자의 도움을 받았는가 하

는 점에선 차이가 있지만 둘 다 수학하고 성장하는 과정에서 남성
적인 면모를 띠었음을 알 수 있다. 그러나 바리공주가 천부적인 재
능을 타고 난데 반해 수정은 현실적으로 필요한 능력을 스스로 학
습함으로써 습득하였다는 점에서 둘은 상이한 면모를 띤다.

2.4. 위기

두 작품에 나타나는 위기는 주인공의 삶과 직접적으로 관련되지
않고 발생하는 외부적 현상이다. 하지만 그에 대한 극복 여하에 따
라 주인공이 궁극적으로 목적하는 바가 성취될 수도 있다는 점에서
위기는 중요한 의미를 띤다.

〈바리공주〉에서 위기는 공주의 부모가 "한날 한시에 승하하시리
라"는 점복을 통해 암시된다. 물론 겉으로 볼 때, 그들의 죽음은 종
묘사직의 안위와 관련된 국가적 차원의 위기이고 바리공주의 입장
에서 "십색을 부모님 복중에 있아옵는 효"와 관련된 혈육의 차원에
서 발생한 위기이다. 하지만 "양전 마마 한날 한시에 풍도성의 가도
오고 오라 하더이다 금일 황건역사가 오던이다", "하날아는 자손을
내린 죄로 그러하더이다"라고 하는 청의동자의 말에 의하면 여기에
는 필연적인 업보의 의미가 있음을 알 수 있다. 따라서 이를 극복한
다는 것은 부모를 살려야 한다는 혈육의 차원과 종묘사직을 위기에
서 구해야 한다는 국가적 차원에서 죽음을 물리쳐야 한다는 존재의
차원으로 확장되는 의미를 띤다.

이에 반해 〈정수정전〉에서는 두 차례에 걸친 외적의 침입으로
인해 현실적인 국가적 차원의 위기가 발생한다. 또한 그것은 문제의

외적이 오랑캐라는 점에서 '천눈'이라 할 수 있는 유교적 통치 이념에 대한 위기이기도 하다. 물론 '표긔장군'으로서 수정은 의무적으로 난을 물리쳐야 했지만 그에게 있어 더욱 중요한 것은 이러한 위기의 상황을 극복함으로써 획득되는 현실적인 권력과 이로써 성취되는 궁극적인 삶의 목표이다. 즉, "원슈를 갑고져ᄒ여 만리정장의 딕공을 셰고 도라오니"에서 알 수 있는 것처럼, 수정은 국가적 위기를 극복함으로써 얻어지는 권력에 힘입어 부모의 원수인 간신을 소탕하고자 한 것이다. 또한 이 작품에선 조정의 질서를 어지럽혀 현실적으로 국가적 위기를 초래할 정도로 간신의 존재가 부각되어 있지 않지만 궁극적으로는 수정이 외적에 의한 현실적인 국가적 위기뿐만 아니라 간신으로 인한 잠재적인 위기를 극복한 것이고, 그에 따라 부모의 원수를 갚는다는 종국적인 삶의 목표를 성취한 것이다.

2.5. 투쟁

바리공주는 단지 "십색을 부모님 복중에 있아옵는 효"를 실행하고자 고난의 길을 떠난다. 그런데 "비단 고의 입고 비단 창의 입으시고 세패랑이를 숙여쓰고 여화 위남 하옵시고"라는 말에서 알 수 있는 것처럼, '부모 효향'을 위해 길 떠나는 그의 행색은 남장이다. 이러한 점은 바리공주가 구약(求藥) 노정에서 만난 석가세존이나 무장승에게 "조선국왕의 일곱째 대군" 등으로 자신을 소개한 데서도 알 수 있다. 게다가 그가 요구한 무쇠 장군, 무쇠 질방, 무쇠 신, 무쇠 주령, 세 패랑이 등은 전투 장비를 연상케 하며, 여성으로서는 갖추지 못할 무거운 것들이다. 이러한 장비로 봐서 바리공주는 무지막지한 적을 상대로 투쟁할 듯하다.

여기에서 바리공주가 목적지까지 이르는 노정 및 그 곳에서 감수해야만 했던 희생적 행위를 살펴보면 그의 행색을 이해할 수 있다. 우선 그가 지나온 "칼산지옥 불산지옥 독서지옥 한빙지옥 구렁지옥 배암지옥 물지옥 흔암지옥 무간 팔만사천지옥"은 "청성이 하날에 닿았는대 바람도 쉬어 넘고 신지이 슈진이 해동창 보라매라도 다 슈어 넘는 곳"이고 목표지인 "약수 삼천리"는 "짐생의 깃도 가라않고 배도 없는 곳"이다. 이로써 보면 그의 전투복에 가까운 차림새는 이와 같은 험난한 지역을 통과하기 위한 것이며, 그러한 지역을 통과해서 목표지에 이르는 것 자체가 목숨을 건 투쟁이라 할 수 있다. 또한 바리공주가 길값, 삼값, 물값을 대신해서 무장승에게 해 준 나무하기, 불 때 주기, 물 길어 주기 등은 그를 남성으로 간주한 상황에서만 가능하다. 물론 그러한 과정에서 바리공주는 여성으로서의 본적이 노출되어 무장승에게 일곱 아들을 낳아주게 되는 지경에 이르지만 그렇게 해서 이루어지는 삶의 양태가 그의 궁극적인 목표를 바꾸어 놓지 못한다는 점은 "부부지정도 중커니와 부모 효행 늦어가니 밧비 가려 하나이다"라는 말에서도 알 수 있다. 또한 이러한 여장군 행색을 갖춘 바리공주가 "무쇠주령을 한 번 둘너 짚으시니 천리를 가옵시고 두 번을 둘러 짚으시니 이천리를 가옵시고 세 번을 둘너 짚으시니 삼사천리를 가시노라"에서 신비한 재능을 발휘하고 있음도 주목할 만하다. 요컨대 바리공주가 남장을 하고 전투 장비를 갖춘 것은 험난한 지역을 통과하기 위한 것이며 그러한 통과 자체가 투쟁의 양상을 띤다는 점을 알 수 있었다.

그런데 바리공주가 통과한 곳 즉, 투쟁의 대상이 죽음의 세계였다는 점을 알아둘 필요가 있다. 이러한 점은 "약수 얻어다가 나를 회춘할 신하가 있는가"라고 하는 국왕의 말에 뭇 신하들이 "사라 육신은 못 가옵고 죽어 혼백이 간 사세온대"라고 하며 극구 가길 꺼려한 데서도 알 수 있다. 또한 육로 삼천리를 갔을 때 "우여라 슬프다 바리공주 머리를 만져보니 바위덕석 되였구나 바랑을 마져 보니 쇠덕석"이 되었다는 데서 바리공주가 죽음의 길에 들어서고 있음을 알 수 있다. 결국 험로 삼천리를 남겨두었을 때, 그는 석가세존으로부터 낭화와 금주령을 받아 그것들 덕분에 무사히 저승 세계를 통과하게 된다. 특히, 갖가지 지옥 및 죄인의 형상은 무시무시하고 끔찍한 것이었으나 낭화라는 무기 덕분에 칠성을 무너뜨려 평지를 만들고 '귀졸'들을 제도한다는 점은 중요한 의미를 띤다. 바리공주는 몸소 죽음의 세계를 체험하는 과정에서 그 세계를 극복할 수 있는 권능을 신적 존재로부터 부여받았음을 알 수 있기 때문이다. 다시 말해서 스스로 육로 삼천리 즉, 죽음의 세계의 입구에 도달했기 때문에 그는 험로 삼천리 즉, 실제 죽음의 세계를 무사히 통과하는 동시에 원혼을 제도할 수 있는 낭화 및 주령을 획득한 것이다. 여기에서 바리공주의 죽음에 대한 투쟁은 일시적인 것이 아니요 죽음의 세계가 존재하는 한 지속될 것임을 추정할 수 있다.

이상 바리공주가 남장을 하고 전투 장비를 갖춘 채 통과한 곳은 죽음의 세계였다는 점, 바로 거기에서 죽음을 극복할 수 있는 신적 권능을 부여받았다는 점, 따라서 부모의 생명을 소생시킬 수 있었던 것은 그 권능의 일부분에 해당된다는 점 등을 알 수 있었다.

수정은 부모 및 시아버지 될 사람이 죽자마자 여화위남한다. 물론 행색만 남장으로 한 것이 아니라 병서를 읽고 무술을 연마하는 한편 과거에 응시하여 벼슬에 오르는 등 실제적으로 수정은 남성으로서의 삶을 살아간다. 여기에서 그가 여화위남하여 입신양명한 목적은 황제에게 고백한 것처럼 "헐헐 녀지 의탁헐 곳이 업셔"서가 아니라 "웬슈 진량을 버혀 아비 원혼을 위로헐가" 함에서이다. 따라서 부마로 삼고자 하는 황제에 의해 본적이 노출되지 않았다면 그는 원수를 갚을 때까지 남성으로 행세했을 터이다.204) 이러한 점은 작품의 말미에서 수정이 외적을 소탕한 기세로 원수 진량을 자의로 죽인 다음 "상탁을 빅셜ᄒ고 부군긔 셜졔ᄒᆫ 후"에야 시어머니의 뜻에 따라 귀가함으로써 여성의 자리로 복귀한다는 사실에서도 확인된다. 또한 과거에 응시하여 벼슬에 오르거나 전투에 임하는 목적도 결국은 원수를 자의적으로 처단할 만한 권력을 얻기 위해서다.

어쨌든 그는 전투에 임해 뛰어난 무술을 발휘한다. 이러한 점을 가장 잘 나타내는 대목은 "원슈 딕로ᄒ여 좌슈의 장창들고 우슈의 보검드러 동남을 쥬치니 젹진장졸의 머리 츄풍낙엽 것더라"이다. 또한 그는 실전에만 능했던 것이 아니라 작전을 도모하는 데서도 뛰어난 면모를 보인다. 따라서 외적의 침략에 직면한 조정은 "뎡슈졍이 안이면 딕젹홀 지 업"기에 여자인 줄 알면서도 수정을 대원수로 천거한 것이다.

요컨대 수정은 부모의 원수를 갚는다는 일념 하에 스스로 학문을 닦아 벼슬에 오르고 국가적 위기를 맞아서는 선전했다. 또한 이 모든 과정을 겪으면서 그는 여성으로서의 삶을 버리고 남성으로 처세

---

204) 결국 수정은 본적이 노출된 후 황제의 뜻에 따라 정혼자인 장연과 결혼함으로써 여성의 신분으로 돌아오지만 두 번째 전투에 참가할 때에는 다시 여화위남한다.

했으며 부득이한 경우 본적이 탄로되어 여성으로서 행세하기도 했으나 그보다는 국가의 안위를 좌우하는 천하명장으로서의 능력을 공인 받았다. 하지만 부모의 원수를 갚고 나선 다시 부녀의 자리로 복귀함으로써 이와 같은 그의 존재 양상은 일시적인 현상으로 그치고 말았다.

이상 바리공주와 수정은 그들 주변에서 발생한 위기를 극복하기 위해 남장을 하고 투쟁했고, 그 과정에서 여성으로서의 본적이 탄로되기도 했다는 점에서 일치하지만 다음과 같은 점에서는 차이를 드러낸다. 즉, 바리공주의 투쟁 대상은 죽음의 세계이므로 그 양상은 존재의 차원에서 지속성을 띠는 반면에, 수정은 현실적인 차원에서 투쟁을 벌이므로 그 양상은 현실계의 정황에 따라 일시적인 면모를 보인다.

2.6. 죽음

약수를 얻어 부모를 소생시킨 바리공주는 재산이나 왕위 계승권 등 물질적인 포상에는 관심이 없다. 대신에 무장승, 비리공덕 할미와 할아비, 강님도령 등 자신을 양육시켰거나 죽음의 세계를 다녀오는 데 도움을 준 이들에게 신직(神職)을 부여해 달라고 요구한다. 그에 따라 무장승은 "산신제 평토제주"를, 비리공덕 할아비는 "망제 나올 적에 노제 길제"를, 할미는 "가시문 쇠문 시양문 별비" 등을 받게 된다. 특히, 그의 일곱 아들은 저승의 십대왕이, 바리공주는 "인도국왕 보살"이 된다. "절이 가면 수룩제 만발 고양 받으시고 들노 나리시면 큰머리 단장에 은아몽도리 넓은 홍띠 입단 초마 수저고리 찰난이 입은 후에 은월도 삼지창과 화화복 쇠줄 쇠방울 쉰살 부채 손에쥐고 치어다 보니 백채일 내려다 보니 뉴최일 쇠슬운 대설무 연지 왕나삼과 천근 대도형 받"는다는 것은 바로 인도국왕 보살의 구체적인 직분과 형상이다. 여기에서 바리공주는 현재의 무(巫)와 같은 형상을 띤다. 즉, 그는 현실의 차원에서뿐만 아니라 생사를 넘나드는 존재의 차원에서 부모의 생명을 소생시킨 것에서 나아가 죽은 영혼을 비롯한 모든 인간의 생사를 주관하는 보편신이 된 것이다.

이에 반해 수정은 1차 출전의 공으로 '니부상셔 겸 도총독 청쥬후'가 되고, 2차 출전의 결과로 '놔각노 평북후'가 되어 현실 세계에 있어선 최고의 관직에 오른다. 특히, 여성의 신분으로 성취한 후자의 경우는 주목할 만하다. 하지만 수정이 이러한 사회적 지위를 삶에 있어 최상의 가치로 여긴 것은 아니다. 다만 그러한 권력으로써 원수를 갚고자 했을 뿐이기에 부모의 원혼을 달랜 이후 수정은 그간의 예기치 못했던 격동의 삶을 생각하며 허망함마저 느끼게 된다. 이윽고 귀가를 권하는 시어머니의 편지를 받자 '심하의 깃거 즉시 회답ᄒ여 보닉고 익일의 힝장차려" 떠나는 모습에서도 이러한 사실을 확인할 수 있다.

이후에 전개되는 수정의 삶은 영웅 내지 장군과는 무관한, 단지 정강자(謫降者)로서의 일생을 마감하는 과정이 남았을 뿐이다. 즉, 그는 온갖 부귀영화를 누리며 행복한 삶을 향유하다가 75세에 이르러 남편과 함께 '빅일승쳔'한다. 그들의 세 자녀가 기주, 청주 등 현실적인 삶의 터전을 관장할 역할을 부여받았고, "ᄌ숀이 창성ᄒ여 딕딕로 벼슬이 ᄀ즛치 아니ᄒ고 츙효녈졀이 쩌나지 아니"하였다는 것이야 뒷공론에 불과하다. 요컨대 수정은 부모의 원수를 갚기 위해 정계에 투신하여 현실계의 질서를 바로잡는 역할을 하였으며 그 목적이 성취되자 본래의 자리로 복귀함으로써 현실적이고 일시적인 여성영웅의 삶을 살았다고 할 수 있다.

3. 구조의 의미

3.1. 무조신화로서의 〈바리공주〉

지금까지 여성영웅의 일대기가 두 작품에서 어떠한 양상으로 전개되었는가 하는 점을 고찰해 보았다. 여기에서는 그러한 구조의 의미를 둘의 장르적 속성과 관련해서 따져 보고자 한다.

바리공주의 일대기는 크게 두 단계로 즉, 시련과 그에 대한 극복의 과정으로 요약할 수 있다. 먼저 바리공주는 왕실의 일곱 번째 딸로 태어났다는 이유만으로 버림을 받는다. 물론 그 자체로서는 버림받을 이유가 되지 못하고 남존여비의 사회적 배경이 반영된 것이라 할 수 있다. 게다가 그를 포함한 일곱 딸들이 태어나게 된 것은 아버지인 국왕의 성격 탓이다. 즉, 그는 "금년에 길례를 하옵시면 칠공주를 보실 것이오 명년에 길례를 하옵시면 세자대군 보시리라"는 문복가의 말에 대해 "문복이 용타한들 제 웃지 알소냐 일각이 여삼추요 하루가 열흘 같다"라고 하면서 일곱 공주를 보게 된다는 해에 혼례를 올린 것이다. 여기에서 일곱 딸이 태어나게 되니 바리공주가 그 막내로 태어나 버림을 받게 된 근본적인 원인은 국왕의 성급함과 복자에 대한 불신임을 알 수 있다. 따라서 바리공주가 태어나자 "중전도 담대도 하다 어찌 무삼 면목을 들고 다시 나를 상면하리요"라고 하며 박대하는 것은 딸을 낳은 것에 대한 책임을 아내에게 전가하는 것에 불과하다. 게다가 '전생의 죄' 운운하며 정작 바리공주를 내다버린 것 역시 국왕이다.[205] 그에 대해 중전은 "대왕마마는 모짐도 모지시다 혈육을 버리려 하옵시니"라고 하며 버리기를 극구 반대한다. 딸이건 아들이건 간에 혈육에 대한 이러한 모성애는 "잔뼈는 녹는 듯 굵은 뼈는 휘는 듯...동창에 찬바람 시르영이"는 임신 및 해산 과정의 고통과도 무관하지 않을 것이다. 특히, 이와 같은 산고에 대한 구체적이고 반복적인[206] 토로는 혈육에 대한 남다른 모성애가 추상적인 것이 아님을 암시한다. 요컨대 바리공주는 남존여비의 사회적 배경 속에서 특히, 그러한 요소가 강화된 왕실에서 일곱 번째 딸로 태어났다는 이유만으로 버림을 받았다. 그렇지만 그 근본적인 원인은 아버지인 국왕의 성급함과 문복에 대한 불신이라는 점, 실제로 그를 버린 것도 아버지라는 점 등을 알 수 있었다. 이러한 몇 가지 사항을 통해서 보건대 바리공주를 추방한 것은 가부장제 사회를 떠받치는 여성 억압의 질서라 할 수 있다. 여기에서 이러한 여성 억압의 질서는 바리공주의 아버지인 동시에 "인간세계에서 최고의 권위자"이며 "예의(禮儀)나 도덕의 숭고한 절대자"[207]인 국왕을 중심으로 행사되기 때문에 부계적 속성 및 현실

---

205) 이러한 이유 때문인지 서울본을 비롯해 함남·안동본에서는 부모가, 동해안광주·나로도본에서는 아버지만 죽게 된다.(서대석, 앞의 책(1980), 216면)

206) 서울지역본 중에서도 이러한 산고 장면이 일곱 번 나오는 이본이 있다.(赤松智城·秋葉隆 공편·심우성 역, 『조선무속의 연구』, 동문선, 1991)

도덕적 의미를 띤다. 물론 이러한 사회적 통념이 지배하는 와중에 일곱 딸이 계속해서 태어난다는 사실은 국왕의 입장에서 볼 때 운명의 장난과도 같은 것이다. 또한 '부모 효향'길에 대해 여섯 딸이 차례로 거절하는 것도 가부장 및 국왕을 중심으로 하는 여성 억압의 질서에 대한 거부 행위라 할 수 있다. 하지만 몇몇 개인이 거부한다고 해서 강고한 현실적 질서가 와해되는 것은 아니다.

이러한 점에서 바리공주의 대응 방식은 주목할 만하다. 그는 일단 효를 포함해서 현실계의 사회적 통념을 인정하고 그것을 구현하는 데 앞장서는 것처럼 보인다. 하지만 그가 구약 모험에 나선 것은 규범으로서의 효를 실행하기보다는 "십색을 부모님 복중에 있아옵는" 은혜 즉, 모성애에 보답하기 위한 것이다. 게다가 그러한 과정에서 그는 다시 태어난다. 험로 삼천리에서 약수를 얻어 지상에 다시 나오기까지 그는 저승에서의 삶을 산 것이기 때문이다. 또한 바리공주는 그러한 죽음의 세계를 통과하면서 그 세계를 다스릴 권능을 부여받았다. 이제 그는 여성이라는 이유로 자신을 억압하는 현실계에 더 이상 얽매일 필요도 없을뿐더러, 생사를 둘러싼 존재의 문제를 해결하는 위치에 선 것이다. 따라서 그의 구약 노정은 부모의 죽음만이 아니라 온갖 죽음을 물리치는 데 의의가 있는 것이다. 여기에서 바리공주는 여성이라는 이유로 자신을 추방한, 여성 억압의 질서로 구현되는 현실계를 초월하는 방식으로 시련을 극복했다. 따라서 이 작품은 궁극적으로 여성 억압의 질서가 지탱하는 부계적, 도덕·합리적, 현실적인 죽음의 세계를 극복한 모성적, 무속적인 삶

---

207) 서대석, 앞의 책(1980), 226면.

의 노래라 할 수 있다.

지금까지 〈바리공주〉의 구조가 의미하는 바를 따져보았는데 이
제는 그러한 의미가 무조신화와 어떻게 관련되는가 하는 점을 살펴
보고자 한다.

우선 〈바리공주〉와 무조신화가 관련되는 지점은 "무의 직능 중에
하나인 치병을 바리공주가 시작"208)했다는 사실이다. 물론 여기에
서 치병은 죽은 사람을 살리는 것까지 포함하는 개념이다. 그런데
무(巫)라는 존재 자체를 고려해 본다면 〈바리공주〉에서 중요한 모
티프는 구약 모험이라고 할 수 있다. 구약 모험은 죽음의 세계를 통
과하는 동시에 그것을 극복하고 현실계를 초월할 수 있는 권능을
획득하는 절차라고 할 수 있는데 이러한 과정은 강신무(降神巫)의
성무(成巫) 과정에 있어서 필수적인 단계인 신병(神病) 및 강신 체
험과 관련된다. 신병이 "죽음의 세계와 신성의 세계"로 들어가면서
"지금까지 살아온 현실의 모든 질서와 가치체계 일체를 거부하는
현상"209)이라면 강신 체험은 "신병을 통해서 신의 능력을 체험 전
수"210)하는 절차이기 때문이다. 또한 무 자신은 이러한 과정을 거
쳐 "존재 근원으로 회귀하여 여기서 영원존재의 실재를 체득한 신
성적 의미의 신권자"211)로 다시 태어나게 된다. 요컨대 바리공주의
구약 노정은 무의 직능 중의 하나인 치병 및 무 자신의 신병·강신
체험의 의미가 있어 무조신화의 핵심적인 모티프임을 알 수 있다.

---

208) 장덕순 외, 『구비문학개설』, 일조각, 1973(2판), 127면.
209) 김태곤, 『한국무속연구』, 집문당, 1991(5판), 244면.
210) 같은 책, 245-246면.
211) 같은 책, 246면.

특히, 현실에 대한 거부 및 극복 과정을 통해 새로운 자아로 재생한 다는 신병·강신 체험의 본래적 의미에 비추어 볼 때 부계적, 도덕적, 현실적인 죽음의 세계를 초월한 모성적, 무속적인 삶의 노래라는 이 작품의 의미는 여기에서도 확인된다.

3.2. 여성영웅소설로서의 〈정수정전〉

우선 수정은 간신의 참소에 의해 아버지가 정배를 당하고 그에 따라 부모가 병으로 죽게 됨으로써 시련을 겪게 된다. 이러한 점은 장차 시련을 극복하는 양상이 아버지의 원수를 갚는다는 가문의 차원에서, 원수가 조정의 질서를 어지럽히는 간신이란 점에서 국가적 차원으로 확대될 조짐을 보여준다. 따라서 수정이 망연자실하지 않고 곧바로 남장을 한 채 학업 및 무술을 연마한다는 점, 과거에 응시하여 높은 직위에 오른다는 점, 외적의 침입이 있어 국가가 위기에 빠져 있을 때 출전한다는 점 등은 그 자체로서는 의미가 없다. 궁극적으로 수정이 목적한 바는 국가적 차원의 위기를 구함으로써 획득되는 좀 더 높은 지위로써 부친을 참소한 바 있는 간신을 죽여, 부모의 원수를 갚는 것이기 때문이다. 이러한 점은 그가 마지막 출전에서 대공을 세우고 돌아오는 길에 원수 진량을 죽이고 그 자리에서 부모의 원혼을 달래는 의식을 거행한 후, 여성의 신분으로 가정에 복귀하는 것에서도 알 수 있다.

요컨대 태몽 장면과 정혼 과정에서도 확인되는 것처럼 본래 수정에겐 여성의 신분으로서 요구되는 삶이 마련되어 있었다. 여기에서 그가 속해 있는 사회의 가치 체계는 부덕(婦德)을 포함하는 유교적 이념이다. 그런데 그는 시련을 겪으면서부터 원수를 갚기까지의 전 과정을 대개 남성으로 살아야 했다. 시련이 그러한 것처럼 그에게 이러한 전환은 예기치 못한 것이었다. 여기에서 특별히 요구되는 충효는 넓은 의미에서 유교적 덕목 즉, 현실 사회의 질서를 유지하는 가치 체계이다. 따라서 현실적인 가치 체계와 관련해서 수정은 단지 특정 덕목을 강화하는 데로 삶의 전환을 이룬 것이다. 물론 그러한 과정에서 남주인공과의 갈등을 통해 남편에 대한 도전 의식을 표명하고 여성의 탁월한 능력을 과시하기도 했지만 그의 삶 전반에 걸쳐 이러한 점은 일시적인 현상으로 칠만 한 것이다. 작품의 말미에서 수정이 가정에 복귀하여 여성에게 요구되는 가치 체계를 실현한다는 것은 이러한 점을 말해 준다.

4. 결론

여성영웅의 일대기 구조를 중심으로 〈바리공주〉와 〈정수정전〉을 비교해 본 결과 다음과 같은 결론을 얻을 수 있었다.

첫째, 여화위남, 본적 노출 등의 모티프를 포함해서 고귀한 혈통 및 신비한 출생, 시련, 구조 및 수학, 위기 및 그 극복의 의미, 투쟁, 입공에 대한 포상 및 죽음 등의 단락을 통해서 볼 때 두 작품은 여성영웅의 일대기 구조를 공통적으로 갖고 있다.

둘째, 하지만 둘은 각 단락에 있어서 다음과 같은 차이점을 드러낸다.

① 태몽을 통해 바리공주는 남성적이며 신성한 활동을 할 것으로

기대되는 반면, 수정은 여성적인 삶을 살 것으로 암시된다.

② 딸로 태어났기에 바리공주는 무용지물의 취급을 받았지만 수정은 오히려 귀한 자손의 대우를 받았다.

③ 바리공주는 바라지 않던 일곱 번째 딸이라는 이유로 버림을 받아 태어나자마자 여성으로서, 공주로서 예정된 삶을 누릴 수 없었다. 이에 반해 수정은 조정 간신의 참언에 의해 부모가 죽음으로써 시련을 겪는 한편, 그 원수를 갚기 위해 즉, 현실적인 목적을 위해 자의적으로 여성으로서의 삶을 사장시켰다.

④ 바리공주가 천부적인 재능의 소유자라면 수정은 학습을 통해 현실적으로 필요한 능력을 스스로 체득하였다.

⑤ 〈바리공주〉에서는 부모의 돌발적인 죽음이 위기의 상황을 불러일으키고 그에 대한 극복은 혈육의 차원, 국가적 차원, 존재의 차원에서 이루어진다. 이에 반해 〈정수정전〉에선 위기 및 그에 대한 극복 양상이 현실적인 국가적 차원에서 이루어진다.

⑥ 바리공주가 표적으로 삼은 것은 죽음의 세계 즉, 존재의 차원이므로 그 투쟁은 지속적인 양상을 띠는 반면에, 수정의 투쟁은 현실적인 차원에서 벌어지므로 현실계의 정황에 따라 일시적인 양상을 띤다.

⑦ 바리공주는 혈육의 차원에서 부모의 생명을 소생시킨 것에서 나아가 죽은 영혼을 비롯한 모든 인간사를 올바로 인도하는 보편신이 되었다. 이에 반해 수정은 현실적인 목적을 위해 정계에 관여하여 현실 세계의 질서를 바로잡는 역할을 하였으며 목적을 성취하자 곧 본래의 자리로 복귀함으로써 현실적이고 일시적인 여성영웅의 삶을 살았다.

셋째, 이상의 구조적 특징을 토대로 두 작품의 궁극적인 의미를 따져본 결과 〈바리공주〉는 여성을 억압하는 부계적, 도덕·합리적, 현실적인 죽음의 세계를 극복한 모성적, 무속적인 삶의 노래임을 알 수 있었다. 또한 구약 모티프가 무의 신병·강신 체험을 상징한다는 점에서 〈바리공주〉를 무조신화와 접맥시켜본 결과 현실에 대한 거부 및 극복 과정을 통해 새로운 자아로 재생한다는 강신 체험의 의미가 이 작품에서도 확인되었다. 이에 반해 수정은 현실적인 가치 체계를 거부한다기보다는 그러한 범위 내에서 일시적으로 특정 덕목을 강조하는 데로 삶을 전환시킨 것에 불과하며, 이러한 점은 일시적인 여성영웅의 삶을 형상화한 여성영웅소설 자체의 특징과도 무관하지 않다. 요컨대 〈바리공주〉와 〈정수정전〉은 모두 여성영웅의 일대기를 중심적 구조로 갖고 있으면서 작품의 의미는 상이하다는 점을 알 수 있었다.

마지막으로 조선 후기에 대량 산출된 여성영웅소설이 다른 무엇보다도 전대의 서사문학적 전통 특히, 〈바리공주〉에서 제시된 여성영웅의 일대기 구조를 충실히 계승하였다는 점을 알 수 있다. 물론 여성 억압의 질서를 근원적으로 극복하고자 한 전대의 모성적인 여성영웅의 일대기가 여성의 질곡이 절정에 달한 조선 후기에 이르러 현실적, 일시적인 양상을 띠게 된 맥락에 대해선 자세한 검토가 필요하다. 동시에 여성영웅의 두 가지 삶의 양상이야말로 가부장제하 여성 억압의 질서에 대응하는 상이한 방식으로 규정되어도 좋을 것이다. 이에 대한 자세한 고찰은 다음 과제로 미룬다.

III. 신작구소설에 나타난 여성상의 문제

1. 서론

고소설 특히, 영웅소설의 여주인공은 대개 요조숙녀이다. 이는 내면적 자질 특히, 정숙은 기본이고 무엇보다 아름다운 외모를 갖춘 여성을 말한다. 재자가인의 결합을 다룬 경우 예외 없다. 그 신분이 사족이든 기녀를 포함해 천민 여성이든 마찬가지다. 천하면서도 미모를 갖추어야 이야기가 된다. 이러한 아름다운 여성은 역시 풍채 준일한 의기남아와 인연을 맺는다. 그리고 신분의 차이, 가문 간의 알력, 늑혼, 외적의 침입 등 중세 봉건시대 고유의 문제와 전쟁 등 불가항력적인 문제가 이들의 결합을 방해하는 역할을 한다. 따라서 재자가인의 결합을 다룬 소설은 이들 남녀가 온갖 장애를 극복하고 행복한 결연에 이른다는, 일정한 서사적 틀을 유지한다. 이것이 소설 내 재자가인의 정해진 행로이다.

그렇다면 1910년대[212]에 활발히 출판되고 읽힌 신작구소설[213]에

---

212) 모든 역사적 시대구분이 그러하듯이 1910년대라 하는 것도 특정한 시기를 정확하게 지칭하는 개념은 될 수 없다고 본다. 더욱이 이 시기는 막연히 개화기, 근대전환기라는 시대 개념에 포괄되어 있으면서 그 전후 특히, 본격적으로 근대에 진입한 1920년대에 비해 특징적인 면을 잡아내기가 곤란한 측면이 있다. 본고에서 1910년대에 출판, 유통된 작품들을 그 수용의 측면에서 다루기 때문에 이 용어를 사용하지만 실제적으로는 장기간에 걸친 근대전환기의 막바지를 뜻하며 다소간 그 앞뒤까지 포함한다는 점에서 '1910년대'라는 용어를 쓴 것이다.
213) 조동일의 논의를 이어 몇몇 연구자들이 이 부류 소설을 비중 있게

등장하는 미인은 어떠한가. 이 역시 중세인이 관념화한 재자가인의
그 미인인가? 아니면 신작구소설이 유통되던 당시에 새롭게 대두한
미인인가? 혹자는 〈채봉감별곡〉의 채봉에게 근대적 여성상의 의미
를 부여하고[214] 〈부용의 상사곡〉의 부용, 〈청년회심곡〉의 농월에
게도 그와 유사한 위치를 부여한다.[215] 또한 이들 작품에서 신분이
다른 남녀주인공이 부모의 동의 없이 가약을 맺었다는 점 즉, 자매
(自媒) 모티프를 들어 당시 자유연애의 분위기가 반영되었다고 보고
이를 근대적 애정방식과 연결시킨다.[216] 하지만 자매는 그것이 용
인되지 않던 중세의 애정담에서 더 문제시되었을 것이다. 이미 '자
유연애'가 하나의 사회적 관심사로 떠오른 1910년대에 들어서서는
이것이 소설적으로 크게 문제적인 사건으로 취급되지 않았으리라
본다. 혹은 그 의미가 퇴색되거나 다른 쪽으로 전이되었을 것이다.
따라서 이것을 통해 신작구소설의 당대성을 모색하는 것은 적합하
지 않다고 할 수 있다.

다루었는데 본고에서 신작구소설의 전반적인 문제에 대한 것은 이
들 논저를 참조했다. 이들은 석, 박사학위논문을, 혹은 거기에 관
련 논문을 붙여 단행본으로 출판했다는 공통점이 있다. 연구사를
정리하는 의미에서 괄호 안에 최초 논저, 학위논문 혹은 단행본 출
판 연도를 붙였다. 조동일, 『한국문학통사』 4(3판), 지식산업사,
1994, 348-355면(1982); 이은숙, 『신작구소설연구』, 국학자료원,
2000(1987); 권순긍, 『활자본고소설의 편폭과 지향』, 보고사,
2000(1990); 이주영, 「구활자본 고전소설의 간행과 유통에 관한 연
구」, 서울대 박사학위논문, 1997(1998).
214) 이은숙, 앞의 책, 297면; 김기동 『한국고전소설연구』, 교학연구사,
1983, 531면; 권순긍, 앞의 책, 130면.
215) 권순긍, 앞의 책, 117면.
216) 이은숙, 앞의 책, 302-303면; 권순긍, 앞의 책, 122면.

근대성의 관점에서 신작구소설에 거는 기대치를 낮출 필요가 있다.[217] 당시 독서계에서 가장 인기 있는 종목으로 읽혔다는, 그래서 소설 독자의 기반을 확장했다는 한에서 근대문학사에 끼친 긍정적인 면모를 감안하되, 당대적인 의미에 관한한 신작구소설은 한계가 있음을 인정할 필요가 있다.[218] 그리고 여성과 관련해서는 그 당대적 의미를 근대적 여성상의 등장과는 다른 방향에서 찾아야 한다. 그렇다면 1910년대에 자매에 의해 재자가인이 만나 연애하는 양상이 소설을 통해 양산된 것엔 어떤 의미가 있을까. 〈박명한 미인〉, 〈미녀의 자태〉, 〈미인계〉 등 제목에 미인의 이름만을 내걸거나 직접 미인의 형상을 다룬 신소설도 예외는 아니다. 이들, 자색을 갖추고 애정관계를 맺는 미인의 형상이 양산된 것엔 어떤 계기가 있을 것이다.

본 논문은 이들 미인의 형상을 다룬 소설들을 당시 새롭게 대두하는 미인담론으로 보고 이들 여주인공의 모습을 다시 조명할 필요를 느낀다. 이를 위해 신작구소설 중 애정소설로 분류되는 〈채봉감별곡〉, 〈부용의 상사곡〉, 〈청년회심곡〉[219]의 여주인공의 형상을 분

---

217) 이은숙은 〈채봉감별곡〉이 근대적 인물 설정과 사회변화와 맞물리는 중첩적 갈등구조로 인해 근대소설과 연결될 소지가 있다고 했다(이은숙, 앞의 책, 302면).
218) 권순긍은 당시가 식민지 사회라는 점에서 고소설이 갖는 당대적 의미는 아무래도 삭감(권순긍, 앞의 책, 308면)된다고 했다. 즉, 신작구소설의 경우 1910년대 당대 사회의 파행성(식민지성과 半봉건성)으로 인해 근대적인 변모의 노력에도 불구하고 통속, 친일, 봉건적 한계를 드러냈다는 것이다(163면). 다만 결연 과정에서 빈부갈등을 통해 나타나는 자본주의적 요소의 측면에서 '反봉건성과 근대적 지향'의 의미를 부여할 수 있다고 했다(209면).

석하되 특히, 이들이 앞 시기의 미인의 형상과 어떻게 변별되는지, 하필 숙녀기생의 형상으로 등장하는 지, 작품 내에서 이들의 형상이 적합하게 구현되어 있는지 그 점에 초점을 맞추고자 한다. 그리고 이들 미인담론이 활성화된 배경을 당시 반(半)식민지의 정치적 상황, 자유연애론이 만연한 사화·문화적인 분위기, 구활자본 출판과 수용을 둘러싼 문학적 상황에 초점을 맞추어 분석하고자 한다.

2. 숙녀기생의 형상

2.1. 채봉

(요조숙녀 채봉)

① 양반 부호 김진사의 외동딸이다.
② 재주가 총민하여 여공(女工) 외 학식을 갖추고 시서문필에 뛰어나며 미인이다.
③ 자매에 의해 필성과 가약을 맺으나 소극적인 태도를 보인다.

(기녀 채봉)

---

219) 차례로, 박문서관(1914)(『활자본고전소설전집』 10, 동국대한국문학연구소, 1976); 신구서림판(1913)(『활자본고전소설전집』 3, 동국대한국문학연구소, 1976); 신구서림판(1914)(『활자본고전소설전집』 10, 동국대한국문학연구소, 1976) 조동일은 앞의 책에서 신작 여부가 문제되는 비슷한 작품이라고 하면서 이들을 신작구소설로 다루었다. 후속 연구에서 다른 작품의 경우 신작 여부가 문제가 되고 전대소설의 개작 내지 간행으로 판명되기도 하는데 이들 세 작품은 대부분의 논저에서 신작구소설로 간주된다.

① 사지에 빠진 부모를 구하고 가약을 지키기 위해 기생이
된다.
② 송이라 개명한 후 필성을 만날 일념으로 외객의 청에 불응
하고 서화공전(工錢)으로 기생벌이를 대신한다.
③ 필성을 다시 만났을 때 기생이 된 사정을 말하고 적극적으
로 혼약의 맹세를 받아낸 후 동침한다.

　채봉은 입체적인 인물220)이다. 요조숙녀에서 기생 채봉으로 성
격이 바뀐 것이다. 전반부에서 채봉이 자매에 의해 외간 남자와 가
연을 맺은 점은 획기적이지만 그 과정에서 그녀는 소극적인 태도를
취했다. 필성의 프로포즈에 "아니 나오는 목소리를 모기소리만큼 늬
여" 마지못해 답변을 할 정도였다.221) 필성과 시비 취향이 만남을
주도하고 채봉은 그저 자기 자리에서 한 발짝도 움직이지 않은 채
관계를 맺은 것이다.
　그런데 부친인 김진사가 귀가하면서 채봉의 성격은 돌변한다. 김

---

220) 권순긍은 채봉을 요조숙녀 채봉으로만 보았다. 그리고 필성과 채봉
　　　이 둘 다 양반이기 때문에 결연 과정에 있어 신분보다는 빈부 갈등
　　　이 발생한 것으로 보았다(권순긍, 앞의 책, 122면). 즉, 채봉은 기생
　　　이 아니라 편법으로 기생을 선택한 것이기 때문에 이 작품에서 신
　　　분갈등 문제를 전면적으로 문제삼지 않는 것이라고 했다(203-204
　　　면). 하지만 양가녀가 기생이 된 경우는 허다하며 소설에 등장하는
　　　기생도 예외가 아니다(조광국, 『기녀담 기녀등장소설 연구』, 월인,
　　　2000, 34면). 채봉은 그 과정이 서사화되어 있을 뿐이다.
221) 권순긍은 이러한 채봉의 완곡한 승낙에 대해 자유로운 개성의 표현
　　　(권순긍, 앞의 책, 188면)이라 했는데 규중처자로서 어쨌든 승낙을
　　　했다는 점에서는 이해가 가지만 앞 뒤 문맥에서 필성과 추향의 거
　　　듭되는 요청에 마지못해 답한 것을 생각하면 적실한 해석은 아닌
　　　듯하다.

진사가 허판서의 별실 자리를 권하자 "츳라리 닭의 입이 될지연정 소에 뒤 되기는 원이 아니올시다"라고 하며 단호히 거부하는 의사를 밝힌 것이다. 이는 부모의 헛된 욕심을 간파하고 무엇보다 필성과의 관계를 지키기 위한 것이지만 이 시점에서 그녀의 성격과 작품 내 역할이 크게 변한다는 점은 주목할 만하다. 이후 필성과 취향은 뒤로 물러서 있고 채봉이 일의 주도권을 쥐게 되는 것이다. 우선 채봉은 자신의 의사를 무시하는 부모와 갈라서기 위해 상경 도중 도망을 친다. 물론 이를 계획하고 준비한 것은 채봉이다. 채봉의 돌변은 그녀가 사태를 해결하기 위해 기생이 되는 데서 절정에 달한다. 허판서에게 돈 5천 냥을 바치든지 자신을 바쳐야 부친이 살 수 있는, 최악의 상황이 발생하는데 채봉은 이러한 사면초가의 상황에서 기생이 된 것이다. 기생이 된다 함은 몸을 팔아 비천한 신분으로 전락하는 것이기에 그 과정에는 이러한 피치 못할 사정이 깔려 있게 된다.

채봉은 정인과의 약속을 지키면서 부모를 살리기 위해 비천한 신분으로 전락하는 것도 마다하지 않았다. 그리고 기생의 몸으로 정인을 맞으면서 그 가난한 처지를 헤아려 자신의 돈으로 화채를 내게 하는 등, 둘의 애정행각에 딸린 문제도 주도적으로 수습한다. 채봉의 돈으로 이어가던 그들의 애정행각이 결국은 돈이 떨어져 중단되었다는 것도 기녀로서의 그녀의 처지를 벗어나지 않는, 현실성이 있는 설정이다. 게다가 채봉은 앉아서 그가 찾아오기를 기다리지 않고 스스로 방도를 꾸며 그가 찾아오도록 만든다. 모든 사태가 수습된 후 둘은 동침하는데 이러한 면도 요조숙녀 채봉으로서는 어림없는 일이다.

이상 채봉은 주변 환경에 무감각하고 수동적인 요조숙녀에서 신변의 문제를 적극적으로 해결해 나가는 기생 채봉으로 성격이 바뀌었다. 그 과정에서 기생으로 전락한 사정, 기모를 의식해 화채를 준비하는 것, 정인과의 만단회포 끝에 동침하는 것 등 기생 채봉은 현실적이고 구체적인 면모를 갖추었다고 할 수 있다.

2.2. 부용

① 이방의 딸로 조실부모하여 관기가 되었으나 현재는 퇴기이다.
② 문장과 자색, 절개, 지인지감을 겸한 청루숙녀이다.
③ 자산이 요족해서 시화금서(詩畵琴書)로 세월을 보낸다.
④ 일생 소원은 일신을 군자에게 의탁하여 천한 이름을 벗는 것이다.

①을 보면 부용은 관기와 퇴기에 동시에 속한다. 관기는 관에 매여 있다는 그녀의 불변의 신분을 말하고 퇴기는 무슨 사연에서인지 현재는 기안에 빠져 있어 일정한 행사를 제외하고는 다소 자유로운 신분임을 의미한다. 그래서 그녀는 자의적으로 일체 손님을 받지 않고 두문불출한다.

②의 경우 부용은 기생이지만 숙녀의 자질을 타고났다. 여기에서 숙녀의 자질은 특히, 수절을 말하는데 양반에 대한 기녀 수청이 일상적인 현실에서 그것은 쉽지 않은 일이다.(조-143면)222) 따라서

---

222) 본 논문에서 기녀 제도, 풍속, 기녀담, 기녀등장소설과 관련해서

기녀가 수절하는 데에는 그만큼 여러 가지 우여곡절이 따르는 것이다. 〈무운이야기〉223)에서 무운은 수절을 위해 양다리 사이를 쑥뜸질하여 악질에 걸린 체 하고 칼로 손가락을 잘라 그 뜻을 보여주기도 한다. 그리고 정인이 다시 부임하여 찾아갔을 때 수절하고(다른 남자를 위해) 있어 동침할 수 없다고 한 것은 그녀가 이미 훼절했음을 의미한다. 그녀가 신체에 상처를 내면서까지 수청강요를 피해 수절을 했음에도 불구하고 훼절하는 등 수절과 훼절을 반복하는 것은 기녀로서 양반에 대한 수청풍속을 거부하는 것이 현실적으로 쉽지 않음을 말해주는 것이다. 〈관홍장이야기〉에서 관홍장은 노모를 봉양하기 위해 훼절하는데 이는 특히, 기역으로 생계를 이어야 하는 기녀가 수절을 한다는 것이 현실적으로 얼마나 힘든 것인지 알 수 있게 한다. 요컨대 기생이 수절한다는 것은 바로 수청풍속을 거부한다는 것인데 이는 양반의 위압 내지 생계유지의 측면에서 현실적으로 거의 불가능한 일이다. 따라서 기녀의 수절이라는 문제적인 '사건' 뒤에는 수청 거부를 위한 가장된 행위, 수절에 대한 비장한 결심을 표하는 자해, 또 다른 수절을 위한 훼절 등 갖가지 우여곡절이 따르는 것이다. 이런 점에서 볼 때 부용이 절개를 지키는 숙녀기생이라 함은 관념적인 언표일 뿐이다. 기녀의 절개라는 것 자체가 문제적인 사건이라면 그에 따른, 혹은 그것을 둘러싼 문제적인 사태가 발생해야 하는데 부용의 경우 그렇지 않기 때문이다. 물론 정

조광국의 앞의 책, 『기녀담 기녀등장소설 연구』를 많이 참조했는데 이후 특별한 경우가 아니면 일일이 각주로 처리하지 않고 본문에 '조-( )면'식으로 저자의 성과 면수만 표시하려고 한다.
223) 이하 기녀담 자료는 조광국, 앞의 책, 145-150면 참조.

인과의 사랑에 심각한 장애가 생겨 이를 극복하는 과정에서 열녀, 숙녀로서의 덕목이 발현되는 춘향의 경우와도 다르다. 부용은 애초부터 숙녀인 것이다.

〈옥루몽〉에서 양창곡이 강남홍의 수절에 대해 "청루명기의 탕일한 몸으로 홍규부녀의 정정한 마음을 지킨 줄 어찌 기대했으리오"[224]라고 말한 바 있듯이 기생('청루')과 숙녀('홍규부녀')는 서로 모순되는 개념이다. 그런데 부용의 경우 기생과 숙녀 사이에서 의미 충격이 발생하지 않고 당연한 것으로 각인되어 있다. 남주인공 유성은 부용이 청루숙녀라는 것에 대해 양창곡과 같은 '경탄'조차 하지 않는다. 부용의 경우 오히려 기생이면서 숙녀이기에 그녀가 누릴 수 있는 애정의 편폭이 넓어진 면이 있다. 기생이기에 외간 남자와의 대면이 용이하여 쉽게 이성과 접촉할 수 있기 때문이다. 그러나 본질은 숙녀이기에 그녀는 '때묻은 의상'과 '맨 얼굴'로 다른 손님의 내방을 거절하여 자신의 사랑을 지킬 수 있었던 것이다. 이는 부용이 작품의 후반부에 장황하게 삽입되어 있는 중국 역사상의 미인, 열녀들과 자신을 동일시하는 것과 무관하지 않다. 그들은 정략에 희생되거나 정인으로부터 배반당해 한스러운 삶을 산 미인 9명, 천한 몸으로 다른 남자의 욕을 피해 순절사한 열녀 5명인데 부용의 지향점 역시 이들과 동궤임을 알 수 있다. 이는 부용이 자신을 기녀로서보다는 미인, 열녀 일반으로 의식한다는 증거다. 작품 내 삽입가사인 '상사곡'에 등장하는 직녀성 이하 여인들도 '공방미인독상사'인 자신의 처지를 투영한 것이다. 요컨대 ②의 경우 부용의 형

---

224) "豈期以靑樓名妓蕩佚之身으로守紅閨婦女貞靜之心이리오"(『활자본고전소설전집』6, 동국대한국문학연구소, 1976, 46면)

상은 자질과 행위 면에서 전혀 기생이 아니고 오히려 중세의 절대 가인, 요조숙녀이다.

③의 경우 어떻게 해서 그런 부를 축적했는지 모르지만 부용은 상당한 경제력을 갖추고 있다. 이 또한 부용의 삶이 일반 기녀의, 돈 때문에 몸과 성을 팔아야 하는, 처절한 삶과 유리되어 있음을 보여준다. 기녀는 행하(行下)나 연폐(宴幣) 혹은 사사로이 웃음을 판 대가로 생계를 꾸려나가되 관기의 경우 지방관의 위세를 업고 편안한 생활을 누리기 위하여 갖은 수단을 부렸다 한다. 그러나 그것도 여의치 못한 대부분의 기녀들은 생계가 곤궁했을 것이다. 〈순창가〉에 보면 기녀들은 교방습악 참석을 비롯해 누비질과 바느질 등 기역으로 주야 고초를 당하고 그 나머지 시간에는 의식주를 해결하기 위해 고생했다고 한다. 〈북새곡〉에는 조밥도 제대로 먹지 못하는 기녀들의 곤궁상이 나타나 있다.[225] 이러한 점은 기녀가 본래 생계 유지조차 곤란한 천민의 일종임을 말해 주는 것이다.

부용의 경우 일찍 부모를 여의고 청루에 의탁한 처지에 그간 어떤 과정을 거쳐 현재의 부를 축적했는지는 작품에서 확인되지 않는다. 이를 조선후기 사회경제적 변화와 연결(조-321면)시키는 것은 천민으로서 기녀의 처지를 지나치게 안일하게 이해한 것이다. 물론 후술할 경패처럼 실리를 추구하기 위해 적극적으로 성을 팔아 부를 축적하는 기녀도 있지만 그러한 경우 그 기녀의 면모가 부용처럼 '수절녀'가 아니다. 수절을 하며 문을 닫아걸어서는 돈을 모을 수 없기 때문이다. 실리를 추구하는 기녀는 갖은 수단을 동원해 재물을

---

225) 이상 기녀의 생계문제와 곤궁상에 대해선 조광국, 앞의 책, 81-86 면.

구하면서 애정, 의리조차 던져버리는 형상을 갖는다. 따라서 부용의 재물 축적은 그녀의 대명사인 청루숙녀와 배치된다.

④의 경우 믿을 만한 한 남자를 만나 그에게 온 삶을 의탁하고 싶다는 것은 뭇 남자를 상대해야 되는 기녀의 경우 더 간절한 소망이었을 것이다. 게다가 단지 몸을 의탁하는 것이 아니라 천한 이름을 벗고자 할 경우 상대 남성은 범부여서는 안 된다. 그녀를 기역에서 해방시킬 권력과 부를 갖추어야 한다. 그런 남성을 고르는데 필요한 것이 지인지감이며 부용은 이러한 능력을 갖추었다. 이런 점에서 부용의 이야기는 기녀담 중에서 지인지감을 지닌 기녀가 장차 현달할 양반을 선택하여 그 처지를 벗어나는 내용을 다룬 부류(조-155면)에 들 가능성이 있다. 마침 부용이 선택한 유성은 아직 벼슬하지 않은 선비이지만 현재 가계가 부요한 전 이조판서의 아들이다. 하지만 부용이 유성을 선택한 것은 그가 부와 권력의 상속자이기 때문이 아니다. 첫눈에 그가 '개세군주', '풍류호걸'이며, 무엇보다 지음(知音)의 상대가 될 만해서 선택한 것이다. 애초부터 부용은 현달할 양반을 선택할 의도가 없었다. 그랬다면 문을 닫아걸고 외부와 고립되어 살지 않았을 것이다. 천한 이름을 벗고자 하려면 강한 신분 상승 의지와 그에 걸맞는 행위가 있어야 하는데 부용의 경우 그런 것이 나타나지 않는다. 이는 부용이 천역에 종사한다거나 생계에 곤란을 겪는 등 기녀로서 신분적 질곡을 겪지 않는 것과 관련된다. 기녀에 대한 사회적 질곡이 보다 구체적으로 제시될수록 그에 상응하여 기녀의 신분상승 의식이 강화되어 나타나기 때문이다.

이상 그녀를 둘러싼 내외적 조건으로 보면 부용은 기생이라기보다는 재색과 지조, 지인지감, 거기에다 경제력까지 갖춘 완벽한 미인이다. 물론 기녀의 지조에 관한 한 사족 여성에게 권장되던 유교 덕목이 평민 여성, 더 나아가서 미천한 신분의 여성에까지 강요된 결과라 보기도 하고[226] 혹은 그러한 과정을 거쳐 내면화된 봉건 이념일 망정 전 계층의 여성들이 공유하게 되었다는 점에서 신분해방의 논리로 이해하기도 한다.[227] 하지만 기녀의 지조는 다른 유교 덕목처럼 이데올로기의 내면화란 문제로 쉽게 환원될 수 없다. 그리고 정절의 전 계층화란 측면에서 신분해방의 논리로 푸는 것도 너무 안일한 태도이다. 앞에서도 말했지만 그것은 기녀 자신이 원한다고 할 수 있는 것이 아니다. 그러기엔 기녀라는 신분이 처한 권력으로부터의 부자유와 생계유지의 문제가 심각하기 때문이다. 따라서 기녀의 지조라는 기이한 사태 전후에는 여러 가지 부수적인 사건이 따르며 기녀로서 자신의 신분에 대해 처절한 자의식을 겪는다. 그럴 때 기녀의 지조는 현실적인 의미를 띠게 된다. 여기에서처럼 이름만 기녀이고 실체는 기녀가 아닐 때, 강조되는 지조는 그만큼 관념적인 것이다. 부용은 말마다 자신을 '청루 천종'이라 하지만 실제 행동하거나 지향하는 바는 요조숙녀이다.

10일간에 걸친 두 사람의 애정행각이 중단된 것은 유성이 문득 모친을 생각해서 상경하고자 했기 때문이지 다른 소설(〈미인계〉, 〈춘향전〉)에서처럼 남주인공이 상경해야 하는 피치 못할 상황이 벌

---

226) 고순희, 「18세기 가사에 나타난 기생 삶의 모습과 의미」, 『고전문학연구』 10집, 1995, 257면.
227) 이동길, 「「화의 혈」에 있어서 자아동일성의 추구와 표현수법」, 『여성문제연구』 11, 효성여대 한국여성문제연구소, 1982, 5-6면.

어지고 기녀인 여주인공과 동행할 수 없어서 그런 것은 아니다. 유성 모자와의 관계에서도 그녀의 기녀 신분은 거의 문제되지 않는다. 더욱이 모든 사건이 해결된 후 부용은 유성에게 신분에 맞는 정실을 들이라는 청을 하기조차 한다. 전반적으로 부용은 기녀라는 신분 때문에 갈등을 겪지 않는다.

물론 부용의 말처럼 몸은 비천한 처지에 빠져 있는데 마음과 정신은 요조숙녀라서 생기는 내적 갈등이 있을 수 있다. 하지만 그 어디에도 그녀가 비천하기 때문에 당하는 수모가 나타나지 않는다. 춘향의 경우처럼 기생이 수절한다고 관장으로부터 혹독한 형벌을 받는 것도 아니고 죽음과 맞바꿀만한 상황이 벌어진 것도 아니다. 그녀는 이미 관기에서 한 발 물러난 처지라 관으로부터의 수청 압력이 심한 것도 아니다. 신임 감사 역시 권력을 이용해 이미 정인이 있는 퇴기를 강제로 욕보일 만큼 대책 없는 호색가는 아니다. 그가 부용을 강제로 욕보이려 한 것은 이졸 최만홍이 부추긴 것으로 애욕을 품은 한 남성으로서의 행위다.[228]

요컨대 부용은 요조숙녀의 자질을 갖추고 경제력까지 갖춘 완벽한 미인이다. 물론 그녀는 이름뿐이긴 하지만 기생이라는 신분에 걸맞게 관능적인 여성이다. 부용은 유성을 만난 첫날밤에 그와 거리낌없이 동침하는데 기생으로서의 그녀의 형상이 실제적으로 드러나는 것은 이 동침장면에서 뿐이다.

---

228) 권순긍은 이에 대해 "애정의 방해자가 탐관오리의 전형을 지님으로써 애정의 성취는 곧 현실적 토대 위에서 싸움의 결과라는 사회적 의미를 띠게 된다. 하지만 그가 애정의 방해자로만 제한될 때는 현실주의적 관점이 사라지게 된다."고 하였다(권순긍, 앞의 책, 112면).

2.3. 농월

① 본래 윤씨 집안의 양가녀로 조실부모하여 청루에 의탁한
지 수년 되었다.
② 색덕을 구비했고 지조가 청고한 것으로 유명하다.
③ 어려서부터 서화에 능해 그것을 판매한 돈으로 생계가 부
요하다.
④ 일생 소원은 지기를 만나 의론, 화답하며 일신을 부탁하고
천한 이름을 신설하는 것이다.

이렇게 보면 농월은 앞서 부용의 면모와 크게 다르지 않다. 다만
①의 경우 부용이 이방의 딸로 기생이 된 것과 다르게 농월은 양가
녀로서 기생이 되어 신분 전락의 경우229)에 해당한다. 이런 점에서
그녀는 〈유록전〉의 유록, 〈주생전〉의 배도, 〈구운몽〉의 계섬월과
적경홍, 〈옥루몽〉의 강남홍과 동궤에 선다. 하지만 이들과 비교해
볼 때 양가녀였던 농월이 기녀가 된 사연이 그리 구체적으로 그려
져 있지 않다. 유록 이하 기녀들은 이러한 사연이 보다 상세히 언급
되거나 서사화되어 있다.230)

---

229) 양가녀가 기안에 오르는 경우 ①고아로 전락하였거나 妓家에 의지
하면서 혹은 빈곤하여 妓家에 팔림 ②기녀의 화려한 생활에 현혹되
고 고귀한 권문의 부실로 들어가기 위해 자원함 ③부모가 여아가
기생이 되어 遊食하며 사치를 누리기를 바람.(조광국, 앞의 책, 34
면) 등이 있다고 하는데 농월의 경우 ①에 해당한다.
230) 유록-집안이 몰락하자 16세에 청루에 빠짐;배도-조부가 득죄한 후
가운이 기울어서 기생이 됨;계섬월-驛丞인 부친이 객사한 후 집이
가난해지자 계모가 창가에 팖;적경홍-조실부모해서 친척에게 의탁
했지만 영웅호걸을 많이 접하기 위해 기생을 자원함;강남홍-난리

이보다 더 큰 차이는 부용은 바라던 바의 남성을 만나자 그 첫날 밤에 그와 동침한 반면 농월은 평생의 지기라고 자인하는 남성을 만나고서도 동침을 거부하는 것이다. 이는 남주인공과의 첫 만남에 있어 다소 소극적인 태도를 취하던 부용과 다르게 농월은 먼저 진 성에게 유혹의 메시지를 보내는 등 적극적인 태도를 취했다는 것을 상기하면 파격적인 면이 있다. 범부에게는 마음조차 허락하지 않을 정도로 절개가 높은 그녀로서는 평생지기라 해도 몸을 허락하기는 쉽지 않다는 것이다. 또한 농월은 동침거부에 대해 지조를 사모하고 음풍은 증오하기 때문이라고 했으니 평생지기의 남성과의 동침을 포함해서 모든 성관계는 음란한 것으로 여기고 있음을 알 수 있다. 이는 농월에게 기역을 통한 신분상승 의도가 없기 때문인 것으로 보인다. 후에 그녀는 정실의 자리에 오르지만 그러한 의도를 관철시키려는 내용이 작품에 구체적으로 나타나 있지 않다. 기녀는 기역을 계기로 정인과 인연을 맺고 천한 이름을 씻기도 하는데 이때 그 정인에 대한 수청은 대부분 이행된다. 다만 수청 전후에 그에 대한 확실한 약속을 받아내는 과정이 따르는데 춘향의 경우 '불망기 대목'이 바로 그것이다. 〈옥루몽〉의 강남홍도 동침을 원하며 양창곡이 성급하게 달려들자 그에게 신분상승의 의도를 확실하게 관철시킨 후 허신한다.[231] 수절은 그 이후의 문제다.

한편 그녀의 동침 거부는 앞서 부용의 경우처럼 혹은, 그보다 더 기생 수청의 현실과도 맞지 않는다. 기녀들은 신분상, 그리고 생계의 필요상 일상적으로 수청행각을 할 수밖에 없으므로 그것을 부끄

에 부모를 잃고 전전표박하다 청루에 팔림.
231) 『활자본고전소설전집』 6, 동국대한국문학연구소, 1976, 46면.

러워하거나 숨기려 하지 않았다 한다.(조-129면) 기녀에 대한 사회적 통념도 거기에서 멀지 않다. 〈채생이야기〉에서 월단단은 기녀제도와 수청풍속의 사회적, 신분적 질곡에 빠져 100여명의 남성들과 육체적 관계를 맺을 수밖에 없었다."(조-121면)고 하며 〈옥단춘전〉에선 기생들이 "아못죠록 감사도 눈에 드러 슈청이나 한들까 서로 시긔하고 아양피난 거동"(조-268면)을 하는 것으로 나타난다. 대부분의 기녀가 양반 권력층의 눈에 들어 일신상 풍요로운 삶을 살고자 한 것으로 볼 수 있다. 물론 농월은 부용과 마찬가지로 경제력을 갖추고 있다는 점에서 다른 기녀들처럼 수청에 연연해 할 필요가 없다.[232] 하지만 경제력을 갖추게 된 사연이 서사화되어 있지 않아 현실적인 의미가 약하다. 또한 부요하다 하더라도 대비정속이 되지 않는 한 그녀는 어디까지나 기녀이기 때문에 기역을 피할 수는 없다. 하물며 일체의 손님도 받지 않고 정인에게조차 동침을 거부하는 농월의 형상은 기녀와는 무관한, 요조숙녀에 다름 아니다. 이상 농월의 동침거부는 신분상승 의도를 관철시키고자 일시적으로 정인에게 행하는 경우와도 다르고 기녀로서 일상 행하기 마련인 기생수청의 현실과도 맞지 않는다.

기녀로서 농월의 이러한 비현실적인 모습은 같은 작품에 나오는, 한 남자를 두고 그녀와 애정의 라이벌 관계에 있는 경패로 인해 더 부각된다.

---

232) 권순긍은 농월을 조선후기에 그림을 그려 생계를 잇는 비전문적 화가로 보고 그로 인한 경제적 여건을 바탕으로 신분에 구애받지 않고 양반자제와 대등한 부부관계를 이룬 것으로 보았다(권순긍, 앞의 책, 117면).

(경패)
① 가세가 빈한하여 몸이 팔려 기생이 되었다.
② 가무가 절등하지만 심지가 아름답지 못해 기생 노릇을 이
   용해 재물을 탈취한다.
③ 일생 소원은 백년 가랑을 만나 평생 의지하고 하고 사는 것
   이라 말하지만 실제는 재물을 축적하는 것이다.

경패는 지금까지 언급한 여성들 중 기생으로서 가장 현실적인 면
모를 보인다. ①의 경우 그저 단순히 조실부모하여 청루에 의탁했
다고 하지 않고 가세가 빈한하여 몸이 팔려 기생이 된 것으로 그 사
연이 좀더 구체적으로, 부연되어 있다. 그리고 이러한 점은 작품 내
그녀를 둘러싸고 일어나는 사건에 일관성을 부여한다. 먼저 그녀의
모친은 딸을 부추겨 기역을 통해 남의 재물을 탈취하도록 할 뿐 아
니라 직접 청루 주인 역할까지 한다. 또한 ②에서, 경패가 가무연석
에는 나가되 범부속자에게 허신하지 않는 것도 부용이나 농월처럼
허신 자체를 꺼려서가 아니라 그들에게서는 돈이 나오지 않기 때문
이다. 따라서 진성과 같은 귀공자에게 허신하는 것은 당연하다. 진
성이 동침의 의사를 밝히자 주저 없이 응하며 다년 청루의 수단으
로 그의 혼을 흔들어 놓는 것도 돈 때문이다. 결국 풍채 준일해서
첫눈에 반한 진성의 거금조차 사기를 쳐 빼앗고 만다. 그녀에게는
기생 노릇이, 혹은 성관계가 재물 축적이라는 지고의 현실적 목적
을 이루기 위한 수단일 뿐이다. 이렇게 기녀가 실리를 추구하는 행
위는 자연스러운 것으로 다른 기녀담에서도 적지 않게 구현되어 있
다 한다. 〈말비이야기〉에서 말비는 재물을 추구하기 위하여 박생에

게 수청을 들고 〈한생이야기〉의 기생은 한생의 물건을 탐내어 향응을 지극히 한다. 그리고 〈민애이야기〉에서 민애는 수청 드는 중에 재물을 탐내어 다른 남성과 사통한다.[233]

또한 경패는 지나치게 성관계를 거부하는 농월과는 달리 관능적인 면모를 유감없이 발휘해 성관계를 즐긴다.[234] 물론 그렇게 하는 것도 남자가 마음에 들어서가 아니라 그가 가진 돈 때문이다. 그녀는 처음부터 지조를 내세우지도 않았고 마음에 들어 허심, 허신까지 한 남성을 배반할뿐더러 그의 돈까지 빼앗는 지경에 이른다. 그녀의 삶의 이유, 즉 목적은 기생 노릇을 이용해 부를 축적하는 것이기 때문이다. 이는 신임감사 춘화의 부탁을 받고 농월의 마음을 돌리기 위해 나서는 기녀 향심의, '부귀안락 아니면 불측지화'라는 기생의 처지, 운명에 대한 자각과 크게 다르지 않은 것이다. 향심은 기녀 일반의 처지에 대한 자각, 그것을 바탕으로 처신의 방도를 체득하고 있는 전형적인 기녀상이라면 경패는 그것이 부정적인 측면으로 좀 더 강화된 것이다. 이를 심지 아름답지 못하다고 하는 것은 기생으로서의 그녀의 처지를 망각한 것이며 그것에 대한 지나친 도덕적 재단이다.[235] 요컨대 경패는 그 처지에 대한 자각과 그것을

---

233) 이상 기녀담 자료는 조광국, 앞의 책, 136-140면 참조.
234) 이에 대해 이은숙은 "조선조 여인의 지침이었던 현숙한 부덕과 청고한 지조라는 절대가치가 위협받고" 있다(이은숙, 앞의 책, 300면)고 했는데 기생에게 이러한 '절대가치'를 요구하는 것은 기역의 현실을 무시하는 한편 기생과 요조숙녀를 혼동하는 것이다.
235) 권순긍은 진성과의 관계의 측면에서 경패를 냉혹하게 현금계산만을 취하는 '교활한'한 인물로 보았다(권순긍, 앞의 책, 118면). 이은숙은 진성에 대한 경패의 감정을 돈이 게재된 불순한 것으로 보았다 (이은숙, 앞의 책, 300면).

바탕으로 하는 처신의 면모에 있어 기녀 일반의 전형성을 확보하고 있다. 이것을 부정적으로 그린 것은 농월과의 대비를 극명하게 하기 위한 것으로 보인다.

마지막으로 농월은 자진해서 부실이 되는 부용과 다르게 정실의 자리에 오른다. 또한 모든 고난이 해결된 후 벼슬에 오른 유성이 내 방하기를 기다려 재결합에 이르는 부용과 달리 농월은 진성이 벼슬에 올랐다는 정보를 알아낸 다음 그를 직접 찾아온다. 유사한 사건 구조로 되어 있는 고소설에서 이렇게 여주인공이 직접 남주인공을 찾아오는 경우는 드문 것 같다. 즉, 농월은 냉담할 정도로 정인과의 성관계를 거부하는 반면, 그와의 재결합에는 상당히 적극적인 면모를 보이는 것이다. 이에 대해 농월은 처음부터 정식의 부부지연을 맺을 작정을 했기 때문에 그것에 불리하게 작용할 혼전 성관계를 거부했다는 해석이 있다.236) 하지만 이러한 그녀의 의도가 작품에는 전혀 드러나 있지 않다. 또한 다른 기녀의 경우 정인을 만나기 전까지는 아무에게나 몸을 허락하지 않았다는 의미에서(이것도 현실적으로 쉽지 않지만) 수절을 하지만 정인을 만난 후로는 그에게 의탁하기 위해서도 동침을 한다. 혼전 성관계가 정식의 부부지연에 영향을 미치리라는 것은 현대적인 발상이고, 더욱이 농월을 사대부가의 요조숙녀로 본 데서 기인한 듯하다. 그만큼 기녀로서 농월의, 정인에 대한 동침 거부는 비상한 일이 아닐 수 없다. 이는 이미 몸과 마음을 허락한 한 남성과의 애정을 지킨다는 명목으로, 혹은 그를 만나기 전까지 아무에게나 몸을 허락하지 않았다는 의미로 수절

---

236) 권순긍, 앞의 책, 116면.

한 것과 다르게, 기녀의 지조관념이 무리하게 확장, 과장된 것으로 보인다. 물론 〈옥루몽〉의 벽성선의 경우 당장에 몸을 허락하지 않은 점에서 농월의 경우와 유사하다. 하지만 벽성선의 동침거부는 쉽게 이루어진 것이 아니다. 벽성선은 사족녀와 동등하게 대접받으려는 의도를 강하게 내비치며 팔뚝에 앵혈(鸎血)로 자신의 정조를 증명한 후 훗날을 약속한다.[237] 또한 그녀는 양창곡의 집에 첩으로 들어가 처첩갈등 등 연속적인 시련을 겪게 된다. 이것 역시 그녀의 수절에 따른 고난으로 벽성선은 한 상류층 남성의 아내가 되어 그 가정에 정착하기 위해 큰 대가를 치른 것이다. 이런 점 동침조차 거부하고 평탄하게 정실의 자리에 오른 농월과 대비되는 것이다.

이로써 볼 때 농월은 양가녀로서의 출신답게 기생 아닌 요조숙녀의 상을 갖추고 있고 이러한 점에서 부용보다 더 심화된 면이 있다. 따라서 농월이라는 기녀의 형상은 부용의 경우보다 더 재자가인의 낭만적 사랑의 이야기에 침윤된 것으로서, 전혀 현실성을 확보하지 못하고 있다. 또한 부용과 마찬가지로 농월은 생계가 부요하기 때문에 곤란한 일은 물론이고 소소한 일을 해낼 때조차 돈을 이용한다. 기생 아닌 기생 노릇을 하면서 발생하는 곤란한 일의 경우 돈이 그 해결 역할을 하는 것이다. 따라서 농월은 돈 때문에 심각한 갈등을 겪은 후 그 해결책으로 기생이 되거나 기생으로서 돈 때문에 고난을 겪지는 않는다. 기녀로서 직면할 수밖에 없는 경제적 처지가 하등 문제가 되고 있지 않는 것이다. 이런 점에서 농월은 본고에서 다루는 여주인공 중 요조숙녀로서의 면모를 가장 많이 갖추고 있다.

---

237) 『활자본고전소설전집』 6, 동국대한국문학연구소, 1976, 93면.

3. 근대전환기 미인담론으로서의 의미

지금까지 3명의 숙녀기생을 검토해 보았다. 이들 중 가장 현실적인 면모를 띠고 그러한 점이 서사적으로 구체화 된 것은 채봉이다. 특히 채봉의 경우 기생이면서 숙녀라는 기이한 현상에 대한 사연이 서사화되어 있다. 즉, 그녀가 숙녀 기생일 수밖에 없는 것은 애초 규중처자로서 피치못할 사건 때문이다. 또한 그녀의 숙덕, 학식 내지 시서에 대한 재능도 기생이 되기 전 규중에서 습득한 것일 테니 나름대로 설득력이 있다. 그리고 돈 때문에 기생이 된 그녀가 기생이 되어 애정행각을 벌일 때도 돈에 구애를 받는 것은 기생 채봉의 형상 뿐 아니라 그들의 애정관계를 현실성 있는 것으로 만든다. 애초 채봉이 양반집 규중처자였기에 숙덕 및 문필을 겸했다는 것이 허황된 설정이 아닌 것과 마찬가지로 이러한 빈곤의 문제 역시 그녀의 형상에 현실성을 부여한다.

이에 반해 부용과 농월은 현실적인 의미가 거세된 이상적인 미인들이다. 그들은 기생이면서도 지조를 내세워 심할 경우 정인과의 성관계를 거부하기도 하는데 그럴 수밖에 없는 사연이 갖추어 설명되어 있지 않을뿐더러 이는 일상적인 기생수청의 현실과도 맞지 않는다. 게다가 그들은 상당한 경제력까지 갖춘 미인으로 채봉처럼 돈 때문에 고심할 필요가 전혀 없을 뿐 아니라 모든 것을 돈으로 해결한다. 특히, 이들은 기생이 되기까지 어떤 피치 못할 사정이 있었는지, 기생이기에 겪게 되는 신분적, 성차별적 고난을 겪지 않는다.

이상의 사실로 미루어 구체적인 경로와 의미, 정도는 다르지만 채봉과 부용, 농월은 결과적으로 숙녀기생으로서는 동일하다. 채봉은 그렇게 될 수 밖에 없는 사연을 서사적으로 상세히 갖춘, 즉 숙녀가 기생이 된 경우라면 부용과 농월은 처음부터 숙녀이면서 기생이다. 이들은 이러한 기생 아닌 기생으로 결국은 남주인공과 대등한 애정관계를 이루는데 그 과정에서 기녀로서의 신분이 거의 문제가 되지 않는다. 사회 통념상 양반은 기녀를 애정의 동반자로서보다는 '공물(公物)' 내지 풍류의 대상으로 보기 때문에 기녀와의 결연 과정에는 각종 파란이 일어난다. 하지만 이들 세 여성은 그러한 곤란한 일들을 겪지 않고 귀공자와 성공적으로 결연을 이룬다.

무엇보다 이들은 국가나 지방관청에 소속된 천민으로서 양반들의 풍류와 향락을 위해 각종 행사나 공사연에 동원된다는 기녀로서의 기역에 크게 구애받지 않는다. 이들이 기생으로서 남주인공과 처음 만나는 장소가 연석이 아닌 자신의 (기)방인데 이는 요조숙녀의 규방만큼이나 폐쇄적이고 고립되어 있다. 이런 점에서 이들은 다른 기녀등장 소설의 기녀와 구별된다. 예컨대 〈이진사전〉, 〈유록전〉, 〈옥단춘전〉, 〈동선기〉, 〈구운몽〉 등에선 여주인공이 연석에서 기녀로서의 노릇을 하다가 남주인공과 만난다. 이들 중 특히, 지방관이 주재하는 연석의 경우 그러한 첫 만남에서의 정서적 교류가 감사의 눈을 피해 은밀히 이루어지고(〈이진사전〉) 더 나아가 병을 핑계 대고 그 자리를 빠져 나와 남주인공에게 가기도 한다. (〈옥단춘전〉) 모두 공공연히 연석에 동원되어야 했던 기녀의 처지를 잘 말해 주고 있는 것이다. 〈채생이야기〉에서 월단단은 채생과 애정 행각을 벌이다 붙잡혀 머리채를 잡히고 손은 뒤로 묶인 채 눈물 자국이 남은 얼굴로 끌려가 환송연에 참석했는데 또 도망가다가 다시 잡히게 되었다고 한다.(조-297면) 여기서 수청기로서의 곤욕과 애절함을 확인할 수 있다. 〈월하선전〉에서는 핑계이긴 하지만 월하선이 조모의 제사 때문에 외출해야 된다고 하니 "관가의 매인 몸이 엇지 임의로 출입하리요." 하며 제사마저 허락하지 않는다. 기녀를 오직 영문 기생으로, 수청의 기역을 담당해야 할 천민으로 취급한 것이다. 기녀이야기에서 기녀의 기역 면제는 가볍게 다루어지지 않는다. 춘향의 경우 월매의 경제력을 바탕으로 대비정속이 되어 기역이 면제된 것으로 논의된 바 있고[238] 옥단춘의 경우 기녀 신분을 완전히 벗어날 때까지는 기녀 향응에 응한 것으로 되어 있는 것이다.

또한 이들의 경우 기녀로서 겪는 신분 갈등이 심각하게 발생하지 않는다.[239] 즉, 왜 기생이 되었는지, 기생이라는 신분이 남주인공과의 결합에 어떤 의미로 작용했는지 그러한 점에 대해서 상세히 다루어 있지 않다. 물론 채봉의 경우 전자에 대해서 서사적으로 결구되어 있지만 후자의 경우 요조숙녀 때 결연이 이루어지고 기생이 되어서도 본질적으로는 숙녀이기 때문에 기녀 신분이 남주인공과의 재결합에 크게 장애가 되지 않는다. 이는 〈주생전〉에서 천기로서의 신분에 대한 내적 갈등을 심하게 겪고 결국 정인을 양가녀에게 빼앗기는 배도의 경우[240]와 대비되는 것이다.

이들이 결연하는 과정에 신분갈등이 심각하게 나타나지 않은 것

---

238) 이에 대한 상세한 논고는 조광국, 앞의 책, 253-256면 참조.
239) 권순긍, 앞의 책, 110, 117, 122면. 이에 반해 이은숙은 사족과 기생이라는 신분차이로 인해 "애정을 성취하기까지 신분으로 인한 갈등을 겪게 된다."(이은숙, 앞의 책, 291면)고 했는데 인물 설정에선 그런 점이 예상되지만 작품의 실상은 그렇지 않다.
240) 이에 대해 김기동은 천기보다는 양가녀를 택하는 남자의 이기심, 여성의 애욕과 투심, 계급사회에서 비천한 신분을 벗어나려고 하는 기생의 고민을 다룬 것이라고 한 바 있다(김기동, 앞의 책, 186면).

은 이별의 계기와도 관련된다. 애정소설에 있어 남녀의 결연 못지 않게 그 이별의 국면은 중요하고 그 둘은 동일한 사건의 성격을 지닌다. 즉, 결연에 있어 신분적 차이가 문제가 된다면 이별에 있어서도 그것은 긴밀하게 관련되는 것이다. 대부분의 춘향전에서 이별 장면이 공통적으로 장황하게 서술되어 있는 것은 애정욕망의 좌절, 배신감, 신분상승 욕망의 좌절 등이 이별 국면을 통해 복합적으로 표출되기 때문이라고 한다.(조-252면) 이별 국면에서 춘향과 월매는 발악을 하면서까지 그들이 처한 사회적 질곡과 신분상승 욕망을 표명하는 것이다. 이 경우 춘향이 몽룡과 이별하게 된 것은 그의 부친의 부임에 따른 불가피한 일 때문인데 특히, 남주인공 자신의 부임 때문에 헤어지는 경우(〈유록전〉) 이별은 피할 수 없다. 기생을 그 권역에서 빼내오는 것이 불법이기에 그녀와 동행할 수 없을뿐더러 막상 집안에 들일 때도 여러 가지 난제에 부딪히기 때문인데 이 모두 신분적 차이와 관련되는 것이다. 이런 점에서 볼 때 이들 숙녀기생의 경우 이별의 계기가 남주인공과의 신분적 차이와 무관한 것은 이들 작품에서 그녀들의 기생 신분이 크게 문제되지 않는 것과 관련된다. 또한 이들의 경우 기생 신분에 대한 자의식이 강렬하지 않은 만큼 그것을 벗어나려는 욕망 또한 강하게 표출되지 않고 있다. 조광국은 기녀등장소설에 나타나는 신분상승의식 등 기녀의 자의식은 근대지향적 가치를 표방하는 것이고 자의식의 표출 자체는 조선후기의 사회적 변화에 상응한 것으로 사회적 질곡에 대한 저항의 의미와 역사성을 띤다고 하였다.(조, 20~21면) 이런 점에서 볼 때 기녀의 신분 문제는 기녀이야기에서 가장 핵심적인 요소라고 할 수 있는데 이들 숙녀기생의 경우 이러한 면이 부각되어 있지 않다.

또한 많은 관기들이, 최소한의 생계도 보장하지 않고 기역의 의무만을 부과한 기녀제도에서 벗어나 기역을 담당하면서 한편으로 재색을 내세워 사적으로 실리 추구에 힘썼다고 하는데 이들의 경우 실리에 관심이 있는 것 같지도 않다. 부용과 농월의 경우 이미 상당한 재력을 갖추고 있지만 그들의 행위는 재물 축적과 관련이 없다. 물론 양반의 첩이 됨으로써 일신상의 편안함을 누리고자 하지도 않는다.

이들은 본질적으로 중세적 의미의 재색과 숙덕을 갖춘 미인이요 요조숙녀다. 또한 경우에 따라서 이들은 상당한 경제력을 갖추었다는 점에서 근대 전환기의 사회 경제적 분위기에서 산출된 여성이라 할 수 있다. 이러한 여성상이 반(半)식민지적 근대전환기라는 급격한 시대 변화의 상황에서 양산된 까닭은 무엇일까.

이들 여성상이 양산된 1910년대는 우리 사회가 일제 식민지 체제에 본격적으로 편입됨에 따라 다양한 부문에서 펼쳐지던 근대·민족주의 운동이 일시 움츠러든 때이다. 문학사적으로는 일제의 출판법 시행에 따른 검열이 더욱 강화되어 특히, 정치적 색채가 짙은 역사전기물 등이 설자리를 잃고 신소설도 운신의 폭이 좁아졌다.241) 그런 점에서 1910년대는 근대·민족주의 입장에서 주도적인 담론의 공백기라 할 수 있다. 식민지 상황을 타개하기 위한 모색이 그 앞 시기의 역사전기물, 뒤 시기의 근대적 자아각성을 본격적으로 다룬

---

241) 1910년을 기준으로 그 이후의 신소설에서 일제에 대한 항거 의지같은 것을 찾는 것은 무리라고 한다. 출판법이 제정(1909)되기 직전에 나온 〈몽견제갈량〉, 〈금수회의록〉(1908)과는 대조적이라는 것이다(조동일, 『신소설의 문학사적 성격』, 서울대학교, 1973, 101면).

시, 소설처럼 지배적인 담론의 형식으로 구체화되지 못했다는 것이다. 〈만세전〉에서 적절히 표현된 바와 같이 당시 한국 사회는 '무덤'이고 거기에는 지향없이 들끓는 여론이 있을 뿐이다. 그리고 그 여론에서 눈에 띄는 것은 '자유연애'에 대한 증폭된 관심이다.

'자유연애'라는 말은 1910년대에 본격적으로 사용되었다 한다.242) 이 때 잡지나 신문의 논설에서 이에 대해 많은 논의가 이루어짐으로써 '자유연애'는 하나의 사회적 현상으로 자리잡으며 당시의 대중에게 가장 큰 관심거리가 되었다. 〈불여귀〉에 대한 광고 문구가 '가정비극'(1912)에서 작품의 내용과 무관한 '신성연애'(1913)로 돌변한 것이 "한국에서의 '연애'의 성립과 동시대의 '연애'를 둘러싼 담론"의 테두리 안에서 일어난 현상243)으로 해석되기도 한다. 이렇게 자유연애가 대중문화의 중심 코드로 설정되면서 그간 자신의 결혼 문제에 있어서조차 뒷전에 머물러야 했던 여성의 역할, 더 나아가서 여성 자체에 대중의 관심이 쏠리게 된 것으로 보인다. 자유연애는 본래 배우자 선택에 있어 부모 등 제 3자의 간섭을 벗어나 당사자인 남녀 쌍방의 자유로운 의사 결정권을 보장하는 의미가 있지만 봉건적인 결혼제도로부터 더 많은 희생을 당했던, 그리고 그간 역사의 이면에 있었던 여성 쪽에 더 무게를 두게 된 것이 아닌가 한다. 비록 지상(紙上) 논쟁이라는 한계가 있지만 '자유연애'가 여성을 표면으로 밀어냈다고 할 수 있다. 여성이 이때만큼 세간의 주목을 받은 때도 드물 것이다.244)

---

242) 이미향, 『근대 애정소설 연구』, 푸른사상, 2001, 46면.
243) 권정희, 「해협을 넘은 '국민문학'」, 『한국 근대문학과 일본』, 소명출판, 2003, 51-53면.

우선 여성의 변화된 일상과 관련된 다양한 논설이 있었다. 그
예로 1899년 이화학당 학생들의 첫 봄소풍이 경이적인 일로 보도
된 것, 1904년부터 이루어진 여성의 대낮 통행과 관련된 증언들,
학도신부와 독신여성이 희귀한 존재로 기사화 된 것245) 등을 들
수 있다. 또한 이 무렵부터 구활자본 표지에 '매혹적인' 여성의 모
습246)이 빈번히 등장하고 여주인공 중심으로 고소설을 개작하거
나 작품명을 고치는 관례가 성행한다. 개작의 예로는 〈옥루몽〉을
〈벽성선〉과 〈강남홍전〉으로 분책하여 출판한 것을 들 수 있다. 작
품명을 고친 경우는 〈김희경전〉을 〈여자충효록〉(1914), 〈여중호
걸〉(1917)로, 〈정수정전〉을 〈여장군전〉(1915)으로, 〈이학사전〉을
〈여호걸이학사전〉(1918, '여호걸'을 붙여 여성임을 알림)으로, 〈징
세비태록〉을 〈일대용녀남강월〉로 한 것이다.247) 이 외 여성영웅

---

244) 김경미는 「개화기 열녀전 연구」(『국어국문학』 132, 국어국문학회,
    2002, 205면)에서 이 시기 여성담론이 활성화된 양상을 간명하게
    서술했다. 다만 신여성과 관련된 담론은 1920년대에 들어 본격적으
    로 나타나므로 '개화기'보다는 '근대'라는 용어가 더 적절할 듯하다.
    성, 성도덕, 정조에 대한 논의를 '개화기 여성 담론'(207면)이라 한
    것도 마찬가지다. 기록물에 나타난 담론의 양상을 그대로 따른다면
    '자유연애'가 만연한 1910년대와 '신여성', '신정조론'이 등장한
    1920년대는 확연히 구분되기 때문이다.
245) 최숙경, 「개화기 여성 생활 문화의 변동과 전개」, 『여성학논집』 16
    집, 이화여대 한국여성연구소, 1999 참조.
246) 〈춘향전〉류와 〈구운몽〉의 표지를 예로 들 수 있다. 여기에는 '才子'
    와 다정한 포즈를 취하고 있는 '佳人'의 모습, 「구운몽」의 경우 여
    덟 명의 미인이 그려져 있는데(천정환, 『근대의 책읽기』, 푸른역사,
    2003, 69–73면) 칼라로 표지가 기획됨과 동시에 여성의 모습이 시
    각화되었다는 것은 당시에 이색적인 일이었을 것이다.
247) 〈일대용녀남강월〉의 경우 남주인공 부자의 출세담과 무용담을 중심

소설의 지속적인 인기,248) 신소설의 여성중심적 성격249) 등은 당시 대중문화 향유층의 여성에 대한 비상한 관심을 시사한다.

물론 이러한 현상의 단초는 19세기 말 일부 개화 선각자 내지 동학혁명의 강령을 통해 조혼, 축첩, 개가 불허 등 혼인을 둘러싼 봉건적 제도가 공식적으로 문제화된 것에서 찾을 수 있다.250) 이는 무엇보다도 불합리한 봉건적 결혼 제도에 대한 비판을 통해 결혼과 관련해서 여성에게 자유로운 선택권을 부여해야 한다는 혁명적인 발언이다. 하지만 자유연애가 하나의 사회적 현상으로 초미의 관심을 불러일으킨 더 직접적인 계기는 각종 논설을 통한 이광수의 '자유연애' 주창이라고 할 수 있다.251) 이는 앞서 구한말의 여성문제 제기가 개화, 계몽의 차원에서 그리고 국가 독립이라는 거시적 담

으로 한 것인데 여주인공 이름으로 표제를 걸어 출판한 것은 주목할 만하다. 그간 이 작품은 신작구소설로 분류되어 왔는데(권순긍, 앞의 책, 56면;이은숙, 앞의 책, 432면) 이주영의 앞의 논문 이래 경판본 〈징세비태록〉과 이본 관계에 있는 것으로 제자리를 잡게 되었다.

248) 여성영웅소설 40종 중 20종이 1910년대에, 5종이 1920년대에 새로 창작되거나 활자본으로 출판되었다. 특히, 여성영웅소설로 중요하게 다루어져온 〈김희경전〉은 〈여자충효록〉(1914), 〈김희경전〉(1917), 〈여중호걸〉(1917)로 3차례, 〈이대봉전〉은 〈봉황대〉(1912), 〈이대봉전〉(1914)으로 2차례 출판되었다. 게다가 여성영웅소설 형성에 큰 영향을 미쳤다는 중국소설 〈설인귀전〉이 〈백포소장설인귀전〉으로 두 차례(1913, 1917), 이 유형의 대표작들인 〈박씨전〉(1915), 〈여장군전〉(1915), 〈홍계월전〉(1913) 등이 이 때 출판되었다.

249) 조동일, 앞의 책(1973), 146-147면.

250) 강숙자, 「한국여성 근대화의 보편성과 특수성」, 『여성과문학』, 성신여대 인문과학연구소, 1990 참조.

251) 이미향, 앞의 책, 53면; 배주영, 「도시적 감수성과 연애소설에 대한 시론(試論)」, 『한국 근대문학과 일본』, 526-527면.

론의 일환으로 표명된 것에 비해 근대 자유주의 사상에 입각해 좀 더 대중 문화적으로 관심을 불러 일으켰다는 의의가 있다. 당시 문화적 담론에서 이광수가 차지하는 비중을 고려한다면 이러한 '자유연애론'은 사회적으로 선풍을 일으켰다고 할 수 있다. 물론 1910년대의 이러한 '자유연애론'은 엘렌케이와 입센의 영향을 받아 성의 해방, 연애·결혼·이혼의 자유 등이 본격적으로 논의되던 1920년대의 페미니즘 물결과 구별되어야 한다. 또한 이 때 '연애'라는 것은 이성간의 '정열적인 사랑' 내지 '성애'와는 달리 '아끼다', '정을 주다' 등의 의미로 쓰였고 연애를 어떻게 하느냐 보다는 연애를 하고 감정을 가지는 것이 중요시되었다.252) 따라서 여성에 대한 관심이 여성의 몸, 성애, 더 나아가 포르노그래피와 관련된 성의 상품화로 확장된 1920년대와는 상황이 다르다.

따라서 여성담론에 관한한 1910년대의 상황은 구한말 이래의 결혼제도 개혁과 관련된 일련의 실질적인 운동 내지 1920년대의 본격적인 여성해방 운동의 문제의식과는 다소 거리가 있는 '자유연애' 자체에 초점이 모아지는 시기라 할 수 있다. '계몽'마저 통속화되면서 구한말 이래의 결혼제도에 대한 진지한 비판이 '자유연애'로 탈바꿈한 것이다. 이 때의 자유연애 내지 결혼, 여성에 대한 관심은 앞서 말한 주도적 담론의 공백기라는 음습한 토양에서 자라난 것이라고 본다. 따라서 여성에 대한 왜곡된 관심은 출판 문화에 부수되는 상업성, 통속성에 기인한 것이겠지만 무엇보다도 당시의 탈정치적 담론을 조장하는 사회, 정치적 정세에서 비롯된 것이다.253)

---

252) 배주영, 앞의 논문, 526-527면.
253) 권정희는 담론구조가 오락, 통속 쪽으로 경사되는 시점이 1912년의

1910년대에 애정소설이 붐을 이룬 것[254]도 이상의 여성을 부각시킨 시대적, 담론적 상황과 무관하지 않다고 본다. 애정소설의 경우 여성을 중요한 인물로 삼아 그 고난과 극복에 관심을 두기 때문이다. 특히, 재자가인의 낭만적 애정담이 다수 출현하면서 그만큼 미인으로서의 여성상이 많이 복제되었다는 것[255]은 당시 사회·문화적 배경 내지 문학적 수용의 측면과 관련해서 주목할 만하다. 신소설이 그러할뿐더러 활자화되어 읽힌 고소설 내지 그 의고성에 역점을 두어 새로이 창작된 구소설이 그러하며 〈춘향전〉의 거듭된 출판 (97회)도 이와 무관하지 않으리라 본다.[256]

문제는 이러한 애정소설의 시대적 정합성 여부이다. 애정소설은 특히, 조선후기에 들어 발흥한 소설장르로 남녀의 결합을 방해하는 현실적 질곡과 그것을 극복하려는 인간의 의지를 그리기 때문에 역사성과 사회성을 강하게 드러낸다.[257] 이러한 점이 애정소설의 본

〈불여귀〉 수용과 어느 정도 겹친다고 했다. 그리고 애국계몽단체, 신문, 잡지, 기관지 등이 강제 폐관되는 시점도 1912년이라 하고 그 공백을 메우는 상품으로서 정치성이 배제된 통속화된 읽을 거리가 출판되었다고 했다(권정희, 앞의 논문, 56, 50면).

254) 천정환, 앞의 책, 91면.

255) '義氣男兒와 絶代佳人'은 당시 고소설과 신소설에서 사용되던 대표적인 상투어인데 '절대가인'은 1910년대 〈옥중화〉와 더불어 엄청난 판매고를 기록한 〈옥중화〉 계열 〈춘향전〉 이본의 제목이기도 하다(천정환, 앞의 책, 291면).

256) 〈옥중화〉는 활자본 고소설의 대표적 작품으로, 특히 1910년대 초반을 '옥중화의 시대'라고 할 만큼 대단한 인기를 누렸다 한다(권순긍, 앞의 책, 25-26면).

257) 박일용, 「애정소설의 사적 전개 과정」, 『한국서사문학사의 연구』 Ⅳ, 중앙문화사, 1995, 1,380-1,381면.

질이며 이 때문에 애정소설이 통속성의 혐의를 벗고 세기를 넘어 의미 있는 장르로 평가되는 것이다. 그렇다면 그와 같은 현실적 질곡이 다소 완화된, 그리고 그와는 다른 시대적 문제를 안고 있는 경우 조선후기식 애정소설은 어떤 의미로 읽힐 것인가 의문시된다. 예컨대 그와 같은 애정소설이 상이한 문제의식을 안고 있는 1910년대에서도 같은 의미로 읽힐 것인가 하는 것이다. 게다가 조선후기식 애정소설의 재판이면서 작품에 남녀의 결합을 방해하는 현실적 질곡과 그것을 극복하려는 의지가 두드러지게 나타나 있지 않는 경우 애정소설의 존재 이유는 더욱 무색해진다.258) 물론 전 시대에 방각본으로 존재하다가 이 시대에 들어 활자화된 고소설의 경우도 수용의 맥락에서 같은 문제 제기를 할 수 있다. 즉, 같은 애정소설이라 해도 그것이 어떤 시대 상황에서 읽히느냐 하는 것은 중요한 문제이다. 예컨대 같은 〈춘향전〉이 조선 후기와 같은 신분차별 및 본능억제를 포함해 여성의 봉건적 질곡이 문제시되는 시대에 읽히는 것과 1910년대 여성 담론이 무성하고 자유연애에 대한 관심이 고조되는 분위기에서 읽히는 것은 사정이 다른 것이다.259) 이 때의

---

258) 권순긍은 〈부용의상사곡〉, 〈청년회심곡〉에서 지방관리가 탐관오리가 아니라 애정의 방해자로만 등장하기 때문에 애정추구가 그만큼 사회성이 약화되고 흥미위주로 바뀌었다고 하였다(권순긍, 앞의 책, 203면).

259) 천정환은 〈춘향전〉이 20세기 들어 활자화되면서 더 많이 애독된 현상에 대해 "완전히 갱신되고 근대화된 하드웨어에 담긴 전통적인 텍스트들은 텍스트 표면의 전통적인 메시지와는 전혀 다른 맥락으로 읽혀야 한다."고 했다. 또한 작품의 의미가 수용의 맥락에 따라 달리 해석되어야 한다면 〈춘향전〉이야말로 20세기의 책이라고 하였다(천정환, 앞의 책, 39, 41면).

〈춘향전〉은 그 아류들과 마찬가지로 그것이 품고 있는, 신분해방과 관련된 문제의식이 희석되고[260] 재자가인의 낭만적인 사랑 이야기로 읽혔을 것이다.[261] 한 마디로 '자유연애'라는 희대의 블랙홀에 흡수된 것이다. 그리고 그 과정에서 여성상은 풍류남아의 연애 대상으로서 관능미를 겸한 가인(佳人), 미인으로 형상화되지만 본질적으로는 중세의 요조숙녀에서 한 걸음도 벗어나지 못했다고 본다. 기생마저도 숙녀기생인 것이다. 게다가 기생의 경우 전대의 기녀 등장 소설에서와 달리 그 현실적인 주변 사항이 탈각되고 미인으로서의 면모를 띠게 된다.

본고에서 다루는 숙녀 기생의 경우 기생으로 전락한 피칠 못할 사정(이 점에 있어서 채봉은 예외다), 양반에 대한 수청향응이라는 기녀로서의 일상적인 기역, 일생 소원인 천한 신분에서 벗어나기 위한 처절한 활약 등이 전혀 나타나 있지 않거나 서사적 구체성을 통해 드러나지 않는다. 따라서 이들의 형상은 시대적 정합성을 지닌 기존 기녀이야기에서 기녀의 신분상승, 기녀의 정조 등 파격적인 요소만을 피상적으로 취했을 뿐 본질은 중세 숙녀의 변형인 미인이다. 따라서 이들의 당대성을 반드시 근대성의 측면에서 찾을

---

260) 최원식은 〈옥중화〉에서 이몽룡이 변사또를 용서하고 선치를 부탁하는 것을 들어 이 작품이 '신분해방'이라는 〈춘향전〉의 주제를 왜곡시켰다고 했다(최원식, 「이해조 문학 연구」, 『한국근대소설사론』, 창작과비평사, 1986, 154면).
261) 서지영은 〈춘향전〉이 근대 이후에도 끊임없이 재생산되는 현상에 대해 "역사적 맥락이 사라진 낭만적 사랑의 재생산"이라고 하였다 (서지영, 「조선시대 기녀 섹슈얼리티와 사랑의 담론」, 『한국고전여성문학연구』 5, 월인, 2002, 317면).

필요는 없다고 본다. 〈춘향전〉을 비롯한 전대의 기녀등장소설을 대상으로 기녀의 신분상승에 초점을 두어 그것을 근대지향 의식으로 해석한 성과를 받아들인다면 1910년대의 이들 기녀이야기가 그러한 의식을 발전적으로 계승했다고는 볼 수는 없다. 기녀 이야기를 통한 그러한 신분상승 문제는 이미 〈춘향전〉과 그 전후의 기녀등장소설에서 충분히 형상화되었을 뿐 아니라 역동적인 갈등구조를 통해 더 효과적으로 구현되었다고 본다.262) 따라서 문제 의식과 문학적 형상화의 차원에서 본고의 숙녀 기생의 이야기를 그것들과 동궤의 수준을 지닌 것으로 볼 수는 없다. 시대적 정합성을 잃었기 때문이다.

신작구소설은 특정한 작가가 없다는 점에서 신소설과 구분된다. 신작구소설의 작자는 다수의, 독자대중이고 그들이 호흡하는 현실이다.263) 따라서 그것이 구소설인 한 고소설의 성격을 다 버릴 수 없지만 어느 정도 당대의 분위기와 현실을 반영했으리라 본다. 이러한 점에서 볼 때 이들 기생 아닌 기생은 정치적 전망이 차단되고, '자유연애'가 활발히 논의되던 당시 독자 대중에 의해 가공된 '미인담론'의 주인공들이라 할 수 있다. 즉, 이들은 1910년대라는 절망적인 시대가 그 왜곡된 욕망을 여성에게 투영해 빚어낸 것으로 이들의 형상은 당시의 '미인도'라 할 만하다. 어느 시대든 그 시대의 미인관, 여성관을 표출한 미인도가 있겠지만 이 시대의 '미인도'에는

262) 이를 조동일은 '시대적인 포괄성'이라 하였다(조동일, 앞의 책 (1973), 230면).
263) 권순긍은 활자본 고소설의 대폭적인 수용에는 재자가인과 부귀공명의 이야기를 원하는 독자들의 요구가 내재해 있었기 때문이라고 하였다(권순긍, 앞의 책, 164면).

각별한 의미가 있다.

　무엇보다 이 때 하필 기녀를 대상으로 미인의 전형을 제시하려 했는가 하는 점이다. 회화로서의 미인도 역시 조선후기 풍속화의 일환으로 활성화되었는데 기녀를 대상으로 한 작품이 많았고 이러한 현상은 후대로 갈수록 더 심했다 한다.[264] 이는 풍속화의 성격상 그간 숨겨진 이면의 삶 특히, 여성, 그 중에서도 천민 계층인 기녀의 삶을 표현하려고 했기 때문일테지만[265] 이를 다른 각도에서 볼 수도 있다. 양반 혹은 화원 출신의 화가들이 양가녀의 모습을, 특히 외적인 아름다움을 적나라하게 그려낼 수 있었겠는가 하는 것이다. 미인도야말로 그 모습을 관찰하여 그린 후 공표해야 하는데 양가녀를 대상으로 특히, 실물을 대상으로 해서는 이러한 작업이 가능하지도 않았고 용납되지도 않았을 것이다. 최초의 미인도를 남긴 윤두서의 경우 사대부의 체면으로서 미인도를 함부로 노출시킬 수 없어 책장에 감추어 두었다고 한다.[266] 당시 양반으로서 미인도를 그리는 것 자체가 떳떳한 행위가 아니었기 때문이라는 것이다. 하물며 그 대상이 양가녀인 경우는 더더욱 곤란했을 것이다. 따라서 풍류생활의 일환으로 일상 그들이 접하기 용이한 기녀를 대상으로 한 미인도가 많았던 것이 아닌가 한다. 기녀를 대상으로 했을 때 실물일 경우에도 그들을 자세히 관찰하고, 자신이 내심에 품고 있던 미인의 요건 즉, 숙덕 뿐 아니라 미모를 노골적으로 표현할 수

---

264) 이은창, 「한국의 미인상」, 『여성문제연구』 13, 효성여대 한국여성 문제연구소, 1984, 30-32면.
265) 같은 글, 28-29면.
266) 같은 글, 17면.

있었을 것이기 때문이다. 더욱이 그들이 내심 품고 있었지만 양가녀를 통해서는 충족되지 못한 여성의 성적인 아름다움 즉, 관능미도 기녀를 통해서는 충분히 표현할 수 있기 때문이다.

이러한 점에서 볼 때 신작구소설의 여주인공이 기녀인 것은 이러한 형상이 '자유연애'가 풍미하던 당시의 미인관을 표출하기에 적절하기 때문일 것이다. 재자가인의 낭만적인 애정담에 전대의 요조숙녀를 다시 동원하되 이성과의 교제가 자유롭고 다소 관능미를 지녔을 것으로 기대되는 기녀로 분장한 결과 숙녀기생의 형상이 양산된 것이라 본다.

4. 결론

본 논문은 〈채봉감별곡〉, 〈부용의 상사곡〉, 〈청년회심곡〉 등 신작구소설에 등장하는 숙녀기생의 여성상을 그들 작품이 창작되고 유통된 1910년대의 사회·문화적 배경 속에서 다시 검토한 것이다. 이들 숙녀기생의 이야기는 기녀의 형상을 통해 기녀의 지조, 신분해방 등의 문제를 제기한 전대의 기녀이야기와 구분된다. 이는 작품 내에 그러한 문제의식이 퇴색되어 있을 뿐만 아니라 온전히 다루었다 하더라도 그것이 이미 시대적 정합성을 잃었기 때문이다. 또한 작품 내에 근대 전환기의 사회적 분위기가 다소 반영되어 있다 하더라도 이들의 행위나 의식 등이 그러한 것에 밀착되어 있지 않으므로 즉, 현실적인 기반이 약하므로 거기에서 근대적인 여성상을 찾기에는 무리가 있다고 본다. 특히, 이들에게 근대적 여성상의 의미를 부여하는 것은 그 창작의 시기에 지나치게 집착한 탓이라고 할 수 있다.

오히려 이들은 1910년대라는 특수한 시대적 배경 속에서 만연한 '자유연애', 재자가인의 낭만적인 애정담, 거기에서 비롯된 여성에 대한 증폭된 관심 등이 대중매체를 빌려 빚어낸 미인담론의 주인공이라 할 수 있다. 따라서 이들은 본질적으로 재자가인의 애정담을 필요로 하는 당시 대중 독자의 요구에 부응해 전대의 요조숙녀로서의 자질에 관능미를 겸한 숙녀기녀의 형상을 띠게 된 것이라 본다.

참고 문헌

강숙자, 「한국여성 근대화의 보편성과 특수성」, 『여성과문학』, 성
　　　신여대 인문과학연구소, 1990

고순희, 「18세기 가사에 나타난 기생 삶의 모습과 의미」, 『고전문
　　　학연구』 10집, 1995

고정환, 「한국 여성 매매의 실태와 사적 고찰」, 『여성문제연구』
　　　22, 효성여대 한국여성문제연구소, 1994

권순긍, 『활자본고소설의 편폭과 지향』, 보고사, 2000

권정희, 「해협을 넘은 '국민문학'」, 『한국 근대문학과 일본』, 소명
　　　출판, 2003

김경미, 「개화기 열녀전 연구」, 『국어국문학』 132, 국어국문학회,
　　　2002

김기동, 『한국고전소설연구』, 교학연구사, 1983

박일용 외, 『한국서사문학사의 연구』 Ⅳ, 중앙문화사, 1995

배주영, 「도시적 감수성과 연애소설에 대한 시론(試論)」, 『한국 근
　　　대문학과 일본』, 소명출판, 2003

서지영, 「조선시대 기녀 섹슈얼리티와 사랑의 담론」, 『한국고전여
　　　성문학연구』 5, 월인, 2002

이동길, 「「화의 혈」에 있어서 자아동일성의 추구와 표현수법」, 『여
　　　성문제연구』 11, 효성여대 한국여성문제연구소, 1982

이미향, 『근대 애정소설 연구』, 푸른사상, 2001

이은숙, 『신작구소설연구』, 국학자료원, 2000

이은창, 「한국의 미인상」, 『여성문제연구』 13, 효성여대 한국여성
　　　문제연구소, 1984

이주영, 「구활자본 고전소설의 간행과 유통에 관한 연구」, 서울대

박사학위논문, 1997

조광국, 『기녀담 기녀등장소설 연구』, 월인, 2000

조동일, 『신소설의 문학사적 성격』, 서울대학교, 1973

조동일, 『한국문학통사』 4(3판), 지식산업사, 1994

천정환, 『근대의 책읽기』, 푸른역사, 2003

최숙경, 「개화기 여성 생활 문화의 변동과 전개」, 『여성학논집』 16집, 이화여대 한국여성연구소, 1999

Ⅳ. 한·일문학사에서 여성문학의 의의

1. 서론

한국을 비롯한 많은 나라의 문학사에서 여성이 주변에 머물러 있거나 아예 배제되어 왔다는 것은 주지의 사실이다. 이는 각 민족마다의 사정이 있겠으나 대체로 여성과 남성의 사회적 위치의 차이 내지 그 결과인 동시에 유지 기제인 '문자'의 지배 계급적 속성에서 기인했을 터이다. 즉, 여성들은 남성 지배 계급의 전유물인, 문자를 비롯한 지적 행위 자체에 참여할 수 없었기 때문에 읽는 것뿐만 아니라 그것을 바탕으로 하여 창조적으로 사고하고 쓰는 것에서도 배제될 수밖에 없었다. 물론 이러한 것은 문학 활동에도 영향을 미쳐 매 시기마다의 주도적인 문학담당층에서 여성은 제외될 수밖에 없었던 것이다.

한편 문학사를 서술할 당시의 성차별이데올로기로 인해 그나마 흔적을 남겼던 여성 작가의 글을 과소평가하거나 오해한 것, 나아가 아예 생략해 버린 것도 여성을 문학사의 주변으로 몰아낸 한 원인일 터이다. 이에 대해 문제의 여성작가의 삶과 문학을 재평가해 문학사적 복권을 서두르는 작업이 여성주의 문학론에 있어 주요한 관심사가 되고 있다.

그런데 일본문학사를 놓고 보면 사정이 다르다. 일본의 경우 여성이 창작 활동을 하는 데 크게 지장을 받지 않고 개성 있는 작품을 내놓았던 시기가 있었으며 이 때 양산된 여성문학이 이후 일본

문학사에 큰 영향을 미쳤던 것이다. 일본문학사의 특징을 논할 때 여성 작가군의 활동을 빼놓을 수 없게 된 것도 이 때문이다. 이는 세계문학사의 차원에서 볼 때도 예외적인 현상이다. 물론 일본의 경우 여성의 사회적 위치가 다른 나라, 특히 우리나라에 비해 나아서 그랬던 것은 아니다. 그에 관한한 한일 간보다는 그 둘을 포함한 동양과 서양 간에 더 큰 차이가 나며 여성의 사회적 위치는 대체로 어느 나라든, 예나 지금이나 낮기 때문이다.

그렇다면 이러한 일본의 여성문학을 어떻게 이해해야 할까? 여기에서 여성의 사회적 위치는 유사하지만 그 문학의 양상 내지 문학사적 의의에서는 차이가 나는 한국과 일본의 여성문학을 비교해 볼 필요가 생긴다. 물론 한일 문학사에 나타난 여성문학의 양상을 비교하는 데서 나아가 그것이 양국 문학사 전체의 흐름과 교섭한 맥락을 따져보는 것이 이 글의 궁극적 관심사이다.

2. 여성문학의 양상

1) 한국의 경우

여기에서 여성문학이라는 말을 여성작가의 글로 한정시킨다면 한국의 경우에는 조선후기의 문학에 눈을 돌려야 논의가 본격화된다. 물론 그 이전에도 여옥(혹은 백수광부의 처), 희명, 광덕의 처, 진덕여왕, 설요 등의 여성작가들이 문학사에 등장하기는 한다. 하지만 뒤의 두 사람을 빼면 그나마도 그들이 등장하는 작품의 장르적 특성으로 말미암아 작자의 성별을 따질 계제도, 그럴 필요도

절감하지 못하는 것이 사실이다.

고정희는 이조 5백년에서 구한말에 걸쳐 출현한 여성작가는 1백50명에 달하고 그 중 개인 문집을 남긴 대가만도 21명이며 군소작가는 1백여 명에 달한다고 말한 바 있다.[267) 실로 엄청난 숫자이다. 더욱이 이들이 참여한 장르도 한시문, 시조, 가사, 일기나 기행문을 포함한 수필 등으로 기록 문학 중 소설류를 제외한 당시의 전 장르에 걸쳐 있다. 물론 소설로 말하자면 낙선재본소설의 작자 내지 필사자로서 후궁들이 거론된 바 있다.[268)

이상의 여성문학은 작가의 사회적 계층 내지 활동 범위에 따라 기녀문학, 규방문학, 궁중문학 등으로 나눌 수 있다.

기녀문학에 관한한 황진이를 비롯한 매창, 송이, 구지, 소춘풍 등의 기녀들이 남긴 일련의 시조를 말하는 바, 작자의 사회적 특수성으로 말미암아 뒤의 두 문학에 비해 개방적인 양상을 띠지만 한(恨)을 주조로 한다는 점에서는 그 둘과 공통성을 갖는다고 할 수 있다. 특히, 이들을 포함한 기녀 작가들은 고려가요, 시조, 가사와 잡가의 창자로서 한국문학의 맥을 이어준 공로가 있다.[269)

규방문학 하면 경상도 일원에서 수집된 2천여 점의 규방가사를 생각할 수 있다. 윤리도덕, 신세 한탄, 풍류, 모성애, 서경 등을 주로 다루는 규방가사에 관한한 조선후기 가사장르의 확대·변이의

---

267) 고정희, 「한국 여성문학의 흐름」, 『열린 사회 자율적 여성』(또하나의 문화 2호), 평민사, 102면.
268) 김용숙의 '궁중 나인설'. 이에 대해서는 이상택, 「조선조대하소설의 작자층에 대한 연구」, 『고전문학연구』3집, 한국고전문학연구회, 1986 참조.
269) 김지향, 「한국여류시의 어제와 오늘」, 『문예사조』 11월호, 202면.

한 양상으로 문학사에 올라 있다. 또한 규방 여성들은 한시문을 짓는 데도 열의를 보였다. 잘 알려진 허난설헌, 신사임당 외에도 문집에 166수나 시를 남긴 서영수각(徐令壽閣), 이기심성(理氣心性)에 깊이 천착해 35편의 문을 남긴 임윤지당(任允贄堂) 등이 그들이다. 다섯 명의 여성 시인들로 이루어진 '삼호정(三湖亭)' 시단도 있었다 한다. 여기에서 중요한 것은 당시의 상황에서 여성들이 한문학을 담당했다는 점, 신라 시대의 진덕여왕이나 설요 등을 제외한다면 이러한 현상이 문학사에서 유일무이했다는 점 등이다. 더욱이 이들 한시문의 여성 작가들은 시조든 가사든 수필이든 국문문학의 작가들과 중첩되지 않는다. '여자무학반시덕(女子無學反是德)'의 관념이 학문에 대한 여성의 접근을 막는 데 기여했다면 글재주가 뛰어난 여성의 글을 '세초(洗草)'에 의해 태워버리거나 물에 빨아버린 것은 그것을 함부로 가문 밖에 내어 놓지 못하게 함으로써 문학 창작에 대한 여성의 참여를 금기시하는 데 소용됐다. 실제로 허난설헌도 방에 가득한 작품들을 생전에 소각시켰다 하며 지금 전하는 것은 허균이 보관하고 있다가 중국 사신에게 건네준 것이 그 쪽에서 출판되자 역수입된 것이라 한다. 그렇다면 여성의 한시문은 유언무언의 압력으로 인해 창작 자체가 위축되었다는 점은 차치하고라도 그나마 지금 남아 있는 것보다 훨씬 더 많았을 것이다.

어쨌든 그러한 상황에서도 한시문만을 고집한 여성들이 있었다는 것은 집안의 학문적 성향 내지 여성 자신의 재능과 열의뿐만 아니라 한글에 대한 경시, 문학 하면 한문학을 쳐주는 당시의 문학 풍토에 그 원인이 있을 것이다. 이에 대해 김용숙은 "지식계급

들의 뿌리 깊은 모화사상(慕華思想)이었건 타성(惰性)이었건 남성
은 그렇다 치고 어쩌자고 여성들마저 그랬을까."[270]라고 하며 한
글이 창제되고서도 수세기 동안 그것이 여성들에게서도 푸대접받
았던 사실을 한탄했다. 물론 규방여성들의 문학에는 국문으로 쓰
여진 〈의유당 관북유람일기〉, 〈규한록〉, 〈조침문〉, 〈규중칠유쟁론
기〉 등의 수필류가 더 있다. 이들 작품은 사대부 여성들이 내간이
라는 국문편지를 일상 쓰는 데서 비롯한 내간체 문장의 결실이라
할 수 있는 바, 그들만의 특수한 처지나 고민을 담고 있으며 독특
한 국문문체의 발전에 지대한 공헌을 했다. 이러한 양상은 그들보
다 더 폐쇄적인, 일생을 궁궐에 몸담고 있는 여성들의 작품에 닿
아 있다.

〈계축일기〉, 〈산성일기〉, 〈한중록〉, 〈홍빈궁 입궐초일기〉, 인목
대비의 〈술회문〉과 서간문 등의 궁중문학은 작가가 상층여성이라
는 점, 그들의 활동 범위가 폐쇄적이라는 점, 내간체 문장으로 이
루어졌다는 점 등에서 규방문학과 일치하지만 그와 구별되는 특성
이 있다. 우선 그 다루는 바가 여성으로서 작가 개인의 신상과 관
련된 궁중비화라는 점이다. 즉, 규방여성들이 폐쇄적이고 억압적
인 상황에서 개인의 실존문제에 직면했고 글로 쓸 수밖에 없을 만
큼 그 상황이 절박했다면 혜경궁 홍씨나 인목대비같은 궁중의 여
성들은 자신들의 주변에서 파행적으로 벌어지는, 왕실의 크고 작
은 사건에 천착했다. 따라서 이들의 창작 행위는 자신의 체험을
문장화하면서 한을 승화시킨다는 차원에서 나아가 폭로하지 않으

270) 김용숙, 「여성과 문학」, 『여성학』(숙대 아세아여성문제 연구소 편),
    숙대출판부, 310면.

면 영원히 시간의 장막에 가려질 질도 모를 궁중 사건의 내막을 벗겨내어 역사의 옳고 그름을 따지는 데 의의가 있다. 물론 이러한 행위는 자기 개인이나 주변 사람들의 누명 내지 억울함을 밝히는 데도 긴요했을 터이다.

다음은 이러한 궁중문학의 특수성으로 인해 기록과 유통 양면에 있어 규방 문학보다도 더 심한 장애가 있을 것이란 점이다. 여성이라는 이유에서는 규방의 여성들과 상통하지만 궁중의 여성들은 거기에다 정치적인 요인으로 인해서도 그러한 장애를 겪었을 것이기 때문이다. 따라서 여기에서는 '세초'가 "궁중 내의 일이 문자화(文字化)되어서 밖으로 나가는 것을 막기 위해"271) 행해졌을 것이다.

이상 조선후기에 크게 일어났던 한국 여성문학의 특징을 정리해 보면 다음과 같다.

① 한문학을 우선시하는 사회·문학적 풍토로 인해 한글이 창제된 이후에도 한문학만을 고집하는 여성작가들이 있었으며 그로부터 수 세기가 지나야 여성의 국문문학이 융성해진다.
② 여성작가들의 국문문학은 전 장르에 걸쳐 있긴 하지만 새롭고 특수한 장르를 개발하기보다는 기존의 장르가 확대·변이되는 과정에 참여했다는 데 문학사적 의의가 있다.
③ 그 용어에서도 알 수 있는 것처럼 기녀문학이나 규방문학, 궁중문학은 상하층 여성을 막론하고 작가의 특수한 사회적 위치로 말미암아 폐쇄적인 문학적 환경 속에서 생산되었다. 더욱이 이러

---

271) 김용숙, 앞의 글, 311면.

한 이유로 해서 뒤의 두 문학은 창작과 유통 과정에서 극심한 장애를 겪었다.

④ 궁중문학은 사적인 문제보다도 공적인 사건을 밝히는 역사기록으로서의 의의가 크다.

⑤ 대체로 여성으로서 느끼는 한(恨)이나 인륜도덕을 기저로 한 작품이 많다.

2) 일본의 경우

일본문학사에 여성작가의 글이 나타나는 것은 중고(中古)문학, 역사적으로는 平安시대(794-1192)에 들어와서이다. 그런데 중요한 것은 이 시기에 등장한 여성문학이야말로 해당 기간의 문학사 전체(문학담당층, 양식, 미적 이념)를 주도했다는 점, 그 사회·문화적 기반인 왕조 중심의 귀족사회가 쇠퇴한 이후로는 여성문학이라 할 만한 것이 일본문학사에 나타나지 않는다는 점 등이다.272) 후자에 관한한 한국의 여성문학이 미동도 않고 있다가 임진왜란 이후, 중세문학에서 근대문학으로의 이행기 과정에서 점진적으로 성장한 것과는 달리 일본의 여성문학은 그보다 10세기 가량 앞서 3, 4세기 동안 폭발적으로 나타났다가 사라진 셈이다.

우선 이 시기 문학사의 전체적인 판도는 그대로 여성문학이라

---

272) 이와 관련하여 "헤이안조 궁정사회는, 일본 전체의 노예적인 인간의 생활조건과는 동떨어진 것이었는데, 예술과 여성의 자유스러움은 그 당시 일시적으로 나타났다가, 그 후부터 메이지시대에 이르는 동안에 사라졌다."고 한다.(이토세이, 『일본문학의 이해』(유은경 역), 새문사, 1993, 52면.

할 만한 것인데 和歌, 物語, 일기, 수필 등으로 이루어져 있다.

和歌는 이전 시기인 상대(上代)문학기에 〈万葉集〉에서 이미 결실을 맺은 것인데, 이후 당풍(唐風) 문화를 구가하는 시기에 한시문의 유행으로 말미암아 뒷전으로 물러나게 되는 비운을 겪었다. 따라서 여성가인273)들은 그것의 부활과 궁정가(歌)로서의 재생이라는 측면에서 和歌에 기여했다고 할 수 있다. 다른 여성문학의 사회·문화적 배경도 마찬가지일 테지만 "9세기 후반부터 'かな'문자의 발달과 궁정에 있어서의 여성의 지위 향상, 그리고 당풍문화의 정체(停滯) 등 여러 가지 사정이 겹쳐서, 국풍 문화가 회복됨에 따라 和歌도 공적인 자리를 되찾았다."274)고 한다. 그런데 和歌 자체로 보아서 '부활'이라는 측면은 다행일지 모르나, '궁정가로서의 재생'이나 '공적인 자리'의 회복은 이전 시대의 和歌를 특정한 성격의 시가로 한정지우거나 변질시켰다고 할 수 있다. 즉, 궁중의 여성이라는 작가의 특수성 때문에 이 시기의 和歌가 "내용면에서는 귀족의 우아한 생활을 반영하여, 〈万葉集〉의 남성적이며 소박

---

273) 女房들이 여류 가인(歌人)이 되었다 한다. 그런데 女房을 보통 궁중의 관녀, 궁녀, 후궁으로 해석하는데 그에 대한 정확한 개념을 알아둘 필요가 있다. 천황의 처첩에는 后(1인), 妃(2인;中宮이라고도 함), 夫人(3인;女御라고도 함), 嬪(4인;更衣라고도 함)의 4등급의 신분이 있었고, 신하의 딸은 后, 妃가 될 수 없는 것이 종래의 불문율이었다 한다.(井上淸, 『일본의 역사』(서동만 역), 이론과실천, 1990, 63면) 그렇다면 섭관정치가 전성기를 맞이할 무렵 귀족들이 앞다투어 자녀를 천황의 후궁으로 들여보냈다는 점에서 女房은 夫人이나 嬪 정도로 볼 수 있겠다.

274) 신현하 편저, 『일본문학사』, 학문사, 1993, 38면. 이하 일본문학의 경우 이 글을 참조하고 인용할 경우 면수만 제시함.

한 가풍에서 벗어나 우미(優美)하고 이지적인 것으로 변"했다는 점, "그 자리에서 느낀 감정을 노래하는 것이 아니고, 주어진 제목에 따라 노래를 짓게"(38면) 하였다는 점에서 형식주의에 빠지는 한편 생동감을 잃게 될 우려가 있다는 것이다.

다음은 일기문학이다. 한국의 경우와 마찬가지로 "일기란 원래 남성이 한문으로 공사간의 행사나 의식(儀式) 또는 여행 중의 일들을 비망(備忘)을 목적으로 기록해 오던 것"(60면)이다. 또한 한국의 여성들이 국문 편지를 써오다가 내간체 문장이라는 독특한 국문 문체를 개발하였듯이 일본의 여성들도 'かな'문체로 이루어진 일기문학을 발달시켰다. 여기에서 흥미로운 것은 남성 가인(歌人)인 紀貫之가 여성으로 가장하고 최초로 국문 일기를 쓴 것에서부터 여성의 일기문학이 성행했다는 점이다. 그의 작품인 〈土佐日記〉의 첫머리에 보면 "남자가 쓴다고 듣고 있는 일기라는 것을 여자인 나도 써볼까 하고 생각해서 쓰는 것이다."(61면)라는 말이 있다. 요컨대 그가 한문체 대신 'かな'문체로, 그리고 여성의 입장에서 이 작품을 썼다는 것은 "상식을 벗어난 이중의 파격적인 방법을 써서 문학성을 띠게 만"(60면)든 데 의의가 있다.

그의 뒤를 이어 많은 중상류층 여성들이 일기문학을 성행시킴으로써 일기는 "그날그날의 기록이 아니고, 후일의 회상에 의해 자기 인생의 의미를 묻는 것으로 승화"(60면)된다. 특히, 최초의 여류일기인 〈蜻蛉日記〉는 "아내나 어머니로서의 고뇌와 사랑을 솔직하게 기록한" 것으로서 "자기 내면을 직시하여 그 진실을 고백한 점이 특색이며, 사실적인 자서전적인 物語(私小説)의 성격"(61면)을 띤다. 다음 장에서 논하겠지만, 근현대 문학에 이르기까지 일본문학사에서 사소설적인 경향이 강하다는 점과 관련시켜 보더라도 이 때의 일기문학이 얼마나 중요한 문학사적 위치를 점하는가 알 수 있다. 이 외에도 일기 속에 和歌가 삽입되어 있는 歌物語적 성격의 〈和泉式部日記〉, 〈成尋阿闍梨母集〉 등이 있어 당시 일본의 여성문학이 장르마다의 특성을 이해하여 하나로 포용하고 있음을 알 수 있다.

이러한 일기문학에서 싹튼 것이 수필문학이다. 그런데 수필은 일기문학의 특성인 자조적(自照的)인 경향에서 나아가 비평적인 경향을 수반한다. 이러한 점은 최초의 수필인 〈枕草子〉의 ⅓이 일기로 이루어져 있는 바, 일기와 중첩되어 있으면서 나름대로의 문학성을 획득했다는 점에서도 알 수 있다. 특히 이 작품은 바로 뒤에서 논할, 〈源氏物語〉를 비롯한 物語문학과 함께 중고문학의 양대 미적 이념을 대표한다. 즉, 〈源氏物語〉가 내면으로부터의 감동[もののあはれ]을 일으키는 문학이라면 이 작품은 어느 정도 객관적, 비평적, 주지적인 감동[をかし]을 기저로 한 문학이라는 점이다.

마지막으로 이 시기 문학의 크나큰 수확인 物語에 대해 논할 차례다. 우선 일본문학사에선 物語, 소설, 설화를 독자적인 문학양식으로 설정하고 있는데, 우리의 경우와 비교하면서 그 개념을 규정해둘 필요가 있다. 여기에서 설화는 오래 전부터 민간에서 구전되어온, 우리 식의 설화가 문헌에 정착된 것을 말한다. 우리 식의 구비설화, 문헌설화가 여기에 해당하는데, 물론 〈今昔物語集〉과 같이 그것을 집대성한 문헌이 物語라는 이름으로 전하는 경우도 있다. 그렇다면 이야기라는 뜻을 갖고 있는 物語는 "옛부터 내려온 전승(구전문학)을 토대로 한 독특한 문학"(47면) 즉, 창작성이

가미된 문학일 터이다. 따라서 物語는 '가공이며 상상'의 문학이라는 점에서는 설화와 통하고 "그 내용이나 이야기의 진행은 현실적인 인간 생활을 통해 구체적이며 합리적으로 전개"(47면)된다는 점에서는 근대 이후의 소설과 통하는 말이다. 이에 대해 일본문학사는 그 범위를 좁혀 "平安시대에 만들어지고 고유의 성질을 구비한 소설"(47-48면)을 특히 物語라고 칭한다. 그 성향은 전기성(傳奇性)이 강한, 최초의 物語인 〈竹取物語〉에서 그것을 토대로 사실성이 강화된 〈宇津保物語〉로 이어지는데 후자는 일본 최초의 소설이라 일컬어진다. 또한 이러한 성향의 物語를 전후해서 歌物語가 발생하는데, 이는 物語로서 소재나 표현의 사실성과 시가로서 주제의 서정성이 융합된 것을 특징으로 한다. 여기에서 物語문학의 이러한 양대 흐름을 이어받고 일기문학의 자조성도 받아들여 이루어진 것이 바로 〈源氏物語〉이다. 따라서 이 작품의 문학사적 의의는 "「作り物語」의 허구성, 歌物語의 서정성, 여류일기문학의 현실 응시(凝視)의 안목을 이어받아 종합하고 발전시킨"데서 나아가 "중세 후기의 物語나 〈宋花物語〉를 비롯하여 擬古物語·和歌·謠曲·근세의 〈好色一代男〉, 나아가서는 근대의 樋口一葉·谷岐潤一郎에 이르기까지 영향을 끼쳤다."는 점, 게다가 "예능·음악·회화 또는 장식·문양(紋樣)에 이르기까지 〈源氏物語〉를 제재로 삼는 것은 헤아릴 수도 없이 많다."(63면)는 점 등에 있다.

이상 일본의 여성문학의 특징을 한국의 경우와 비교하면서 정리해 보면 다음과 같다.

① 여성문학이 특정 기간 동안의 문학사를 주도했다. 그것이 국문

문학에만 한정된 것은 당시의 전반적인 사회·문화적 풍토로 인해서 한문학이 일시 퇴조한 것과 무관하지 않다. 따라서 한글이 창제되고 나서도 문학 하면 으레 한시를 쳐주었던 한국의 경우에 비해 마침 발달 중에 있던 'かな'를 제 것으로 하여 고유한 문학을 개발하는 데 있어 일본의 여성 작가들이 유리했다고 할 수 있다. 또한 한국의 여성문학이 기존의 장르를 확대·변이시키는 데 기여했다면 일본의 여성문학은 대체로 장르를 부활시키거나 창조했다는 데 문학사적 의의가 있다. 하지만 한국의 여성문학이 늦게 시작되어서 길게 이어졌다면 일본의 경우는 한 때 일찌감치 시작되어 크게 성행했다가 사라진 감이 있다.

② 한국의 경우와 마찬가지로 우리 식으로 말해 규방문학과 궁중문학이라 할 만한 일본의 여성문학은 특수한 사회적 조건 속에서 행해졌기에 폐쇄적인 양상을 띤다. 다만 일본의 경우 궁중이나 귀족 사회만을 배경으로 한다는 점에서 소재나 내용 면의 한계는 있을지언정 창작과 유통 과정에서 장애가 있었던 것 같지는 않다.

③ 궁중문학의 경우에 혜경궁 홍씨나 인목대비처럼 권력의 중심에 있기보다는 주변 인물인 궁녀들이, 공적인 사건에 대한 관심보다는 주로 일상적인 귀족 사회의 풍속도를 그리되, 기록적인 성격보다는 허구적 상상물에 가까운 문학을 즐겨 지어냈다는 점에서 다르다.

④ 귀족 문화의 그늘에서 일부다처제 등 극히 불안한 처지에 놓여 있던 것, 그로 인한 마음의 움직임이 그들로 하여금 문학의 길을 걷게 했다는 점에서 가부장제 사회의 모순 속에서 한을 승화시켜야만 했던 우리의 여성문학과 상통한다.

3. 문학사적 의의

일본의 여성문학과 비교해 볼 때 상대적으로 풍성해 보이는 한국의 여성문학이 정작 문학사에서는 주변적인 층위에만 머물러 있다는 점을 어떻게 이해해야 할까?

앞서도 말했지만 한국의 여성문학이 이루어낸 성과는 기존의 장르 내지 문학담당층의 양적 확대·변이 양상의 일환으로서만 의의를 갖는다. 예컨대 그들이 관여한 한문학, 시조, 가사, 수필에 관한한 원래 남성문학가들이 자기의 문학세계를 다듬어가는 대표적인 場이었으므로 그 주변에서나 특수한 여성문학이 존재한 것이다. 더욱이 그들이 독자적으로 일구어낸 내간체 문장이라는 것도 문학사에서 보편적인 의미 즉, 다른 국문문학의 문체에 영향을 끼쳤을지 의문이다. 이에 관한한 유통 과정에 극심한 장애가 있었다는 점도 무시할 수 없을 것이다. 예를 들어 규방가사 같은 것이야 특정 지역 내지 계층의 여성들만 지어내고 애독하였을 테니 그야말로 폐쇄적인 문학현상으로 남을 수밖에 없었을 것이다. 따라서 한국의 여성문학은 작가가 특수한 사회적 위치에 있기에 다른 일반여성들의 삶과 분리되어 있다는 점에서 나아가 그 문학적 세계가 보편성을 획득하지 못했기 때문에 문학사에서 주변적인 층위에 머물러 있게 되었다.

한국의 여성문학이 이렇게 주변적인 위치에 있게 된 원인은 무엇보다 다른 모든 사회 활동과 마찬가지로 학문과 창작 행위에서 여성이 소외당했기 때문일 터이다.

두 번째는 그나마 여성들이 한글이라도 익혀 많은 양의 작품을 지어냈을 때에는 유통문제는 접어두고라도 한문학을 우선시하는 문학적 풍토 때문에 그들의 문학이 제대로 대접을 받지 못했기 때문일 것이다. 이와 관련하여 김열규는 한국문학을 외발적/내발적, 한문/한글, 사대부/상민, 창작/민속 등의 4층위로 나누고 그 중 왼쪽의 네 항목이 속하는 문학은 전통사회의 공적인 언어를 말하며 "통치, 지배, 권위, 교양, 문화적인 것, 세련된 것"으로, 나머지 4항목은 "피지배, 소외, 순종, 별것 아닌 것, 무잡스러운 것, 미개스러운 것 등으로 표현될 속성을 갖추고 있는 것."[275]이라고 말하며 중세기의 여성문학을 후자에 포함시켰다. 즉, 지배계급 남성이 한문을 중심으로 문학을 비롯한 지적 행위를 독점하고 주도해 나갔기 때문에 여성은 물론 그들의 글이라 하던 한글은 문자(한문)보다 사회적 위치가 낮았던 것이다.

마지막으로 한국문학사에선 여성문학의 특수성이자 장점이라 할 만한 '내향적 시각'[276], 자서전적이고 신변적인 성향보다는 대체로 대사회적인 의식, 외향적 시각, 첨예한 갈등구조 등이 훌륭한 문학적 특성으로 평가받지 않았나 한다. 물론 이러한 평가는 문학사를 서술할 당시 문학사가의 관점과도 무관하지 않을 것이다.

이에 반해 일본의 여성문학은 전혀 다른 문학사적 의의를 획득했다. 비록 中古시대 문학만을 장악했다가 단절되는 비운을 겪었지만 그 때야말로 문학사의 초석을 다지는 시기였던 만큼 여성문학이 이후의 문학사에서 긍정적으로든 부정적으로든 크게 영향을

---

275) 김열규, 「한국 여성문학의 일반적 위상과 수필」, 『문예사조』, 11월호, 190면.
276) 김열규, 같은 글, 199면.

끼칠 만 했다. 앞에서도 말했지만 당시의 수필은 최초의 수필이고 和歌는 시들해졌다가 이 때서야 새로운 미적 이념을 수반한 시가로 부활되었고, 物語는 최초의 장편소설이며, 일기는 중세나 근세의 기행문학으로 이어졌다. 즉, 이 시대의 여성문학이 일본 문학사에서 전범의 역할을 했다는 것이다. 예컨대 〈源氏物語〉나 〈枕草子〉같은 것은 일본 최대의 고전문학으로서 숱한 모방작과 그에 대한 주석 작업을 낳았고 매 시기 일본 문학가들에게 창조적 자양분의 역할을 했다.

그렇다면 일본의 여성문학이 이와 같은 문학사적 의의를 획득하게 된 원인은 무엇일까? 우선, 우리나라의 경우에는 17세기 이후 주자학의 성행으로 여성들의 사회적 위치가 더 나빠짐으로써 한글의 성장과 더불어 이 시기에 개화할 뻔한 여성문학이 장애를 겪었다. 마찬가지로 일본의 경우도 德川幕府가 성립된 17세기 이후 여성의 사회적 위치가 현저히 내리막길을 달리게 된다. 즉, 幕藩制의 두 기둥은 신분제와 가부장제 가족제도인데 후자에 관한한 "사농공상 어느 신분에서도 아버지나 남편인 가장은 법률상으로나 도덕상으로 자식이나 처에 대해 전제군주가 되었고 여성은 남성의 완전한 예속물이 되었다."[277]는 사실과 더불어 장자상속제, 삼종지도라는 용어가 일본역사에서는 이 시기에 처음 나타난다. 따라서 中古문학 시기 여성들의 사회적 위치는 크게 나쁘지 않았을 것이다. 일부다처제라 함은 정치적 목적과 결부된 궁중여성들의 특수한 처지가 아니었나 한다. 이토세이는 이 시대의 궁중여성들에

---

277) 井上淸, 앞의 책, 166면.

관하여 "여성은 남성들 사이에 섞여서 학문을 경쟁하거나 예술적 재능을 서로 경합했다. 그리고 남성과의 교제에 있어서도 그 이후의 시대에서는 볼 수 없는 일종의 자유스러움이 있었다."278)고 말한 바 있다. 물론 이는 "제한된 가운데 자유로운 인간성을 서로 인정하는 분위기가 성립"되어 있었던 "궁정과 그 중변에 있는 권력자의 가족, 혹은 천황의 후궁 저택"279)에서나 가능한 일이었다. 어쨌든 이 시기의 궁중여성들이 글 쓰는 데 있어서 장애를 겪었다는 말은 들리지 않는다.

두 번째 여성들의 지위가 높았다기보다 글이나 문학의 지위가 낮지 않았을까 생각해볼 수도 있다. 예컨대 加藤周一은 平安시대의 대표적인 문학담당층으로 하급 귀족과 여성(궁녀)을 들면서 "귀족권력의 중심에서 나온 것이 아니라, 그 주변부에서 시대를 대표하는 많은 서정시나 이야기가 만들어졌다."280)고 말한 바 있다. 즉, 귀족인 지배계급이 문학을 주도하지 않았다는 것이다. 마찬가지로 무사가 지배계급이 된 13세기 이후 16세기 말까지의 문학담당층은 '살아남은 귀족과 승려들'이라 하였다. 이러한 현상은 근현대 문학에 이르기까지 권력으로부터 문학가의 소외, '문학의 소외현상과 폐쇄적인 문단성립'으로 이어지고 그 종국은 사소설의 성행이 아닌가 한다. 요컨대 일본의 여성사를 검토해보아야 하겠지만 여성의 지위가 낮았다 하더라도 이상의 문학적 풍토에선 즉, 문학담당층이 지배계급과 일치하지 않았다면 문학은 피지배계층으

---

278) 이토세이, 앞의 책, 51면.
279) 이토세이, 같은 글.
280) 加藤周一, 『일본문학사서설』(김태준 역), 미출판물, 10면.

로서의 여성이 할 만한 일거리 중의 하나가 아니었을까 생각해 볼 수 있다.

세 번째로는 이 시대에 마침 당풍문화가 쇠퇴함으로써 한문학이 일시 퇴조하고 국풍문화가 활발히 전개될 수 있었던 정치·사회적 여건이다. 여기에서 점차적으로 자라나고 있던 'かな'문자는 시대를 잘 만나 모든 문화적 담당자들에게 환영을 받기 쉬웠을 터이다. 즉, 우리의 경우처럼 아녀자의 글이네 하면서 천대받지 않았다는 점이다. 中古문학 시기에 이러한 국풍문화의 숭상 속에 탄탄히 기반을 잡은 국문문학이기에 한문학이 다시 융성해져도 크게 그 위치를 위협받지 않았을 것이다. 또한 일본어 자체의 특성이 감정을 표현하는 것은 물론 "상황의 특수성을 그리는 데"[281] 적합하다는 점에서 이 시대에 이루어진 여성의 'かな'문학은 문학사에서 빛을 잃지 않게 되었을 것이다.

마지막으로 加藤周一은 "전쟁의 슬픔이나 가난의 괴로움 그리고 부패한 정치에 대한 울분을 읊으려고는 하지 않았"다는 점을 일본문학의 특성으로 들고 있다. 즉, 작가는 사회적 문제에 관심이 없어 "그 사회의 가치체계를 비판할 수가 없고, 비판을 통해서 초월할 수는 없다."는 것이다. 이러한 성향은 작가가 "스스로의 일상생활 그것 밖에는 아무것도 그리지 않게 되었다."[282]는 20세기 전반의 사소설로 이어진다.

사소설은 "작가가 사회를 떠나 동료끼리만 모인 일종의 고립된 수도승 단체와 같은 특수 사회를 형성하여, 누가 보다 진실된 생

---

281) 加藤周一, 앞의 글, 5, 7면.
282) 加藤周一, 앞의 글, 13, 15면.

활을 하는 지, 누가 좀 더 사실을 말하는 지 하는, 진실 내기를 하는 분위기가 문단을 지배하고 있었기 때문에 탄생된"[283] 것이다. 여기에서는 사실과 고백이 겹쳐지며 등장인물은 실제 인물이며 주인공은 작가와 일치한다. 일본문학사에서는 이를 "일본적 소설의 서술방식"[284]이라 부르며 근대 일본의 소설에 그러한 류가 많은 것은 일본인의 역량이 부족해서가 아니라 사물을 사고하는 근본형식이, 동양과 서양이 서로 다르기 때문이라 하였다. 예컨대 일본인은 종적으로 우리를 감동시키는 생명의식에만 민감하고, 횡적인 문제 즉, 사회관계에 있어서 생각하는 것은 서툴며, 본질적으로 그것을 싫어하는 경향이 강하다는 것이다.[285] 어쨌든 그것이 성행하게 된 것이 일본인의 성격이나 사회구조에서 기인하든 아니면 지배계급과 문학담당층과의 불일치에서 기인하든 이러한 사소설의 문학적·문학사적 위치는 여성문학과 관련해서 중대한 의의를 갖는다. 왜냐하면 불리한 사회적 위치에 있던 여성들, 그러한 상황에서 생성될 수밖에 없는 신변적·삽화적인 여성문학이 문학사와 따로 놀지 않을 것이기 때문이다.

4. 결론

지금까지 한일 여성문학의 양상과 의의를 문학사적 맥락에서 비교해 보았다. 그 결과 이들의 상이한 모습은 양국의 사회·문학적

---

283) 이토세이, 앞의 책, 95면.
284) 이토세이, 앞의 책, 95면.
285) 이토세이, 앞의 책, 171, 144면.

풍토에서 비롯되었음을 알 수 있었다. 그리고 이들의 문학사적 의의는 양국 문학사의 특수성과 얽혀 있다는 점도 밝혀 보았다.

이글은 '동아시아 문학사 비교론'을 위한 선행 작업으로 한일 문학사의 실상을 좀 더 분명히 이해하기 위해 시도되었지만 여기에는 많은 한계와 토론의 여지가 있다. 예컨대 일본의 문학사와 여성사에 대한 이해가 모자라 아직은 이 글이 문제의식만 돌출해 있는, 가설에 지나지 않을 수도 있다는 점이다. 또한 기록문학의 경우만 다루어서 문학사를 협소하게 만든 것, 무엇보다 구비문학의 경우 여성문학의 몫이 더 많을 수도 있다는 점을 간과한 것이야말로 이 글의 치명적인 한계이다. 이에 대한 구체적인 작업이 누구의 손에서든 이루어질 것을 바라며 그 이상의 토론이 있기를 기대한다.

V. 여성주의 문학론의 흐름(1)

1. 서론

우리나라에서 여성주의 문학이 본격적으로 논의되기는 1980년대 후반에 들어와서이다. 그로부터 현재까지 약 10년간에 걸친 여성주의 문학론[286]의 짤막한 역사를 검토해 보는 것이 이 글의 과제이다.

여성주의란 다분히 현실적인 맥락을 갖는다. 매 시기 여성의 억압적인 현실에 눈을 돌리고 그것을 지양하려는 움직임을 현실적인 여성운동이라 한다면 그것의 이론화 작업으로서 생겨나 새로운 의미와 목적의식을 부여하는 한편 방향을 잡아나가는 것이 바로 여성주의이기 때문이다. 그렇다면 여성주의와 현실적인 여성운동은 우리 삶에 있어 이론과 실천의 문제처럼 변증법적 관계에 있다고 할 수 있을 것이다. 따라서 현실적인 여성운동의 양상이 법적·제도적 차원에서 문화 운동의 차원에까지 걸쳐 있는 바에야 여성주의 역시 다양한 모습을 띨 수밖에 없다. 그 일례로 프랑스의 페미니즘은 현실·경험적인 여성문제를 해결하는 데 관심을 가질 뿐만 아니라 여성주의적인 시각을 확보하여 기존의 모든 역사 내지 인식의 틀을 무화시키는 전략을 쓰고 있다. 하지만 제각기 상이한 이

---

286) 여기에서 여성주의 문학론이라 함은 이론적 틀을 갖춘 특정한 문학이론으로서의 여성주의뿐만 아니라 그에 입각해 문학 작품이나 비평을 단순히 '논의'하는 것까지 지칭하는 폭넓은 개념임을 밝혀둔다.

론적 전략으로써 서로 불화하기까지 하는 대부분의 여성주의자들이 일차적으로 동의하는 것은 여성의 현실이 억압적이라는 점이다. 그렇기에 그 다양성은 각각의 역사와 현실 속에서 의미가 있는 것이고, 그 속에서 나름대로 특징적인 운동의 논리를 가질 수밖에 없다.

이렇게 본다면 우리문학 내에서, 그것도 실제 작품을 대상으로 벌어진 여성주의 논의야말로 여성주의 자체를 이해하는 데 크게 유익할 것이다. 물론 이러한 논의에 대한 서구페미니즘의 영향을 전적으로 무시할 수는 없다. 하지만 서구 페미니즘도 우리 나름대로의 여성운동사와 접맥되었을 때에만 의미가 있는 것이라 할 때, 이러한 맥락을 충분히 반영하는 것이야말로 여성주의 문학론이다. 더욱이 지금까지 여성주의 문학론에 관심을 갖고 그 논의를 쟁점화 시키는 데 지대한 영향을 끼쳐온 이들이 대개 그 전공을 불문하고 여성운동을 이끌어 가고 있는 교수, 대학원생, 문화운동가라는 점을 염두에 둘 때 우리나라 여성주의 문학론의 현실적인 맥락을 짐작할 수 있다.

물론 이들의 여성주의 문학론은 문학론으로서의 한계를 명백히 드러내었다. 따라서 그에 대한 평가가 문학 쪽에서 있어야겠는데 정작 문학 전공자들이 문학론으로의 여성주의에 별다른 기여를 하지 못하는 것은 여성문제 내지 여성운동에 대한 관심이나 진지한 고민이 없기 때문이 아닌가 한다. 요컨대 우리의 여성주의 문학론은 통상 여성운동가들 간의 세계관 내지 여성관의 차이, 그들과 문학 전공자들 간의 더 현격한 관심의 차이로 인해 불협화음과 균열로 얼룩져 있다. 그리고 현재는 지면을 통한 한두 차례의 공방전,

인신공격의 과거를 접어 두고 각자 제 길을 가고 있는 중이다.

이 글은 그렇게 된 사정을 따져보기 위하여 여성주의 문학에 대한 논의의 흐름을 정리해 보되 단순한 서술이 아니라 논의를 쟁점화하는 데 주력할 것이다. 이를 위해 주로 1985년 후반부터 1995년 봄에 이르기까지 각양각색의 문학잡지 내지 여성운동 전문 무크지를 뒤져 여성주의 문학관을 의식적으로 표명한 글들을 모아 보았다. 그 중에는 단순히 서구 페미니즘 문학론을 소개하거나 번역한 글들도 있지만 구체적인 작품을 놓고 비평하거나 그러한 비평을 다시 비평하는 글이 대부분이어서 연구사적 검토를 하기에 충분하였다.

여성주의 문학론은 분명한 선을 그을 수는 없지만 1980년대와 1990년대를 가르는 확연한 특징적 징후를 드러냈다. 따라서 각 시기를 특징짓는 논의의 양상에 주목하되 그 안에서 벌어지는 쟁점을 부각시키기 위하여 항목별로 문제의식을 가장 첨예하게 드러내는 글들을 텍스트로 삼아 비교·분석할 것이다.

2. 여성문학사

여성문학사란 일차적으로 기존의 문학사에서 서술 당시의 성차별 이데올로기로 인해 배제되거나 소홀하게 혹은, 부당하게 평가받은 여성작가의 삶과 문학을 제대로 평가해서 그 문학사적 위치를 바로 잡아주는 것이다. 더 나아가서 여성작가의 글만으로 문학사를 구성해볼 수도 있다. 이때 여성문학사는 여성의 삶과 전망, 거기에서 유래하는 문체적 특징, 여성작가들 간의 영향 관계 등을 중심으로 여성들만의 문학적 전통 내지 문학적 삶의 과정을 온전히 드러낼 것이다. 물론 전자에 비해 후자는 다분히 분리주의적인 성격을 띠고 있지만 그 궁극적 목표는 대안으로서 여성문화의 확보일 터이다.

이상의 작업이 다분히 여성으로서의 작가에 초점이 맞추어져 있다면 남녀작가를 불문하고 그들이 형상화한 여주인공 내지 여성인물을 문학사의 인물로서 복권시키고 그들의 이미지를 통해 여성독자의 의식 내지 여성의 현실적 삶을 이해하는 작업도 있다. 또한 여성주의 시각이라는 문학사관을 갖고 기존의 문학사 전체를 재구성하는 작업도 기대해 볼 수 있다. 어쨌든 여성문학사는 1980년대부터 1990년대 중반에 이르기까지 지속적으로 주목을 받아 왔음에 틀림없다. 여기에서는 이 부분을 크게 나누어 여성작가의 삶과 문학으로 이루어지는 여성문학사와 문학사적 인물로서의 여주인공에 대한 논의를 중심으로 그 간의 연구 성과를 검토해 보겠다.

1) 여성작가의 삶과 문학

이 분야의 벽두를 장식하는 것은 단연 이재선의 「女流作家와 女性文學의 世界」[287]일 터이다. 그의 말대로라면 여성문학에 관한한 그 이전까지의 문학사는 성별의 차이에 근거해서만, 즉 작가가 여성이라는 데에만 의미를 둔 것이며 더 이상의 문학적 관심이 없었기 때문이다. 그런데 제목에서도 알 수 있는 것처럼 그는 성별의 차이에 근거한 여류작가와 그들이 쓴 여성문학을 따로 볼 줄 알았

---

287) 이재선, 『한국현대소설사』, 홍성사, 1979.

다. 더 나아가 그는 "性의 차이가 창조적 상상력이나 발상, 글의 양식 및 문제의식에 있어서 다소의 차이를 드러낸다는 사실"(429 면)에 착안하여 '여성문학의 개념 및 본질'을 해명하고자 하였다. 이러한 작업은 기존의 문학사에서 부당하게 취급된 여성작가를 재평가해 문학사적 복권을 마련해준다는 소극적인 차원에서 나아가 여성문학의 특수성을 규명해 보고자 한 점에서 독자적인 여성주의 문학론을 정착시켰다고 할 수 있다.

여기에서 여성문학의 특수성을 밝히는 작업이 갖는 중요성을 우리나라를 비롯해 서구 페미니즘 문학론의 전반적인 흐름을 염두에 두고 논의해 볼 필요가 있다. 이와 관련해서 가장 주목해야 할 사람은 일레인 쇼왈터(Elane Showalter)이다. 그녀는 당시까지의 페미니즘 문학론이 주로 남성의 글에 나타나는 성차별 이데올로기를 폭로하는 데 정력을 소비하고 있다고 비판하고 여성의 글에 관심을 쏟을 것을 주창했다. 여성의 글에 주목한다 함은 "작가로서의 여성, 여성이 쓴 글의 역사, 문체, 주제, 장르, 구조"[288] 등의 특징을 규명하는 작업으로 구체화되는데 이러한 여성주의 문학론을 그녀는 특히 여성중심비평(Gynocritics)이라 하였다. 이에 대해 루드벤(K.K.Ruthven)은 "여성 일반 특히, 여성작가들에 대한 남성 중심적인 편견을 폭로하는 부정적(negative)인 작업이 여성의 글이 갖는 특수성을 규정하는 좀더 긍정적(positive)인 작업에 의해 보완되어야만 했다."[289]라고 기술했다. 그렇다면 이렇게 여성문학

---

288) K.K.Ruthven, *Feminist Literary Studies-an introduction* (Cambridge Univ, 1984), p.94.
289) K.K.Ruthven, 같은 책, p.93.

의 특수성을 규명하는 데로 관심을 돌린 의의는 무엇인가? 그것은 남성의 글이나 비평이론을 바로잡고, 인간화하거나, 공격하기조차 하는 강박관념은 페미니즘 본래의 이론적인 문제들을 해결하는 데 있어 계속 남성 이론들에 의지하게 하며, 해결 과정을 지체시키므로 "페미니스트 비평은 반드시 그 자체의 주제, 그 자체의 체계, 그 자체의 이론, 그 자체의 목소리를 발견"[290]해야 한다는 데 있다. 물론 프랑스 페미니스트들을 비롯해 여기에 동참하는 많은 여성주의자들의 이에 대한 다양한 이론적 토대 내지 강조점들을 밝히는 것이 중요하지만 여기에서는 그러한 흐름의 양상만을 지적하는 것으로 그친다. 이쯤 되면 이재선의 '여성문학의 특수성' 운운이 여성주의 문학론의 역사에서 갖는 위치가 드러나기 때문이다. 더욱이 1970년대에 이루어진 그러한 논의의 양상이 이 분야에 관한한 현재까지도 지속적으로 드러난다는 점을 고려할 때 그 의의는 더욱 크다 할 수 있다.

하지만 이재선이 입각해 있는 이론적 토대는 많은 문제점들을 드러낸다. 우선 그가 프로이트를 다시 끌어들여 남녀의 성차를 운운하는 것부터 논의 전체를 무의미하게 만들기에 충분하다. 남/여, 적극성/소극성, 이성/감성, 우월성/열등성...으로 이어지는 프로이트의 이원론적 성차 개념 내지 그것들을 낳은 여성의 성욕에 대한 관념이야말로 모든 여성주의자들이 한번쯤 공격하는 바이며, 그것을 극복하려는 전 과정이야말로 페미니즘의 역사라고 할 수 있기 때문이다. 물론 쥴리엣 미첼(Juliet Mitchell)같은 이가 "정

---

290) 일레인 쇼왈터/박경혜 역, 「황무지에 있는 페미니스트 비평」, 『페미니즘과 문학』(김열규 외 역), 문예출판사, 1988, 24~25면.

신분석학은 가부장제 사회를 위한 권고(recommendation for a patriarchl society)가 아니라 그것에 대한 분석"이라 하며 프로이트를 '옹호'[291]하기도 해서 주목되지만, 그렇다 하더라도 생물학적 결정론에 입각한 비 사회·역사적이고 도식적인 분석방법, 분석자 내지 분석대상과 당대 성차별이데올로기 간의 거리를 고려하지 않은 분석과정, 그 결과 현실사회에 미친 엄청난 영향 등을 간과해서는 안 된다. 물론 정신분석학적 페미니스트들에 대한 프로이트의 기여도 무시할 수 없지만 그 기여라는 것도 따지고 보면 그의 방법론에서 암시를 받되 그것으로 그의 전제들을 비판하고자 한다는 점에서 부정적인 의미를 띤다. 오히려 그들은 생물학적 결정주의에서 일찌감치 벗어난 라깡의 해체주의 힘입은 바 크다고 할 수 있다.[292] 물론 이재선이 프로이트류의 생물학적 결정론 내지 거기에서 유래하는 '모든 여성(모든 남성)은 태어날 때부터 똑같다'라는 식의 본질주의적인 여성관을 갖고 있다는 것만이 문제는 아니다. 더 중요한 것은 여성에 대한 선입견을 여성작가의 글에 그대로 적용한다는 점이다. 이쯤 되면 여성문학의 특수성을 해명하기보다는 혹은 당대 작가로서 여성의 특수성을 고려하기보다는 일반 여성의 특성에 관심이 더 많은 것이 되고 말았다. 따라서 "남성작가들이 주로 外發的인 主題로서의 사상성 및 사회성을 중시하는

---

291) Raman Selden, *a reader's guide to contemporary literary theory*(Billing and Sons Ltd.), 1989, p.146.
292) 이에 대해서는 Rosemarie Tong, "Psychoanalytic Feminism", *Feminist Thought—A Comprehensive Introduction*(Westview Press Inc.), 1989, p.139 참조.

데 비해서 여성 작가들은 內的 主題라고 할 수 있는 여성리얼리즘
(female realism)이나 개인 생활성을 강조한다든가 男性原理를 비
판하는 경우가 많"(430면)다는 얘기는 그 내용의 중요성에도 불구
하고 실제 작품과는 무관한 또 다른 선입견에 불과한 것이다.

더욱이 이재선이 "토운의 차이를 통해서 男女作家의 성적인 차
이, 글의 양식에 나타나는 차이를 해명"(430면)하고자 한 메어리
엘만(Mary Ellmann)의 논의를 끌어와 '남성적 양식'과 '여성적 양
식' 운운하는 것도 문제가 아닐 수 없다. 물론 엘만을 비롯한 수많
은 여성중심비평가들이 이러한 작업을 진행시키고 있는 것은 사실
이지만 거기에는 납득할 만한 이론적 토대와 적절한 논리의 전개
가 있다. 즉, 이들 대부분은 "고정되거나 고유한 여성의 성욕이나
상상력은 없지만 그럼에도 불구하고 여성의 글과 남성의 글 사이
에는 현격한 차이가 있다"293)는 점에 착안하여 여성이 쓴 글을 먼
저 검토하고 거기에서 남성작가의 글과 상이한 점을 찾아내는 것
부터 한다. 그 다음 그 차이의 원인을 예컨대 여성경험의 특수성
(생리, 임신, 출산...:쇼왈터), 여성 내지 여성작가의 사회·문화적
환경(엘만)294), 여성무의식 내지 신체의 특수성(프랑스 페미니즘)
등과 관련시킨다.295) 즉, 이들은 성차보다는 여성이 쓴 글의 특수
성을 규명하되 왜 그러한 특성을 갖게 되었나 하는 점에 더 많은
관심을 쏟는 것이다.

---

293) Raman Selden, 앞의 책, p.141.
294) 예를 들면, "여성작가들이 압도적인 가부장제 문화에 반응해온
    방식"(Raman Selden, 앞의 책, p.144 참조)
295) 이에 대한 구체적인 논의는 김열규 외 공역, 앞의 책, 18면 참
    조.

지금까지 이재선의 이론적 토대 내지 진술방식296)을 살펴보았는데 그 부적절성은 실제 작품 분석에도 나타나는 바, '대담한', '여성다움', '성의 중화성을 통해서 남성작가와 조금도 차이가 없는' 등의 말들이 다수 눈에 띠는 것은 그 단적인 예라 하겠다. 이로써 볼 때 '여류문학론'을 극복하고자 한 이재선의 시도 역시 역성작가의 삶과 문학을 객관적으로 평가하는 데 실패했다고 할 수 있다.

이와는 달리 기존의 문학사에서 온당한 취급을 받지 못한, 개별적인 여성작가의 삶과 문학을 폭넓게 다루는 논의들이 있는데 이에 관한한 강경애와 그의 〈인간문제〉가 주로 관심의 대상이 되고 있다. 우선 이상경은 강경애가 식민지 시대의 다른 여성작가들과 명확히 구별되는 작가적 기질을 갖고 있다는 점을 강조한다. 즉 다른 여성작가들은 작품이 없는 문단생활로 당대적 명성만을 추구하는 데서 나아가 "특정층 여성의 병적인 삶의 일면에 대한 감상적인 문장으로 그야말로 '여류'라는 접두어를 자랑처럼 붙였으나 막상 그녀들의 작품에 형상된 여성의 심리와 생활은 건강한 여성 일반의 삶이 예술적 형상을 얻는 데 오히려 장애"297)가 되었다면 강경애는 그와는 다른 예술적 성과를 올렸다는 것이다. 이러한 관점은 여성작가로서보다는 작가로서의 강경애에 주목하는 것인데 이로써 그녀는 "세계를 인식하는 태도와 그것을 소설로 구성하는

296) 예컨대, 여성성 규정→여성작가의 특성 규정→분석대상인 작품의 세계 요약→실제 작품 분석.
297) 이상경, 「강경애의 삶과 문학」, 『여성과 사회』창간호, 창작과 비평사, 1990, 332면.

방법에 있어 탁월한 역량"(350면)을 갖고 있으므로 당대의 "여성, 남성 작가를 불문하고"(333면) 중요한 작가적 위치를 부여받게 된다. 더 나아가서 〈인간문제〉는 "식민지시대 최고의 리얼리즘 소설"로, "식민지 시대 최고의 노동소설"(351면)로 재평가된다. 물론 여기에서 '작가로서의 강경애'에 접근하는 관점과 사회주의 리얼리즘에 입각한 작품론 내지 그 결과를 문제시하는 것은 역부족이라 숙제로 남겨둘 수밖에 없다. 그렇다 하더라도 강경애를 제외한 식민지 시대의 다른 여성작가들이 앞서 지적했던 그러한 한계로 "문학사적 의미부여를 전혀 받지 못하고 잊혀"(333면)졌다고 한 말은 재고해 볼 필요가 있다. 강경애의 특수성을 강조하느라고 한 말이 겠지만, 더욱이 강경애는 그들과 상이한 작가적 위치에 있다는 것을 인정하더라도 문제는 남아 있다. 즉, 그들은 기존의 문학사에서 거듭 지적된 것처럼 자신들의 그러한 한계 때문에 혹은, 오직 그것 때문에 문학사적으로 의미를 부여받지 못한 것일까? 이러한 의문이 타당하다면 그런 식으로 무조건 폄하하기보다는 실제적인 작품 분석은 물론이고 그 원인에 대한 다각적인 검토가 있어야 하지 않을까? 게다가 여성주의 문학론이야말로 그렇게 "문학사적 의미부여를 전혀 받지" 못하고 잊혀진 여성작가들을 문학사적으로 복권시키는 데 일차적인 과제가 있지 않을까?

이에 반해 강이수는 대부분의 사회학 전공자들처럼 강경애 내지 그의 〈인간문제〉를 '여성문제 인식'이라는 범주 속에서 고찰한다. 이러한 범주 및 그 의의에 대해서는 다음 장에서 자세히 살피게 될 것이지만 간단히 정의를 내리면, '작가가 당대의 여성문제 즉, 여성억압의 근원과 그 타개책에 대해서 어떻게 생각하고 작품으로 구현해 내는가 하는 것을 작품 성과의 관건으로 삼는 것'을 말한다. 특히 강경애를 논할 때 이러한 범주를 끌어들이게 되는 데는 1927년에 결성된 전국적인 여성대중 운동 조직체인 근우회에 그녀가 참여했다는 사실이 크게 작용했다고도 볼 수 있다. 어쨌든 여성문제 인식에 관한한 〈인간문제〉를 통해 강경애는 "식민지하 억압받는 민중의 한 부분으로서의 여성의 삶과 계급 문제의 연결고리는 잘 그려내고 있으나 그 밖의 여성들의 다양한 삶의 문제에 대해서는 지나치게 단순화하거나 관심을 기울이지 않"298)은 것으로 평가된다. 물론 이러한 지적은 현재에도 여성운동 내지 여성주의 문학론의 유력한 갈래가 되고 있는 맑시즘의 한계를 언급한 것으로 볼 수 있지만 "때로는 다른 어떤 문제에 비해서도 남성과 여성의 대립적 관계가 심각한 사회문제로 생각되기도 한다."(348면)는 말에서도 알 수 있듯이 급진주의적 여성주의를 제고하는 의미를 띤다. 이 양자에 대해서는 다음 장에서 충분히 논의될 것이다.

다음으로 논의할 것은 여성작가가 쓴, 혹은 그럴 가능성이 있는 글만을 엮어 독자적인 여성문학사를 서술하는 일련의 작업이다. 우선 고정희는 「한국 여성문학의 흐름」299)에서 "한국문학사에서 여성작가군이 어떻게 진출해 왔으며 어떠한 세계를 형성하였고 또 새로운 문화개혁운동을 표방하는 여성운동의 차원에서 어떤 비전을 제시할 수 있는가"(96면) 하는 점을 따지기 위해 여성문학사를

---

298) 강이수, 「식민지하 여성문제와 강경애의 〈인간문제〉」, 『역사비평』 22호, 역사비평사, 1993, 348면.
299) 고정희, 「한국 여성문학의 흐름」, 『열린 사회 자율적 여성』(또 하나의 문화) 제 2호, 평민사, 1986.

기술한다고 하였다. 그런데 최초의 한국 시가라 할 수 있는 〈공무도하가〉가 여성의 작품임을 강조하면서 각 시대별로 여성작가들의 삶과 문학에 대해 평면적으로 서술하고 말아 아쉬운 감이 있다. 물론 이러한 작업은 많은 자료를 통해 작가로서의 여성이 처한 사회·문화적 내지 문단사적 환경, 그로 인한 작품의 특징들에 대해 상세히 알려준다는 점에서 자료적 가치만으로도 높이 평가할 만하다. 하지만 여성문학사를 따로 마련하는 데에는 나름대로의 서술 원리 내지 독특한 목적이 있어야 할 것이다. 예컨대 여성문학의 흐름에 일관성 있는 특징이 나타난다면 그것은 생물학적인 성차에 의한 것인가 아니면 그를 포함한 사회·문화적인 억압에 의한 것인가, 그리고 그러한 특징들은 계승할 만한 것인가 아니면 억압적 현실과 더불어 극복되어야 할 것인가 하는 다양한 문제의식을 갖고 있어야 여성문학의 장래도 보장 받게 될 것이다.

이와는 달리 '죽음을 무릅쓰는 이타적 여성성'300)이라는 여성 주제 내지는 '결혼거부 모티프' 등으로 구체화되는 '자기발견의 서사'(32면)라는 여성플롯을 통해 한국 여성문학의 계보를 마련하려는 시도도 있었다. 전자는 '신화적 의미소'(38면)로서 인류 공통의 선험적 여성성에 착안했기에 그 폐쇄적 논리가 문제시되는 반면에 후자는 다양한 논의를 열 가능성이 있다. 왜냐하면 펠스키가 제시한 '자기발견의 서사'는 매 시기 "여성 운동에 나타난 여성정체성의 변화하는 내용에 따라"(33면) 형성되는 개념이기 때문이다. 따

---

300) 김정란, 「Stabat Mater, 서 있는 성모들—죽음과 육체를 견디는 여인들, 여성 시인들, 수인(囚人)들?」, 『문학정신』 59호, 열음사, 1991.

라서 서정자가 1930년대의 자유주의 페미니즘과 관련시켜 결혼거부 내지 모성탐구 모티프를 통해 여성문학의 흐름을 정리하고 난 그 시점에서부터 다음 시기 여성문학의 특징을 점검해보는 새로운 작업을 시작할 수 있다.

이상 여성문학사에 관한한 다양한 방법론이 계발될 수 있고 궁극적인 목표는 여성문학의 전통을 수립하는 것이 되겠지만 그 의의와 그것이 기초로 하고 있는 여성정체성의 본질에 대한 탐구가 선행되지 않는다면 "소위 여류의 상투성을 '소름끼치도록' 합법화할 수 있는"[301] 위험을 면치 못할 것이다.

2) 여주인공의 이미지

한국문학 연구사를 훑어보면 작중의 여성인물 내지 여주인공의 이미지, 그로써 알 수 있는 작가의 여성관 등을 연구한 논저가 많다. 우선 조선시대와 같은 전형적인 가부장제 사회에서 출현한 40여편이나 되는 여성영웅소설은 그 여성주의적 의의를 불문하고 학계에서 크게 주목을 받아왔다. 그런데 이에 대한 일련의 연구물들에서 특징적인 것은 작가를 알 수 없기 때문이기도 하겠지만 여성영웅의 형상을 통해 작자의 여성관을 따지기보다는 당대 사회의 진일보한 여성관 내지 여성의 현실에 주목한다는 것이다. 일례로 전용문은 여성영웅소설이 '남녀평등사상과 여성교육의 발전된 면모'[302]를 보여주고 있다고 한 바 있으며, 임병희는 여성이 사회

---

301) 서정자, 같은 글, 32면.
302) 전용문, 「여성영웅소설의 계통적 연구」, 충남대 박사논문,

변혁의 주체로 참가한 구체적인 사건을 검토한 후 여성의 정치적 지도력을 현실적으로 인정하는 일단의 흐름303)이 문학에 반영된 것이라 하였다. 이에 대해 필자는 다른 사회적 현실과는 달리 여성의 현실에 관한한 조선조 초기에서 후기로 갈수록 특히, 17세기 이후에 극도로 억압적인 방향으로 전개되었다는 사실에 주목하여 상이한 결론을 내린 바 있다.304) 즉, 여성영웅소설은 〈설인귀전〉, 〈태평광기〉 등을 비롯한 외국문학의 영향을 받아 등장해서 여성독자에게 신분상승에 대한 의지를 심어주고, 이후 근대적인 여성관 내지 여성운동에 일익을 담당했다는 점에서 그 여성주의적 의의가 있다는 것이다. 더욱이 대부분의 논자들이 긍정적이고 적극적인 여성상이라 평가하는 여주인공의 면모에 대해서는 여성의 자아실현 방식과 영웅적 자질이 남성과 동일한 수준에서 혹은 남성적인 기준에 의해서 비교되거나 남성보다 우월하다는 식으로 논의된 것에 문제 제기를 하기도 했다. 그 결과 여성영웅소설에 나타나는 여성상은 여성의 경험적 현실 및 감정, 성적인 욕구 등을 전혀 고려하지 않은 남성중심적인 사고의 소산임이 드러났다. 이에 관한한 조선시대의 사회사에 대한 깊이 있는 연구를 기대하며 후기를 기약할 수밖에 없지만, 현재로선 작중의 내용을 현실과 직결시키는 소박한 반영론은 지양되어야 할 것이다.

이와 관련하여 송명희는 그간 "한 여자의 성적 타락이 빚은 불

1988, 42면.
303) 임병희, 「여성영웅소설의 유형과 변모양상」, 고려대 석사논문, 1989, 102, 104면.
304) 졸고, 「여성영웅소설 연구」.

행이라는 개인적인 문제"305)와 관련하여 이해되어 온 〈감자〉의 여주인공 복녀에 대해 새로운 독법을 시도하였다. 즉, 그에 의하면 복녀의 성적 타락은 "식민체제의 경제구조와 정치구조 그리고 남녀관계"라는 이 작품의 지배적인 구조를 통해 이해되어야 하며 더욱이 그러한 구조가 "내면화된 모습으로 작중인물에게 작용하는"(38면) 측면을 고려한다면 개인적, 도덕적 문제라기보다는 사회적이고 집단적인 문제로 간주될 수 있다는 것이다. 간단히 언급하고 말았지만 이 글은 문학사회학적 내지 이데올로기적 비평을 도입한 것으로 여성이미지 비평에 있어 성과 있는 시도로 간주할 수 있다.

다음으로 작가 내지 독자 의식을 포함하는 문화적 시각으로서 여성중심적 시각을 확보하여 그것이 "고소설의 여성인물을 형상화하는 데 있어서 어떠한 영향을 미쳤는지"에 대해 검토한 연구가 있다.306) 이 글은 먼저 현실의 사회·문화에서 여성중심적 시각이 형성된 징후들을 밝히고 그것이 배제된 예로 〈구운몽〉을, 부분적으로 수용된 예로 〈하진양문록〉을, 확대된 경우로는 〈춘향전〉, 〈노처녀 고독각시〉 등을 들어 작품 분석을 하였다. 그 결과 "여성중심적 시각은 남성중심적 시각이 도외시하였던 여성의 체험, 감정, 욕구 그리고 인격과 개성의 측면을 부각시켰다"는 점, "문학사에 있어서 여성중심적 시각이 갖는 중요한 의의는 바로 여성인물

---

305) 송명희, 「여성의 삶과 사회구조-김동인의 「감자」를 중심으로」, 『세계문학』 24호, 민음사, 1982, 28면.
306) 박명희, 「고소설의 여성중심적 시각연구」, 이화여대 박사논문, 1990.

에 대한 새로운 해석과 이해의 확대"(124면)라는 점 등이 밝혀졌다. 이러한 논의는 성별로서의 남녀가 아니라 문화적 층위로서의 남성중심적 시각과 여성중심적 시각을 통해 문학사를 재구성하는 하나의 방법론으로서 의의가 있지만 작품의 내용과 현실의 사회·문화적 시각 간의 관계에 관한 치밀한 분석의 여지를 남긴다.

3. 여성문제의 형상화

여성주의 문학론에 있어서는 작가가 여성문제를 어떻게 인식하고 있는가 하는 것이 작품의 성패를 좌우하는 중요한 변수가 될 수 있다. 현실의 여성운동과 여성주의 문학론이 맞닿아 있는 지점도 다름 아닌 이 부분이다. 그러다 보니 한 때(1985-1991년) 여성주의 문학론은 문학론으로서의 여성주의라기보다는 여성주의 논쟁을 위해 문학을 도구로 삼는 폐단이 있었다. 물론 서구에서도 페미니스트들이 자신의 이론을 정립하는 데 문학을 자주 이용해 문학 전공자인지 여성운동가인지 구분이 안 가는 게 사실이다. 이에는 영상 매체를 비롯한 문학작품이 대중적 효과를 크게 낼 수 있고, 분석대상으로서 쉽게 접근할 만한 것이라는 인식이 작용했음에 틀림없다. 어쨌든 문학론으로서의 한계를 드러내고는 있지만 이 문제에 관한한 여성주의 문학론에서도 간과할 수 없는 것이기에 한번 쯤 짚고 넘어가야 하리라 본다.

여성주의 문학론에서 여성문제 인식이라는 범주와 관련된 논쟁은 주로 여성운동 전문 무크지인 『여성』과 『또하나의 문화』를 중심으로 벌어졌다. 1985년 『여성』1에 게재된 「여성의 눈으로 본 한국문학의 현실」에 대한 조은 교수의 비판[307])에서부터 비롯된 이 논쟁은 해를 거듭할수록 두 갈래의 분명한 입장으로 귀결되었다. 특히, 이들은『또하나의 문화』동인인 박완서의 문학을 중심으로 가장 첨예한 갈등을 일으켰다는 점에서 양자의 시각을 대표할 수 있는 박완서론 두 편을 중심으로 논의를 풀어가기로 한다.

먼저『여성』2에 게재된「여성해방의 시각에서 본 박완서의 작품세계」의 공동필자들이 내세우는 진정한 여성주의 문학론은 "민족민중문학론의 요구와 맥을 같이 하는 것"에서 나아가 "이제까지 주목되지 못했던 현실의 여성억압적 측면을 문학작품이 우리 사회의 전체 모순 구조 속에서 제대로 포착해 내었는가를 따지고 그 해결의 방향성을 제시함으로써 기존의 문학논의를 새로운 차원으로 고양"[308])시키는 것이다. 또한 이러한 여성주의 문학론을 뒷받침하고 있는 그들의 현실관과 여성관은 "우리 사회가 계층간 및 민족간의 실질적 불평등을 그 발전 동력으로 삼는 자본주의 세계체제의 한 부분이기 때문에 필연적으로 안게 되는 반민족적·반민중적 성격은 주지하다시피 기본적으로 자본이 자기의 이해관철을 위해 전통적 성별분업을 새로이 구조화하고 남녀차별적 이데올로기를 강화하여 이용하는 반여성적인 성격으로 말미암아 더욱 강화된다."(202면)는 말로 요약된다. 그렇다면 여기에서 여성문제는 자본주의에 의한 전통적 성별 분업의 구조화 내지 성이데올로기의 강

307) 조 은, 「『여성』이 제시하는 '올바른' 여성운동의 방향은?」, 『열린 사회 자율적 여성』(또하나의 문화) 제 2호, 평민사, 1986.
308) 김경연 외, 「여성해방의 시각에서 본 박완서의 작품세계」, 『여성』2, 창작과비평사, 1988, 202면.

화로서 전 계층의 여성과 관련되며 그 해결책은 자본주의의 철폐
이다. 따라서 이들에 의하면 기왕에 중산층 여성의 현실을 중점적
으로 다룬 박완서의 문학은 성별분업의 구조화에 의해 억압 받는
중산층 여성 특유의 소외문제와 직결되어야 했다. 그런데 박완서
의 문학은 여성문제를 본격적으로 다루기 시작한 최근의 작품에
있어서조차 "가사노동의 문제라든가 성차별적 이데올로기의 문제
등을 배태시키는 사회구조적 원리에 대한 성찰로 이어지지 않은
채 남성의 추악한 측면에 대한 비판으로 그치거나 형식적 평등을
주장하는 데 머무는 것으로 귀결되고 만다."(232면) 요컨대 이 글
의 공동필자들이 내세우는 여성주의 문학론에 비추어 볼 때 박완
서의 문학은 '하층계급에 대한 편견'(233면)은 차치하고라도 중산
층 여성의 문제나마 성과 있게 다루지 못했다는 것인데, 여기에는
여성문제에 대한 인식의 차이가 크게 작용했을 터이다. 이러한 차
이와 관련해서 『또하나의 문화』를 사회주의 여성운동론으로 규정
하는 것309)은 오류이다. 더욱이 공동필자들의 시각을 논하면서
"전통적 맑시즘 여성해방론이 민중 문학론에서 전제로 삼고 있는
노동자 계급의 당파성을 여성문제에도 그대로 내포"310)하고 있다
고 한 것은 커다란 오독이다.311) 여기에서 페미니즘으로서의 전통

---

309) 정혜경, 「한국의 여성문학론」, 『새로운 비평논리를 찾아서』(최
    동호 편), 나남, 1990, 335면.
310) 정혜경, 같은 글, 336면.
311) 이에 대해서는 이 글의 공동필자 중 한 사람에 의해 해명된 것
    처럼 이들의 글과 그것을 비판하는 이후의 글 사이에 강조점이
    다르다는 것을 간과하고 한통속으로 취급한 결과이다. 즉, 나중
    에 살펴보겠지만 '노동자 계급의 당파성' 운운은 다른 이들의

적 맑시즘이 무엇인지 간단히 검토해 볼 필요가 있다.

페미니즘은 통상적으로 자유주의, 전통적 맑시즘, 급진주의, 사회주의(유물론)로 나뉜다. 그 중 전통적 맑시즘은 자본주의 정치이론과 관련이 있는 자유주의를 비판하고 나온 것으로, 인간본성에 대한 마르크스의 초기 저작과 엥겔스의 『가족, 사유재산, 국가의 기원』에 편린처럼 나타나는 여성관을 말한다. 즉, 여성문제에 대한 일관성 있는 이론을 갖추지 못했다는 것이 바로 전통적 맑시즘의 특징인 것이다. 여기에서 그나마 볼 수 있는 여성관은 "여성의 종속이 계급사회의 제도에서 비롯된 것으로 자본가의 이익에 봉사하기 때문에 현재까지 유지"되어 왔다는 것, 이와 관련하여 "일부일처제 결혼은 계급사회와 연관되어 자본주의와 묶여 있다"는 것, 따라서 "일부일처제로부터 여성을 해방시키기 위하여 자본주의를 종식시켜야 한다."[312]는 것 등이다. 그렇다면 이러한 관점이 현대 여성문제와 어떻게 관련되는가? 우선 맑시즘에 있어 소외 즉, 생산노동으로부터의 소외 때문에 노동자 계급의 여성보다 더 억압을 받고 있는 자본가 계급의 여성은 노동자계급의 남성과 공동의 이해관계를 가진다. 그리고 노동자 계급의 여성은 같은 계급의 남성으로부터 억압 받지 않은 채 자본주의를 전복하는 데 그와 공동의 이해관계를 가지게 된다. 따라서 여성노동자는 단지 노동자로서만

지론이다.(전승희, 「여성문학과 진정한 비판의식-조혜정씨의 시각이 지닌 문제점」, 『창작과 비평』 72호, 창작과비평사, 1991, 122면)

[312] 엘리슨 재거·공미혜, 이한옥 역, 『여성해방론과 인간본성』, 이론과 실천, 1992, 72-74면. 이하 전통적 맑시즘에 대한 내용은 이 글을 참조함.

억압을 받고 중산층 여성은 인간에게 있어 자아실현의 유일한 방식인 노동으로부터 소외되는 한편 경제권이 없는 가정 내에서 성차별로 억압을 받게 된다는 것이다. 이러한 관점은 이후에 사회주의 여성해방론에 의해 심한 비판을 받게 되는데 특히 여성노동자는 노동자로서뿐 아니라 직장과 가정에서의 성차별로 인해 억압을 받는다는 삼중모순을 간과하고 말았다. 더욱이 여성노동자의 경우 직장과 가정에서의 성차별로 인한 저임금 구조가 노동자 계급 전반의 임금을 하락시켜 자본의 논리에 일익을 담당한다는 것은 주지의 사실이다.

이로써 볼 때 앞서 제기된 전통적 맑시즘 내지 노동자 계급 당파성 운운은 오독의 결과라고 밖에 할 수 없다. 『여성』은 바로 전통적 맑시즘의 그러한 한계에서부터 출발하여 맑시즘에서 간과한 가사노동이라는 범주로 중산층 여성의 소외를 다루고 생산 내·외의 성차별이라는 범주로 임노동 여성들의 억압을 다루기 때문이다. 물론 이러한 억압의 수단이 되고 있는 가부장제 이데올로기도 고려의 대상이 되지만 『여성』에게 있어 기본모순은 자본주의의 정치·경제 구조이다. 그러니 자본주의를 철폐하는 것이 여성해방의 관건임은 물론이다. 더욱이 『여성』이 자본주의 세계체제가 영속화시키는 분단문제 운운하는 것은 우리 사회의 특수한 현실을 고려한 것이다. 이쯤 되면 『여성』 및 공동필자들의 입장은 맑시즘의 한계를 극복하고 나아간 사회주의 여성해방론에 가깝다. 그것이야말로 계급성·인종 등을 한 가지로 고려하는 것이기 때문이다. 맑시즘이 인간 본성 특히, "생식의 문제에 있어서 역사적 변화가 어떤 식으로 일어나든 어떤 기본적인 특징들이 항상 동일하게 존재한다고 가정"313)하는 것은 자체의 중심적인 원칙인 사적유물론과 일치하지 않는다고 비판하는 것으로부터 사회주의 여성해방론은 시작된다. 더 나아가서 사회주의 여성해방론은 '전통적 마르크스주의'가 '정통적(orthodox)' 마르크스주의가 아니며 마르크스의 중심적인 원칙을 적용하고 있는 '사회주의 해방론'이야말로 정통적이라고 말한다. 왜냐하면 "정통 마르크스의 핵심이 유물사관"이기 때문이다.314) 그렇다면 『여성』이 맑시즘처럼 현대 자본주의 사회의 여성문제뿐만 아니라, 과거로부터 현재에 이르기까지 매 시기의 생산양식 및 정치구조와 관련해서 여성 문제를 분석하는 것315)은 바로 이러한 사적유물론에 기대고 있다는 증거가 아니겠는가. 물론 『여성』의 입장을 사회주의로 파악하는 것이 필자만의 생각도 아니고316) 또 그러한 파악 자체가 큰 의미를 갖는 것은 아니지만 그간의 오해를 해명해 본다는 점뿐만 아니라 사회주의 여성해방론과 관련해서 『여성』의 입장을 분명하게 드러내서 쟁점화 시키고자 했다는 점에서 전혀 무익한 논의는 아니었으리라 본다.

다시 박완서론으로 돌아가서, 『여성』의 공동필자들은 "여성문학론이 민족민중문학론을 새로운 차원으로 고양시키는 논의로서, 구

---

313) 엘리슨 제거, 앞의 책, 87면.
314) 엘리슨 제거, 앞의 책, 58면.
315) 이에 대해서는 "여성문제에 대한 올바른 인식이 그 사회의 역사적 단계 및 계급 구성 등에 관한 총체적 이해를 전제"로 한다는 입장 및 그에 입각한 작품론에서도 충분히 드러난다.(김성희 외 「『토지』에 나타난 여성문제 인식과 역사의식」, 『여성』3, 창작과비평사, 1989, 201면)
316) 김영희, 「여성문학론의 비판적 검토」, 『창작과 비평』 61호, 창작과비평사, 1988, 189면.

체적인 작품 분석에 있어서는 작품 전체의 리얼리즘적 성취를 따져보는 작업이 되어야 한다"(203면)고 하면서 "삽화식으로 나열된 세태비판이 작품의 본줄거리에 통합되지 않은 채 그것을 압도함으로써 작품을 산만"(232면)하게 한다는 등 구성상의 문제점을 지적하는 데도 소홀히 하지 않는다. 이러한 지적의 진위야 필자가 작품을 직접 검토하고 나서야 가려지겠지만 여성문제 인식과 관련된 작품의 모든 한계를 '작가의 시각이 지닌 계층적 한계', '작가 자신의 계층적 기득권'과 되풀이해서 관련시키는 것은 작품론을 포기한 것이나 다름없다고 본다. 특히, "어찌 보아서는 민중이니 운동이니 그녀가 평소에 감당하기 힘들었던 부분을 여성문제를 빌미삼아 왜곡하고 조롱하고 있다고 읽힐 소지가 있다."(235)는 말은 거꾸로 다른 무엇인가를 '빌미삼아' 박완서문학을 '왜곡하고 조롱'하는 것으로 읽히지 않겠는가. 더구나 이들은 앞서 발표된 「여성의 눈으로 본 한국문학의 현실」을 놓고 "작품 전체를 고려하기보다는 남주인공의 여성관이나 여주인공 자신의 태도만을 문제 삼음으로써 작가의 한계와 주인공의 한계를 명확히 구분하지 않고"(202) 있다고 비판한 바 있는데, 당대 현실의 성차별 이데올로기와 작가 의식 간의 관계에 대해서도 마찬가지의 문제가 생기지 않겠는가. 그렇지 않고서 작품 분석의 결과를 온통 작가 자신에게 돌리고서 공격하는 폐단을 낳은 것이 바로 케이트 밀레트(Kate Millet)의 『성의 정치학』인데 그에 대한 비판은 다각도로 이루어져 있는 상태다. 예를 들어 코라 카플란(Cora Kaplan)은 문학작품에 대한 밀레트의 태도가 "저자, 주인공, 시점 등을 문제의식 없이 동일한 것으로 취급하며, 문학은 늘 작가의 이데올로기를 의식적으로 표현한다는 가정을 은연중에 받아들인다."[317]고 말한 바 있다. 이는 텍스트의 허구적·문학적 구조를 부정해 버리는 경향이 특히 '여성과 문학'의 분야에 강력한 힘을 발휘하고 있다는 점은 아주 기이한 현상으로 보인다.[318]는 미셸 바레뜨의 우려와 맥을 같이 하는 것이다. 여성문제의 형상화에 관한한 문학론으로서의 여성주의가 이제부터 거듭 고민해야 할 부분이 아닌가 한다.

다음은 예의 '노동자계급 당파성'과 관련된 여성문학론이다. 『여성운동과 문학』1에 게재된 「여성문학론 정립을 위한 試論」의 공동 필자들은 앞서 『여성』에서 내세운 문제의식에서 나아가 여성노동자의 삶과 문학에 초점을 맞출 것을 주장한다.[319] 즉, 이들도 모든 계층의 여성이 그 양상과 정도는 다르지만 자본의 논리로 인해 억압을 받는다는 사실에 동의하지만 "자본주의 사회에 있어서 여성문제의 핵심인 '여성노동자의 착취'라는 모순을 가장 첨예하게 겪는 기층여성의 시각"(290면)에 설 것을 강조하는 것이다. 따라서 이들의 여성문학론은 『여성』과 마찬가지로 "민족민중 현실의 총체적 모순 구조 속에 특수한 형태로 내재(內在)해 있는 여성문제를 얼마나 리얼하게 포착해 내고 있으며, 올바른 방향으로의 전

---

317) Cora Kaplan, "Radical Feminism and Literature:Rethinking Millett's Sexual Politics", Feminist Literary Criticism(Mary Eagleton ed.), Longman Inc., 1991, p.164.
318) 미셸 바레뜨·엄혜숙 역, 「이데올로기와 성의 문화적 생산」, 『여성해방문학의 논리』(한국여성연구회 문학분과 편역), 창작과 비평사, 1990, 218면.
319) 김영혜 외, 「여성문학론 정립을 위한 試論」, 『여성운동과 문학』 1(민족문학작가회의 여성문학분과위원회 편), 실천문학사, 1988.

망을 제시하고 있는가를 분석하고 비판"하되 "철저히 기층여성의 입장에서", "남성노동자들과는 달리 '여성'으로서 겪게 되는 특수한 고통과 갈등"(292면)을 포착해야 한다는 것으로 요약된다. 이러한 문제의식은 이동하320)에게로 이어지는데 그는 민중 내지 민중문학이라는, 오늘날에는 다소 막연한 개념이 노동자 계급 내지 노동문학으로 새로이 정립될 필요가 있음을 먼저 강조하였다. 이는 단순히 억압적 측면만을 강조한 것이 아니라 해방의 측면까지 고려하는 성격을 띤다는 점에서 앞의 필자들과 약간 다른 시각이다. 따라서 여성노동자 집단의 시각에 서야 한다는 것은 그들이 "오늘의 우리 사회에서 가장 큰 억압과 고통 아래 놓여 있으면서 또한 그 질곡을 극복할 가능성도 적지 않게 가지고"(72면) 있기 때문이다. 간단한 서평이긴 하지만 김양선321)의 논의도 이와 같은 시각임을 밝혀둔다.

　다시 박완서론으로 돌아오면,『여성』의 공동필자들과 팽팽히 맞서는 조혜정을 만나게 된다. 조혜정은 그간 자신이 속해 있는 『또하나의 문학』 내지 다른 지면을 통해 꾸준히 자기 나름대로의 여성주의 문학론을 피력한 바 있다. 더욱이 그들 대부분은 박완서 문학을 올바로 이해하고 평가하려는 노력임과 동시에, 그에 대한 이해의 여지가 없는 평단 내지 다른 여성주의 문학론을 일깨우기 위한 의식적인 작업과 관련되어 있다. 여기에서는 그러한 일련의

---

320) 이동하, 「여성노동자의 삶과 오늘의 문학」, 『문화예술』124호, 한국문화예술진흥원, 1989.
321) 김양선, 「여성작가들의 장편소설에 나타난 새 경향」, 『창작과 비평』76호, 창작과비평사, 1992.

작업이 총결산되어 있다고 할 만한 「박완서문학에 있어 비평은 무엇인가」322)를 검토해 보면서 그의 문제의식의 일단을 논해 보기로 한다.

우선 그는 "비평이란 원래가 이야기꾼의 작품을 〈살려내기 위한〉 것인데 이야기꾼 덕분에 존재하는 평론가들은 어떤 근거에서 그러한 횡포를 자행하는가"(97-98면)라는 문제의식에서 출발하되, 그것을 특히 박완서문학을 통해 해명해 보고자 한다. 여기에서 〈살림〉의 비평과 〈죽임〉의 비평이라는 말을 빈번히 사용하여 그가 희망하는 바는 물론 "〈죽임〉의 비평을 〈죽임〉으로써 결국은 〈살림〉의 글로 읽힐 것이라"(143면)는 점이다. 이에 대해서는 "작품의 내적 논리를 충실히 읽는 것을 넘어서 그것을 무비판적으로 추수하는 것이 곧 '살림'일 수 없다. 진정한 공감은 제대로 된 비판의식과 별개일 수 없으며, 좋은 비평이란 살릴 부분은 살리고 '죽일' 부분은 '죽여주는' 것일 터이다."323)라는 『여성』 동인의 '당연한' 비판이 있었던 바, 그렇다면 '살릴' 부분과 '죽일' 부분이 무엇인가가 관건이 되겠다.

그런데 조혜정은 여성으로서 '박완서'를 살린다는 지나친 강박관념 때문에 작가로서의 박완서문학에 대한 통찰력을 결하고 있는 것 같다. 왜냐하면 "개인주의 휴머니즘에 바탕을 두고 있다는 데 문제"가 있다는 성민엽의 말은 박완서문학에 대한 온당한 평가라고 할 만한 것인데 조혜정은 그것을 "심한 오독(誤讀)에 근거한 무

---

322) 조혜정, 「박완서문학에 있어 비평은 무엇인가」, 『작가세계』8호, 세계사, 1991.
323) 전승희, 앞의 글, 103면.

의미한 충고"(112면)로 받아들이고 있기 때문이다. 더욱이 "자기 혼자 〈주체〉로 서는 것을 뜻하며 현재의 억압사슬에서 놓여남을 의미하는 미래지향적인 선언"(113면)이라는, 그가 애써 살려낸 박완서문학의 의미야말로 '개인주의적 휴머니즘'에 바탕한 것이 아니고 무엇이겠는가? 요컨대 조혜정은 박완서가 여성이기 때문에만 부당한 평가를 받았다고 지레 분노하는 듯한데, 그것은 작가로서의 박완서문학의 장점 내지 특징, 한계에 대해 이해하지 못한 처사이다. 물론 지금까지 평단에 그가 말한 '남근중심적인' 사고 내지 여성 작가에 대한 인신공격이 있었다는 것을 부인할 수는 없지만 그렇다고 "지식인이라고 불리우기에는 너무나 비천한"(98면) 등과 같이 다시 남성평자 개인들에게 인신공격을 하는 것이 제대로 된 여성주의 문학론인가? 그도 "글쓰기는 필연적으로 이념적이고 시대제약적이다."(98면)라고 말하지 않았는가?

지금까지 논의에서 드러난 것처럼 조혜정에게 있어 여성문제는 "성이 기본범주로써 구조화된 현대 사회에서는 일차적으로 이 사회에서 성이란 무엇을 의미하고 어떤 형태로 상호작용을 규제하는지에 대한 기본 이해"(116면)가 있어야 한다는 것과 맥을 같이 한다. 즉, 그에게 있어 가장 중요한 문제는 남녀차별이며, 여기에서 여성은 초역사적·초계급적·생물학적 개념으로 과거에서 현재까지 모든 여성은 동일한 형태로 가부장제 이데올로기로부터 억압을 받는다는 것이다. 따라서 비록 "성모순과 계급모순은 우리의 삶을 억압하는 구체적 모순임은 분명하며 이 둘은 중층적으로 작용하며 우리의 삶을 더욱 비참하게 만들고 있음"[324])을 잘 알고 있다 하더라도 그의 관심은 성모순에 가 있다.

여기에서 앞서 조혜정을 비롯한『또하나의 문화』의 여성주의 문학론을 사회주의로 오독한 예를 검토해볼 필요가 있다. 서구 페미니즘에서 볼 때, 자유주의와 맑시즘이 그 토대인 남성중심적 정치이론으로 말미암아 여성 특유의 문제를 간과한 데에서 새롭게 등장한 것이 급진주의이다. 예컨대 미국의 급진주의는 신좌파 조직 내부에서의 성적 차별로 인해 충격을 받고 등장했다. 물론 급진주의라 함은 프랑스 페미니즘을 비롯해 다양한 이론적 맥락을 갖는 것이지만, 그 공통의 신념은 '여성억압이 다른 모든 억압체계의 근본'이라는 점이다. 이러한 점에서 이들은 '여성문화운동', '억압에 대한 여성자신의 경험'을 중시하며 성모순을 극복하고자 하지만, 그 중 일부는 "여성의 경험에 대한 그릇된 보편화를 피하는 유물론적이고 역동적인 분석방법을 발전"[325]시키기도 한다. 이로써 볼 때 조혜정의 시각은 사회주의보다 급진주의에 닿아 있다고 할 수 있다. 더욱이 그를 포함한『또하나의 문화』의 시각이 최근에『여자로 말하기, 몸으로 글쓰기』[326]로 귀결되고 있음을 볼 때, 급진주의의 일파인 프랑스페미니즘에로 그 관심이 기울고 있음을 극명히 알 수 있다. 그에 대한 자세한 검토는 다음 장으로 미루기로 하고, 다시 박완서문학론으로 돌아가 보자.

조혜정은 '여성 대 남성의 대립관계의 부각'에 대해『여성』의 공동필자들이 '거부감' 내지 '알레르기적인 반응'을 느낀다고 빈번히

324) 조혜정,「性의 사슬 풀고 자기언어 가지기」,『문학사상』208호, 문학사상사, 1990, 72면.
325) 엘리슨 제거, 앞의 책, 94-95면.
326) 김성례 외,『여자로 말하기, 몸으로 글쓰기』(또하나의 문화 9호), 또하나의 문화, 1992.

강조하는데, 거부감을 느끼는 것이 당연하지 않겠는가? 특히, 『절판의 실패』, 『나는 소망한다 내게 금지된 것을』류의 소설에 대한 대부분의 비판도 이러한 문제였음은 주지의 사실이다. 이제 "계급적 지위를 불문하고 아내들이 공유하는 〈시선〉은 없을까?"(133면)하는 그의 소망은 계급 운운하는 다른 평자들을 향해 "여성문제의 독자성을 밝히는 부분을 이렇게 완강하게 거부하는 이면에는 여성문제에 눈뜨고 싶지 않은 강한 심리적 저항이 있는지도 모른다." (138면)고 비난함으로써 의도론적 오류로 나아간다. 그리고 『여성』 평자들을 '관념론적 급진주의'라는 말로 오도하고, '중산층 여성으로서 살 기반을 가진 그들', '가부장제에 길들여진 약은 여성들' (138면)이 '박완서 작품을 매도'(137면)했다고 결론짓는다. 그야말로 인신공격의 오류를 극명하게 드러낸 예가 아닐 수 없다. 물론 그의 여성주의를 탓하는 것은 아니다. 그것도 우리 사회에서 여성문제를 해결하기 위한 한 시도임은 인정하지만 이러한 식으로 여성주의를 논하는 태도가 그가 매번 주장하는, 재고해 볼 필요가 있긴 하지만, 여성 고유의 '모성적·협동적·평화적 덕목'인가?

지금까지 논의로써 볼 때 여성문제 인식이라는 범주가 여성주의 문학론에서 얼마나 중요한 가치판단의 잣대가 되고 있는지 알 수 있다. 여기에는 그야말로 문학론으로서의 여성주의가 들어설 여지가 없다. 이에 대해 "전자(『여성』)가 여성노동자만을 소재로 취급하는 작품을 페미니즘의 대상으로 잡고" "후자(『또하나의 문화』)가 중산층 여성만을 소재로 취급하는 작품을 대상으로 삼"았다고 하는 지적은 올바르지 않지만 이들의 대립이 "해묵은 창비·문지 대립의 연장선에서 파악할 수도 있고 문화주의자와 민중주의자의 대립

으로도 간주할 수 있"어 "80년대 내내 지속되어온 기존의 남성비
평의 폐해를 그대로 답습하는 것에 불과하다."327)는 우려 어린 충
고는 존중해야 할 것이다. 그렇다고 "문제성과 문학성의 혼동된
논의 역시 여성 비평적 독서가 지양해야 할 과제인 것이다."328)라
고 하며 슬며시 피해버리는 것은 여성주의 문학론의 특수성을 이
해하지 못한 편리한 수법이다. 제대로 된 여성주의 문학론이 나오
려면 문학전공자들이 이 문제에 대한 자기 고민과 함께 문학론으
로서의 여성주의에 부합하는 이론화 작업을 서둘러야 할 것인데
이에는 지금까지 여성운동가들이 극명하게 드러낸 쟁점들이 두루
고려되어야 할 것이다.

4. 여성적 글쓰기

1990년대에 있어 여성주의 문학론의 뚜렷한 징후는 여성작품의
특수성, 즉, 남성작품과의 차이를 밝히는 작업이 성행한다는 점이
다. 그에 따라 여성작가의 글이 특수한 문체적 징후를 나타낸다든
가 서간체, 고백체 등 독특한 장르로 귀결될 전망을 보인다든가
하는 다양한 논의가 가능하게 되었다. 물론 여기에서 관건이 되는
것은 무엇이 여성의 글을 특수하게 만드는가 하는 것이다.
먼저 신은경329)은 정신분석학적 페미니스트인 쵸도로우(Nancy

---

327) 하응백, 「여성의식의 응축과 확산」, 『문학정신』67호, 열음사,
1992, 43면.
328) 황도경, 「여성의 글쓰기와 꿈꾸기, 그 여성성의 지평」, 『문학정신
』67호, 열음사, 1992, 48면.
329) 신은경, 「여성성의 구현으로서의 여성 텍스트와 여성문체-김남

Chodorow)의 여성정체성 형성과정에 대한 설명을 들어 "여성특유의 양상-關係指向性·循環性 ·流動性(融通性)·受容性-을 여성적인 것, '여성성'으로 파악하고 이러한 요소들이 여성텍스트의 작품성을 각인하는 모태가 된다"(92면)고 하였다.

결과야 어떻든 기존의 프로이트류의 정체성 형성과정이 남성중심의 생물학적 결정주의의 폐단을 낳았고 특히, 외디푸스 콤플렉스에 관한한 여자 아이 특유의 정체성 형성 과정을 간과했다는 점에서 쵸도로우의 설명은 여성주의 방법론에 크게 기여했다고 할수 있다. 그리고 정신분석학적 설명이 갖는 본질주의적 한계에도 불구하고 "사회구조적으로 귀납된 심리적 과정에 초점"(91면)을 둠으로써 좀 더 개방된 논의의 여지를 남기고 있으며, 더 중요한 것은 도출된 여성정체성이 무엇이든 그것을 긍정적으로 볼 수 있게 했다는 것이다. 즉, 기존의 프로이트류의 정신분석학이 여성성을 열등한 쪽으로 몰고 갔다면 여기에서는 남성성과 구별되는 여성성을 추출해 냈다는 의의가 있다. 그런데 쵸도로우를 비롯한 정신분석학적 페미니스트들이 이러한 여성성을 긍정했다고 해도 그것이 계승되기를 바랬을 지는 의문이다. 왜냐하면 모든 페미니스트들이 그렇듯 이들은 현실적인 여성의 억압을 극복하기 위한 일련의 작업 속에서 그 억압의 근원을 여성정체성 형성과정의 특수성 특히, 그것을 낳은 사회구조 속에서 찾고 있기 때문이다. 요컨대 이들은 여성정체성(남성정체성)의 규명과 더불어 여성 본래의 특성을 왜곡시키는 사회화 과정(특히, 여성 혼자서 아이를 양육하는 것)이

조 시를 중심으로」, 『문학정신』 62호, 열음사, 1991.

있다면 그러한 것을 지양할 만한 어떤 대안(예컨대 양친 혹은, 통상적인 탁아제도나 여성들만이 운영하는 탁아제도에 의한 양육)까지도 제시하고 있는 것이다.

또한 신은경의 접근법은 여성성을 미리 규정하고 들어간다는 한계는 접어두고라도, 여성작가의 글이 갖고 있는 특수성을 밝히는 데는 유효하겠지만 이것이 장차 여성의 글쓰기 작업에 규정적인 역할을 하기에는 논란의 여지가 있다. 그가 말머리에 인용하면서 모토로 삼은 "여성의 글은 항상 여성적이다. 그것은 여성적이지 않을 수가 없다."(90면)고 한 버지니아 울프의 말은 다른 맥락에서 나온 것이다. 즉, 이것은 단지 "성별(Sexuality)에 따른 작품성(Textuality)의 차이를 인정하고자"(90면) 해서 한 말이라는 것이다. 버지니아 울프야말로 여성성이냐 남성성이냐를 따지기보다는 자신의 시대에 글을 쓰는 여성들이 현실적으로 직면해야 했던 숱한 장애물들 특히, 자신의 문학적 현실, 그로 인해 왜곡된 작품성 등에 대해 많은 고민을 했던 사람이다. 예컨대 그녀는 다른 프랑스페미니스트들처럼 여성 고유의 무의식, 여성성, 여성의 신체에 관심을 갖기보다는 "여성은 심리적으로 남성과 다르기 때문이 아니라 그들의 사회적 경험이 다르기 때문에 다르게 글을 쓴다"는 것, 구체적으로는 "글을 쓰기 위한 시간과 공간을 창출하기 위해 여성은 여성적인 간계(wile)와 아첨(flattery)을 사용해야만 했다"[330]는 점을 강조한다. 이러한 점에서 울프는 여성의 경험을 중시한 엘만과 쇼왈터의 입장에 가깝다.

---

330) Raman Selden, 앞의 책, p.143.

요컨대 다양한 각도에서 고민이 이루어지지 않은 채 여성정체성 운운하는 것은 또다른 왜곡된 성차개념을 유포시키고 그야말로 여성독자 내지 작가를 혼란에 빠뜨릴 소지가 있는 것이다. 이와 관련하여 "여성경험의 표현양식으로서의 서간체 소설"331)이라는 말도 여기에서 여성경험이 단순히 생리, 임신, 출산 정도의 차원이라면 그것이 왜 우리나라에서 "전통적으로 여성의 장르였고 또 그렇게 지속되어 왔"(49면)는지를 설명하는 데 부족한 측면이 있다.

이와는 달리 김성례332)는 여성의 말과 글을 "가부장적인 지배질서 안에서 받는 억압에 대하여 적응하고 인식하고 또 저항하는 전략들"(117면)로 보고 그 특수성을 탐색한다. 여기에서 여성의 글을 이해한다는 것은 여성경험의 공감대를 전제로 한다. 따라서 "일회적이고, 파편화된, 비연속적인 형태인, 무형식의 여성의 글쓰기는 여성의 파편화된 삶의 조건에서 비롯"(123-124면)되는 것이자 "남성들이 만든 '논리적인 말의 규칙'에 일치되지 않음을 표시하기 위한 저항의 전략"(122면)이다.

이러한 논의는 과거로부터 현재에 이르기까지 여성의 글이 갖는 특수성 즉, 억압의 흔적을 밝히는 차원에서 나아가 그와 같은 특성을 갖는 글쓰기를 촉구한다는 점을 고려할 때 여성적 글쓰기의 측면에서 설득력을 확보하고 있다고 할 수 있다. 현재로선 이상의 '전략'으로서의 글쓰기가 여성이 처해 있는 타자로서의, 주변적인

---

331) 김경수, 「두 여성작가의 서간체소설에 대하여」, 『문화예술』161호, 한국문화진흥원, 1992, 49면.
332) 김성례, 「여성의 자기 진술의 양식과 문체의 발견을 위하여」, 『여자로 말하기, 몸으로 글쓰기』(또하나의 문화) 9호, 또하나의 문화, 1992.

입장을 십분 활용하는 방안이기 때문이다.

5. 결론

이상 1980년대 후반에서 약 10년간에 걸친, 여성주의 문학론의 흐름을 범박하게 훑어보았다. 이를 통해 '여성문학사', '여성문제의 형상화', '여성적 글쓰기' 등 여성주의 문학론을 구성하는 주요 개념 내지 영역들과 관련된 문제점을 점검할 수 있었다.

연구사 검토는 현재의 논점을 확보하는 데 필수적이고 그런 점에서만 의미를 갖는다. 게다가 여성주의 문학론의 경우 이 때 가장 성행했고 이후의 논의에도 적지 않은 영향을 끼쳤기에 이러한 논의가 무익하지만은 않다고 생각한다.

다만 서구 페미니즘과 한국 여성운동사에 대한 무지, 각 시기별로 문학이론 내지 비평의 전반적인 지형에 대한 이해 없이 여성주의 문학론만을 따로 떼어 미시적으로 살핀 것, 그로 인한 불철저한 논의 전개에 관한한 수정하고 보완하는 작업을 계속할 것이다.

● 저자 ●

박상란(朴商蘭)　▌약 력

　　　　동국대학교 국어국문학과 졸업
　　　　동국대학교 문학석사
　　　　동국대학교 문학박사
　　　　동국대학교 한국문화연구소 전임연구원
　　　　동국대, 동덕여대 강사

　　　　▌주요 논저

　　　　「한국불교설화에 나타난 여성상-불전설화와의 비교를 통해서」
　　　　「신작구소설에 나타난 여성상의 문제」
　　　　「여성화자 구연설화의 특징 - 자양동 딱따구리 할머니의
　　　　　구연설화를 중심으로」
　　　　「문헌설화에 나타난 완승의 형상과 의미」
　　　　『연행록해제 1,2』(공저)
　　　　『신라와 가야의 건국신화』
　　　　　외 다수

● 여성과 고소설, 그리고 문학사

• 초판 인쇄　2005년 10월 2일
• 초판 발행　2005년 10월 2일

• 지 은 이　박상란
• 펴 낸 이　채종준
• 펴 낸 곳　한국학술정보㈜
　　　　　　경기도 파주시 교하읍 문발리
　　　　　　파주출판문화정보산업단지 526-2
　　　　　　전화 031) 908-3181(대표)・팩스 031) 908-3189
　　　　　　홈페이지 http://www.kstudy.com
　　　　　　e-mail(e-Book사업부) ebook@kstudy.com
• 등　　록　제일산-115호(2000. 6. 19)
• 가　　격　15,000원

ISBN　89-534-4156-0 93810 (paper book)
　　　　89-534-4157-9 98810 (e-book)